Wolfgang Karrer

Osnabrück-Hafen

Kriminalroman

BOOKS on DEMAND (BoD)

ISBN 978-3-7347-5394-7

2. Auflage

© 2015/2016 by Wolfgang Karrer
Alle Rechte vorbehalten

Buchsatz- und Umschlaggestaltung
Manfred Brand, Berlin

Herstellung und Verlag
BoD - Books on Demand, Norderstedt
Printed in Germany

Bibliografische Informationen
der Deutschen Nationalbibliothek
www.dnb.de

Sergey Olkowsjanikow

* 18. 12. 1919 (Simolenz)
† 26. 4. 1944 (Neuengamme)

Bis auf die Schauplätze und den Tatort ist fast alles freie Erfindung. Nur ein guter Freund wird sich vielleicht wiedererkennen. Etwaige Ähnlichkeiten mit literarischen Figuren sind jedoch beabsichtigt.

1.

Hendricks wachte gegen vier Uhr morgens von einem seltsam schmatzenden Geräusch auf. Als ob jemand mit einem stumpfen Gegenstand auf einen frischen Schinken klopfen würde. Sein Wecker leuchtete grün „4:36". Er war versucht, sich umzudrehen in seiner Koje. Aber das Geräusch kam vom Bug seines Schiffs, und dann passierte noch etwas anderes. Jemand warf einen Gegenstand ins Wasser, direkt neben seinem Schiff. Er kämpfte sich frei aus seinem Laken und kletterte an Deck. Es war noch dunkel. Neblig dazu, die Kabinenlampe reichte nur zwei Meter, dann Nebel, dann Dunkel. Alles schien ruhig, nur weit entfernt hörte man einen leeren Lastwagen poltern.

Hendricks wankte auf den Bug zu. Er hätte am Abend zuvor nicht so viel trinken sollen. Er besann sich und machte kehrt, eine Taschenlampe zu suchen. Sie stand neben der Koje. Da stand sie, seit irgendwer letztes Jahr in Amsterdam in das Boot einbrechen wollte. Als ob ausgerechnet er Wertsachen an Bord hätte.

Am Bug war alles ruhig. Der Zellstoff lag gut verstaut, das Seil zum Ufer hing stramm über dem Kanal. Durch den Nebel konnte er dahinter das Gras sehen. Auch Steine, die gestern Abend noch nicht da waren. Der Kegel seiner Taschenlampe blieb an der Reling hängen. Das Wasser hinter der Schraube spiegelte durch den Nebel glatt herauf, doch die Reling war trocken – kein Tau – und auf dem Deck vor der Reling hatte sich eine Lache gebildet. Eine seltsame Form, etwa wie Afrika, nur umgekehrt. Er war noch immer besoffen. Der Hafen schwieg. Ein schwacher Wirbel mahlte sich leise durchs Wasser, tauchte unter das Boot, verquirlte.

„Tu nicht so, als ob du nüchtern wärst ..."

Hendricks kehrte um, schaute er noch einmal auf die Lache, näherte die Lampe. Das war kein Wasser, das war Öl oder Blut. Er hielt sich an der Reling fest und berührte die Lache mit dem Zeigefinger. Das war eher Blut. Mit einem Schlag wurde Hendricks hellwach. Er hatte zwar erst wenige Stunden geschlafen, aber Blut auf seinem Schiff, das Zellstoff aus den Niederlande brachte, da stimmte etwas nicht. Er kratzte sich mit der Lampe am Kopf. Mit der anderen Hand hielt er sich noch immer schwankend an der Reling fest. Das Wasser lag ruhig unter dem Kreis der Taschenlampe, aber irgendwer da draußen beobachtete ihn. Da war er sich sicher. Er schaltete die Lampe aus. Das Kabinenfenster warf ein schwaches Licht durch den Nebel. Ein Auto näherte sich der Brücke.

Was ging hier vor? Hendricks tastete sich im Dunkeln zurück zu seiner Kabine. Er war allein an Bord. Bevor er den Hörer aufnahm, schloss er die Kabinentür ab. Er wählte 11 44, die Kriminalpolizei. Eine müde Stimme antwortete. Es war 4:40 auf dem Radiowecker. Als er auflegte, standen bereits zwei Autos auf der Brücke. Zehn Minuten später traf ein weiterer Streifenwagen im Hafen ein.

Das war das Ende.

Ich kann so was nicht schreiben. Ich habe noch nie so einen Krimi nach Rezept geschrieben. Zu viel „als ob." Ich fang noch mal von vorne an.

Mittwoch, 2. Mai 2001. TgbNr. 6/5: KvD Ruf an Streifenwagen 09. um 4:32 mit Meldung einer Unfallflucht (?). Verlassenes beschädigtes Fahrzeug. Römeresch Brücke hinter der Papierfabrik Nostrom. Anrufer, der seinen Namen nicht nennen will, ein Autofahrer, der auf der Römeresch Brücke im Hafen ein offen stehendes verlassenes Fahrzeug meldet. Mitten auf der Brücke und unbeleuchtet. Gefahr wegen Nebel.

Ich saß neben Hermann, dem Neuen. Wir fuhren gerade die Pagenstecherstraße runter, als der Anruf kam. Alles noch ruhig, nur ein Lastwagen auf dem Weg nach Atter oder zur Autobahn. Spedition Dunkelmann, „Jeden Tag nach Amsterdam." Durch den

Frühnebel schienen die blauen Zeichen der ARESH Tankstelle, sonst war noch es dunkel. Als wir die Römeresch Straße hoch kamen, sahen wir das beschädigte Fahrzeug. Es war auf die Stahlträger rechts aufgefahren, stand leicht schräg. Die Türen sahen verätzt aus. Hinter dem offenen Kofferraum stand ein umgekippter Behälter. Wir stiegen aus und umgingen eine übel stinkende Lache. Der Schlüssel steckte und die Fahrertür stand weit offen, auch der Rücksitz verätzt bis auf die Spiralen. Es war ein blauer Golf mit einem Kennzeichen aus Nienburg. Jemand hatte mit silbernem Spray „TdC" über den Kühler gesprüht. Die Farbe war noch frisch. Der Wagen stand in Richtung Hansastraße und Autobahnzubringer. Wir stellten ein Warnkreuz auf und sperrten den Umkreis des Wagens großflächig ab. Die stinkende Säure war unter Umständen gefährlich. Niemand ließ sich sehen. Unten im Hafen lag ein Frachtkahn. In der Kabine brannte Licht. Gerade als ich Hermann runterschicken wollte, kam der Anruf vom KvD. Paul war am Apparat.

„Seid ihr schon auf der Brücke, Peter?"

„Ja, wir schauen uns gerade ein wenig um."

„Sperrt alles ab. Fasst nichts an. Wir hatten gerade einen Anruf von einem Frachter im Hafen. Irgendwas stimmt da nicht. Ich habe Werner angerufen. Er müsste in zehn Minuten bei euch sein."

„Gut, wir sichern gerade die Brücke ab."

Also holten Hermann und ich zusätzliche Warndreiecke heraus und stellten sie für beide Richtungen vor der Brücke auf. Es gab zwar keinen Verkehr. Andererseits, es war neblig und die Brücke durch Stahlträger verengt. Fahrer mussten über die Rhein- oder Elbestraße umgeleitet werden. Dann sperrten wir die Zugänge zum Hafenbecken ab.

Auf dem Schiff bewegte sich etwas. Aus der Kabine kam ein Mann, leicht schwankend, blickte zur Brücke herauf. Wir waren kaum zu sehen, aber das Blaulicht färbte den Nebel zuckend. Ich konnte die riesige Silhouette nur kurz ausmachen, als der Mann vor dem erleuchteten Fenster der Kabine zum Heck ging.

Dann hörte ich ihn die Böschung heraufkrabbeln.

Hermann fragte, ob er eine Waffe aus dem Auto holen solle. Ich sagte nein.

Der Hüne, er musste so knapp unter zwei Meter lang sein, kam auf uns zu. Seine Schritte hallten auf der Brücke. Wir standen neben unserem erleuchteten Fahrzeug, deutlich als Polizisten zu erkennen.

Der Anrufer war Kapitän Hendricks (Rotterdam) von der *Erasmus*. Er erzählte uns gerade, wie er geweckt wurde, als Werner mit seiner Streife eintraf. Er war irgendwie sauer, nicht ausgeschlafen, und wies sich als Polizeihauptkommissar Esch aus. Das machte immer Eindruck.

Hendricks setzte noch mal an, und erzählte, wie er geweckt wurde, von den Steinen, vom Blut. Werner bat uns, ihn hinunter zum Schiff zu begleiten. Er zog seine Dienstwaffe und ließ Hermann zwei weitere aus dem Wagen holen. Bevor wir die Böschung in das Dunkle hinunterstiegen, rief Werner noch die Spurensicherung an.

Wir hatten vier Taschenlampen dabei. Hendricks ging hinter Werner und mir, Hermann machte das Schlusslicht. Die Kegel unserer Lampen kreuzten sich, seine deutlich schwächer als unsere.

Das Schiff lag unter dem Kran der Papierfabrik Nostrom mit dem Bug zur Brücke. Wir schritten vorsichtig bis zum Heck, leuchteten das Gras vor der Fabrikmauer mit ihren Inschriften aus. Da lagen die Steine, nass und bemoost hinter dem Heck. Etwa vier oder fünf Meter weiter Richtung Klärwerk erschien im Kegel unserer Lampen ein Arm, ein menschlicher Arm. Er lag im Gras, säuberlich abgetrennt, nackt mit blutigem Stumpf. Er wirkte sehr lang im Lichtkegel. Am Zeigefinger steckte ein Ring.

Hendrick trat einen Schritt zurück, wir bildeten einen Kreis und leuchteten mehrfach unser Umfeld aus. Werner, Hermann und ich schritten sorgfältig um den Arm herum und leuchteten etwa fünf Meter weiter ins Dunkel. Nichts. Stille.

Wir gingen zum Frachter zurück und setzten uns in Hendricks

Kabine. Es machte keinen Sinn, die Spuren zu zertreten. Er setzte uns einen Kaffee auf, während wir auf Verstärkung warteten. Um diese Uhrzeit waren die beiden Wachen schwach besetzt, und Werner tätigte eine Reihe weiterer Anrufe. Wir saßen stumm herum, bis die Spurensicherung und ein VW Bus zur Aufnahme erschienen.

Draußen wurde es langsam hell. Die Männer von der Spurensicherung sperrten das Hafenufer weiträumiger ab, markierten den Ort, wo der Arm lag, fotografierten und steckten den Arm dann in einen Plastiksack. Hermann und ich brachten ihn ins Labor. Unsere Schicht lief eh bald ab. Ich rief die Wache an, wir kämen später, und fuhr mit Hermann zurück zum Hafen. Wir hatten zwar Streife, aber vor 6:00 gab es kaum Berufsverkehr. Und wir mussten die Brücke sichern. Vielleicht wurden wir ja auch gebraucht.

Die Leute von der Spurensicherung hatten den Golf untersucht, wenig brauchbare Fingerabdrücke, aber Zigarettenstummel im Aschenbecher, die vielleicht eine DNA-Analyse erlaubten. Keine Papiere, nur einen neuen Faltplan von Osnabrück und eine Plastikfolie im Heck, ebenfalls verätzt wie der Rücksitz. Die Säure war hochgiftig und somit lebensgefährlich.

Um die Steine und den Fundort des Arms war das Gras zertreten (wir mussten ihnen zeigen, wie weit wir gegangen waren), eine Spur führte über den Räderpfad bis hin zu der Tür in der Mauer, die die Fabrik vom Hafen trennte. Sie war verschlossen. Durch ihren Spalt am Rahmen sah man die Papierballen auf dem Hof. Die neue Schicht kam erst um 7:00. Wir wurden nicht gebraucht.

Die ersten Lastwagen, die Papier holen kamen, trafen bei Nostrom ein. Im Parterre des Verwaltungsgebäudes brannte schon Licht. Wahrscheinlich das Reinigungspersonal, das während unserer Abwesenheit eingetroffen war. Die Einfahrtspforte war die ganze Nacht besetzt.

Noch ein Unfall auf der Hansastraße um 5:45, kurz vor Dienstschluss. Erhöhte Geschwindigkeit im Stadtbereich. Wir nahmen den Fahrer mit zur Wache, er stand unter Drogen. Der

Nebel hob sich, die aufgehende Sonne erwärmte die Luft. Durch das Fenster der Wache konnte ich die vier Windmühlen auf dem Piesberg sehen. Sie drehten sich eher träge.

Um 6:10 hängte ich meine Uniform an den Nagel, verabschiedete mich von Hermann und überließ den Kollegen von der Tagesschicht die beiden Berichte. Hermann schien wenig berührt. Er war erst eine Woche bei uns. Das war seine erste Leiche oder ein Teil davon. Seit wir Giancarlo Pileris verbrannte Leiche, voller Schrot, in einem Kornfeld vor Osnabrück gefunden hatten – es ging damals um einen Brandanschlag des Mobs im Emsland – hatte ich ähnlich Brutales nicht mehr gesehen.

Dabei war die Nacht ziemlich heftig gewesen. Angefangen mit dem Rest alkoholisierter Jugendlicher an den Schleusen, der von den Maifeiern übrig geblieben war. Die Nachmittagschicht hatte mit Schlägereien alle Hände voll zu tun gehabt. Ein paar Randalierer hatten eine Verstärkeranlage auf einen Bollerwagen montiert, wir mussten das beschlagnahmen. Dann Rucksackkontrollen mit den Wallenhorster Kollegen. In Pye griff eine Bande Jugendlicher einen Osnabrücker und einen Mann aus Lotte an. Zwei Jungen und ein Mädchen gingen mit Baseballschlägern und einem Messer auf sie los. Schwere Verletzungen. Festnahmen. Das Mädchen war erst 15 und genauso betrunken wie die beiden Jungen. Ein Türke und ein Deutscher schlugen auf einen Angetrunkenen in einer Gruppe mit Eisenstangen ein. Dann kamen die alkoholisierten Fahrer, die wir am Fürstenauer Weg anhielten und den Test machen ließen.

Die Sonne schien warm auf meinen Rücken, als ich die Pagenstecherstraße hinunter nach Hause radelte. Ich hielt beim Bäcker, holte zwei Brötchen und einen Joghurt. Der Verkehr ließ nach, als ich in den Kiefernweg abbog, und schon bald roch ich die Kläranlage. Nordwind. In der Straße waren fast alle wach, die Kinder auf dem Weg zur Schule, die Rollläden hoch, und hier und da öffnete sich eine Garage. Die Nachbarn hatten meine außergewöhnliche Schicht verschlafen, angefangen von den Krawallen bis hin zu dem grausigen Fund am Morgen im Hafen.

Ich war hundemüde, aß mein Frühstück in der Küche, schaute kurz in die *Osnabrücker Zeitung*, stellte das Geschirr in den Abwasch und ging nach oben. Ich ließ die Rollladen vollends herunter, richtete den Wecker auf 16:00. Ab Freitag hatte ich wieder nachmittags Dienst. Ich fiel in einen tiefen unruhigen Schlaf.

Ich wachte um drei Uhr auf. Es war warm im Zimmer, ich zog die Läden hoch, und frische Luft strömte ein.

Nur langsam lichteten sich meine Gedanken, immer noch trüb von unklaren, bedrohlichen Träumen. Mir fiel plötzlich der Fall mit dem Organraub in einer fahrbaren Klinik (einem Kleinlaster oder so) ein, wo Kollegen das hilflose Opfer, frisch operiert, an einer Straßenböschung bei der Einfahrt nach Brahmsche fanden. Sie hatten ihm Milz und Leber entfernt. Der Mann starb eine Woche später. Ich kannte die Geschichte von Hartmut Freudenberg, der damals für die Behandlung zuständig war.

Im Postkasten steckte eine Einladung zur Sitzung des Präventions-Ausschusses. Tina war krank und konnte nicht zum Putzen kommen. Und noch eine Ansichtskarte vom Alexanderplatz: Meine Tochter Tula, sie lernt gerade Spanisch II für ihre Geografie-Exkursion im Herbst. „Hasta la vista! Mama geht es gut, sie hat viel zu tun."

Ich ging rauf und heftete die Postkarte neben die anderen an der Pinnwand in Tulas ehemaligem Zimmer. Mein Bett brauchte einen neuen Bezug. Dann fing ich an, unten aufzuräumen und den Müll rauszutragen. Später nahm ich die Vespa aus der Garage und fuhr in die Bierstraße, um Geld abzuheben und einzukaufen. Auf dem Rückweg schaute ich schnell bei Anita in der Tourist-Informationszentrale vorbei. Ich fragte nach dem Programm für die Maiwoche. Sie hatte es und wie immer ein freundliches Lächeln für mich. Ich war ja fast ein Stammkunde bei ihr. Sie ähnelte meiner Tochter.

Nach dem Abendessen rief ich Heiko an und verabredete mich für die Maiwoche.

19:30, noch mal kurz zum Hafen, zur Brücke. Alles schien ganz alltäglich, nur die Absperrung zeigte, dass hier etwas vorgefallen war. Ein Schrottkahn zog vorbei, die Abendsonne beschien die Kiesberge gegenüber der Papierfabrik, das Herz an der Mauer, das die Liebe von K. Sch. und R. F. am 10. 6. 77 verzeichnete. Dagegen hatten die Grafitti neben dem Herzen und das „Emmi" darin etwas Bedrohliches. Der übliche Abfall an Blechdosen und Plastikflaschen lag herum. Reste vom 1. Mai. Selbst der schmale Pfad, der vom Römeresch hinunter zum Hafen führte, hatte nur Abfall aufzuweisen. Die Kollegen hatten sicher gründlich gesucht. Der blaue Kran ragte unbewegt über den Platz, an dem noch vor Stunden Hendricks *Erasmus* geankert hatte. Die Steine fehlten. Das flache rote Boot der Feuerwehr lag auf der anderen Seite der Brücke. Ein Kombi des Technischen Hilfswerks parkte direkt daneben.

Werner teilte uns bei der Lagebesprechung ein paar Neuigkeiten mit. Man habe keine weiteren Leichenteile gefunden, aber die Suche mit Tauchern gehe morgen weiter. Unweit des Armes hatten die Kollegen eine Heckler-Koch Pistole im Wasser entdeckt, offensichtlich eine ehemalige Polizeiwaffe. Der Arm trug eine rätselhafte Tätowierung unter der Achsel. Sie sah aus wie eine Lilie. Die Verätzungen stammten von der Flusssäure, die aus dem Behälter ausgelaufen war. Wir konnten von Glück sagen, dass uns nichts passiert war. Hendricks hatte seine Aussage gemacht und war unterwegs nach Rotterdam. Die Kollegen von der Kripo arbeiteten auf Hochtouren.

Es blieb eine lange Nacht, ohne viel zu tun. Ich rief Karl-Heinz bei der Kripo an. Der wusste wenig mehr als uns Werner erzählt hatte. Der Koch bei Nostrom war nicht zum Dienst erschienen. Etwas stimme nicht mit dem Arm. Hannover würde wohl hinzugezogen.

Ich schrieb meinen eigenen Bericht. Dann ging ich in den Aufenthaltsraum. Im Fernsehen lief nur Blödsinn, aber nichts, was richtig ablenkte. Hermann büffelte für sein Examen im Juni.

Ich machte mich an den Stapel alter Zeitungen im Flur, fing

von unten an und begann, Schlagzeilen der Woche aufzuzeichnen für mein Archiv. Zweimal fuhren wir Streife.

Um 6:00 Uhr verließ ich die Wache und radelte nach Hause.

2.

Streifendienst an sich bietet nichts Poetisches, aber er hat seine Momente. Um 6:30 zum Beispiel: Am grauen Himmel flimmern noch die letzten Sterne, man hält an; die Bäume am Hafen rauschen leise, von Schatten umflutet. Dieter Falk ist ein stiller Kollege, nachdenklich. Wir packen die Thermoskanne aus. Oder wir halten am Park neben Nostrom. Durch den Zaun hört man das friedliche Brummen der Papiermaschinen, jeder Laut bleibt in dem erstarrten Morgen gleichsam stehen. Oder wir fahren die Brückenstraße bis zur Schleuse. Der Teich links beginnt schwach zu dampfen. Der Himmelsrand färbt sich tiefblau. In den Birken erwachen die Dohlen und fliegen vor uns schwerfällig von einem Baum zum anderen. Die Luft hellt sich auf, flimmert, die Wolken werden sehr weiß, die Felder grüner. Nach dem Birkenwäldchen kommt ein Dorf, dahinter erstreckt sich das Moor. Oben vom Piesberg sieht man Osnabrück und den Gertrudenberg. Verdeckt hinter uns, die Mülldeponie.

Eigentlich wollte ich mir den Tag frei nehmen. Überstunden hatte ich genug gemacht. Die vielen Einsätze mit den Hundertschaften vor Gorleben steckten mir in den Knochen. Die chronische Unterbesetzung der Polizei in Niedersachsen tat ein Übriges. Ein Lieblingsthema von Dieter. Dazu der Erste Mai. Die Walpurgisnacht mit den Harry Potter-Fans auf dem Rathausmarkt blieb harmlos dagegen.

Tina war zur monatlichen Grundreinigung des Hauses gekommen und rauchte gerade vor der Küche. Während sie sich die Zimmer oben vornahm, machte ich mir Frühstück und las die Zeitung. Noch nichts über den Mord. Es stand nur etwas über einen Säureunfall im Hafenbecken. Jemand hatte eine Menge Flusssäure aus ungeklärten Gründen ins Hafenbecken geschüttet. Das Technische Hilfswerk und die Feuerwehr mussten eine Öl-Sperre einrichten und die Säure abpumpen. So blieb das Gelände erneut unzugänglich. Ich rief bei der Kripo an. Karl-Heinz wusste nur, dass der blaue Golf am Vorabend in Minden gestohlen worden war. Morgen würde wohl mehr in der *OZ* stehen.

Ich ging in die Garage, stellte das Rad auf den Kopf und begann, die Speichen nachzuziehen und zu fetten. Die Felgen setzten langsam Rost an nach dem langen Winter. Jetzt im Sommer passierte dasselbe mit der Vespa – ein Schätzchen von 1959, eine GS 3 – die weiter hinten in der Garage stand. Sie kam immer seltener zum Einsatz, ich hatte eigentlich vor, sie abzumelden. So rosteten Rad und Roller um die Wette, und ich kämpfte gegen beides an. Wie lange noch?

Um zwei war Tina auch oben fertig. Sie zeigte sich nicht sehr gesprächig. Ihr Deutsch wies Löcher auf, aber wenn sie gute Laune hatte, konnte sie bei der Mittagspause viel von ihrem verstorbenen Mann und Bosnien erzählen. Sie wollte zurück, wusste aber nicht wann. Sie hatte Angst vor der Heimkehr, in ihrem Haus dort wohnten längst andere Leute.

Als sie gegangen war mit ihrer Handtasche und dem schrägen Hut, die unvermeidliche Zigarette im Mund, holte ich das Rad und fuhr zum Hafen.

Der Fußweg von der Brücke zum Kran blieb immer noch abgesperrt, aber die Kollegen von der Spurensicherung ließen mich durch. Die Schrottkähne hatten den Betrieb längst wieder aufgenommen.

Ein paar Taucher saßen auf dem roten Boot, fern in Richtung Schleuse, und rauchten eine Zigarette. Immer noch nichts, was mit dem Arm zusammenhing. Die alte Heckler & Koch, zur Luftdruckpistole umgearbeitet, hatte am Anlegeplatz auf dem Grund gelegen. Die Laboruntersuchung ergab keine brauchbaren Spuren.

Ich setzte mich ins Gras dicht an den Kanal und schaute auf die Kiesberge gegenüber. Hinter mir die Mauer, die die Papierfabrik Nostrom vom Hafen trennt. Mehrere blaue Lastwagen kreuzten die Brücke. Die Aufschriften zeigten ihre Fracht an. Sie fuhren von der Fabrik zur Hansastraße, wahrscheinlich zur Autobahn weiter. Warum war der Dunkelmann-Laster gen Norden gefahren, wenn er doch nach Amsterdam wollte? Wie weit fuhren die Laster ihre Pappe? Ein finnisches Konsortium hatte die alte Firma vor einigen Jahren übernommen. Lieferten die bis Skandinavien? Ganz früher hatte hier mal eine Mühle gestanden, die das Wasser der Hase nutzte. Umweltauflagen gab es damals wohl noch nicht. Warum stand nichts in der Zeitung?

Wenig in meinem Archiv. Die Rohstofflieferanten für Nostrom kamen aus dem ganzen Land. Früher betrauten sie eine besondere Art von Menschen mit dem Ankauf von Lumpen in den Landkreisen, wo diese Aufkäufer auch Adler genannt wurden. Heute nutzten sie Zellstoff. Wie kam dieser Stoff in die Fabrik, mit dem Lastwagen oder mit dem Schiff? Waren die Sammelbehälter für Kleiderspenden rund um den Hafen kontrolliert worden? Und wo waren die Kleider des Opfers?

Die Tür in der Mauer hinter mir ging auf, und zwei Arbeiter kamen heraus zu einer Mittags- oder Vesperpause. Durch die offene Tür sah ich aufrecht stehende Papierballen im Sonnenlicht. Sie blendeten grell.

Die beiden ließen sich etwa zehn Meter von mir im Gras nieder und packten ihre Stullen aus. Zwischen sich stellten sie eine große Thermoskanne.

Ich ging zu ihnen rüber und setzte mich dazu.

„Mahlzeit."

„Mahlzeit", erwiderte der Ältere. Der mit dem blau karierten Hemd biss stumm in die Stulle und schaute auf seine Bastschuhe.

„Schrecklich, das mit vorgestern Nacht", sagte ich.

„Was wissen Sie denn darüber?"

„Ich bin von der Polizei und war vorgestern früh hier."

Nun verstummten beide. Sie hatten mich wahrscheinlich längst an meinem Schnurrbart erkannt. Der Ältere hatte Stiefel an.

„Ich bin nicht im Dienst. Ich heiße Peter und wohne hier ganz in der Nähe. Ich komme hier oft mit dem Rad vorbei."

Ich zeigte auf mein Rad, das ich oben am Brückengeländer festgemacht hatte.

Der Jüngere schaute auf meine Turnschuhe.

„Wo wohnst du denn?", fragte der Ältere nach einer längeren Pause. Er hüstelte.

„Am Wippchenmoor hinter der Kläranlage. Ich nehme oft den Umweg über den Hafen."

Nach einer weiteren Pause sagte der Ältere:

„Ich heiße Johann und das", er zeigte mit der Stulle auf den stummen Begleiter, „ist der Willie."

Willie nickte mir zu.

„Wie habt ihr denn davon erfahren?"

„Na, das war nicht schwer. Als wir von der Schicht kamen, war der Hafen voll mit Tauchern und Polizei. Da macht man sich schon seine Gedanken. Auch in der Firma wimmelte es von Polizei. Aber mit uns redet ja keiner. Die waren nur in der Verwaltung."

Nach einer weiteren Pause fragte Johann: „Was war denn los?"

Ich erzählte ihnen detailliert, wie wir die *Erasmus* und den langen Arm gefunden hatten. Auch das mit dem Auto. Nur die Tätowierung ließ ich weg.

„Wie alt war denn der Arm?"

Es war das erste Mal, dass Willie was sagte.

„Na, das Labor sagt, er hat dort ein bis zwei Stunden gelegen und ist kurz vorher abgetrennt worden."

„Bei lebendigem Leibe?"

Willie hatte plötzlich Interesse gefasst.

„Wahrscheinlich nicht. Er war schon tot. Ein junger Kerl, sportlich, etwa zwanzig Jahre alt. Vielleicht auch ein Taucher."

Wir blickten in Richtung Schleuse, wo die Taucher sich fertig machten, wieder ins Wasser zu gehen. Einer stand schon im Kanal und richtete die Maske ein. Wolken zogen auf.

„Und jetzt sucht ihr nach anderen Teilen?"

„Alles, was mit der Tat zusammenhängt. Ist euch denn irgendwas aufgefallen in den Tagen vorher?"

Willie öffnete seine Blechdose, die er mit zwei Gummibändern zusammenhielt, und nahm eine neue Stulle heraus. Er wickelte sie aus dem Papier und biss hinein.

„Nö alles war ruhig und ganz normal", sagte Johann.

„Was ist denn normal am Hafen?" Ich schaute ihn an.

„Na, wir kommen zur Frühschicht, die Nachtschicht geht. Oder umgekehrt. Das erste Schiff oder auch keines liegt am Kai, der Kranführer kommt, packt die Ballen vom Hof auf das Schiff. Oder den Zellstoff vom Schiff auf den Hof. Und wenn kein Schiff da ist, wie meistens, transportieren wir die Ballen von den Hallen in den Hof mit den Gabelstaplern. Das ist alles."

„Wie oft liegt da ein Schiff?"

„Na, zweimal die Woche."

Johann hustete. Willie war wieder in seine Stulle vertieft und zeigte kaum Interesse.

„Und die *Erasmus* ist regelmäßig da?"

„Schiffe aus Holland schon. Und aus Bremerhaven. Aber mit den Kapitänen haben wir nichts zu tun."

„Was ist mit den Nachtwächtern? Und wo melden sich die Kapitäne an?"

„Per Telefon am Abend vorher, soweit ich weiß. Manchmal auch von der Schleuse aus. Nur wir haben keine Nachtwächter. Die Pforte ist rund um die Uhr besetzt. Die arbeiten auch in drei Schichten wie wir. Meist zu zweit."

„Diese Tür hier, die ist doch nachts geschlossen? Wer hat eigentlich die Schlüssel?"

„Na, einer von der Schicht, die belädt. Und die Pforte."

„Und die Nachtschicht? Lädt die auch aus?"

Willie erwachte wieder und mischte sich ein:

„Einer aus der Nachtschicht ist vor drei Tagen verschwunden."

Er sagte es fast triumphierend. Ich nahm mich zusammen.

„Einfach so?"

Während wir redeten, zog langsam ein Frachtkahn an uns vorbei. Er war bis oben hin mit Autoschrott vollgeladen. Die Schrotthalden gehörten zum eigentlichen Stadthafen hinter der Brücke.

Willie nahm die Frage auf.

„Na ja, er ist zum zweiten Mai nicht erschienen. Da dachten wir alle, er hat einen drauf gemacht. Auch am nächsten Tag, als der Chef schon sauer war, haben wir uns keine Gedanken gemacht. Aber als er gestern immer noch nicht auftauchte, haben wir bei ihm angerufen. Keine Antwort. Er ist einfach weg."

„Habt ihr das der Polizei erzählt?"

„Na uns fragt ja keiner. Aber die in der Verwaltung werden das schon längst erzählt haben."

„Wer war das denn, und lebte er ganz alleine?"

„Das weiß Willie besser als ich. Die kannten sich näher."

Willie faltete sorgfältig sein Butterbrotpapier zusammen, legte es in die Blechkiste, die einige Schwarze bei der Kaffee-Ernte in einer üppigen Pflanzenwelt zeigte, und verschloss sie wieder mit den beiden Gummibändern.

„Wie spät ist es", fragte er Johann.

„Wir haben noch etwas Zeit", sagte Johann, schraubte die Thermosflasche auf und goss einen Schluck Kaffee in die Kappe. Er roch verführerisch. Muckefuck hatte meine Mutter solchen Kaffee genannt. Sie hatte immer eine Thermoskanne für meinen Vater gemacht, als wir noch in Berlin wohnten.

Johannes hustete noch einmal und rollte sich eine Zigarette aus einer kleinen Blechdose. Willie richtete sich auf, hielt die Verschlusskappe vorsichtig in der Hand und legte los.

„Also, wir nannten ihn Lucky. Eigentlich heißt er Lucilio Vannini. Klingt italienisch, ist aber nicht. Lucky kommt aus Toulouse. Das ist in Frankreich. Er kam vor drei Monaten zu uns. Er war ein Einzelgänger und arbeitete in der Kantine. Klar, du bist müde, wenn die anderen kommen, aber nach und nach fing er doch an, Kleinigkeiten über sich zu erzählen. Nicht viel, aber immerhin. Seine Zunge löste sich, sozusagen."

Johannes warf ein:

„Er hat große Schwierigkeiten in Toulouse gehabt mit seinem Betrieb."

„Auch in Westfalen ist er rausgeflogen. In Duisburg im Stahlwerk. Dort arbeitete er kurz in der Küche. Trug immer einen silbernen Ring beim Abwaschen. Und er hatte ein goldenes Händchen mit dem Akkordeon. Spielte abends zu Tanz auf, habe ich gehört."

„Er hatte allerdings einige Schwächen", wandte Johannes ein. „Wenn er sich aufregte, kam er ins Stottern. Und mit den Frauen gab es auch so ein paar Geschichten, die man besser nicht erzählt."

Er stand auf. „Es ist Zeit, Willie, wir müssen gehen."

In der Tür war ein Vorarbeiter erschienen.

Während Willie sich fertig machte, fragte ich noch schnell: „Wer außer euch kennt sich im Hafen gut aus?"

„Na, der Schleusenwart, natürlich. Und die zwei Angler da, die sind fast jeden Tag im Sommer hier. Hans. Hans ist der mit dem komischen Lederhut. Und der Fritz blinzelt immer wie ein Iltis, auch wenn gar keine Sonne scheint wie jetzt. Beide trinken zu viel."

Ich bedankte mich und stand auch auf. Willie reichte den Becher zurück. Er vermied meinen Blick und summte leise etwas vor sich hin. Dann drehte er sich um und ging.

„Lass dich nicht erschießen!", sagte Johannes.

Wir verabschiedeten uns einsilbig, ohne Handschlag. Sie gingen zur Tür in der Wand zurück. Johannes war ein krummer alter Mann, hager, etwa fünfzig Jahre alt. Willie wirkte gegen ihn eher klein und dick.

Ich war kaum zu Hause, da klingelte das Telefon. Ich sollte mich möglichst sofort in der Seminarstraße beim Zentralen Kriminaldienst melden, mit der Uniform.

„Sprich mit keinem darüber!", sagte Werner. „Und warte, wir holen dich ab!"

Tatsächlich kamen sie mit der grünen Minna vorgefahren und warteten vor der Garage. Was würden die Nachbarn denken?

Wir hielten kurz bei der Wache, um meine Uniform vom Mittwoch mitzunehmen.

In der Seminarstraße fuhren wir im Aufzug zur Chemischen

Abteilung. Leute vom LKA waren da aus Hannover. Hermann saß schon vor dem Labor.

Wir gingen hinter Werner rein, und Klaus vom Chemischen Dienst kam mit einem Apparat auf mich zu, der wie ein Funkgerät aussah.

„Was soll das werden?", fragte ich Klaus.

„Sie haben über das, was hier vor sich geht, absolutes Schweigen einzuhalten", sagte der Mann mit der randlosen Brille aus Hannover. Er hatte sich als Dr. Winkler vorgestellt. „Sie und ihr Kollege werden auf radioaktive Spuren untersucht. Auch ihre Uniformen."

Ich schaute mich ratlos um, dann auf Werner.

„War etwas mit dem Arm?"

„Ja, die Laboruntersuchung hat eine recht deutliche radioaktive Verstrahlung des Armes nachgewiesen. Es ist nicht auszuschließen, dass das Abtrennen des Armes und die Säure mit der Verstrahlung zusammenhängen."

Klaus fuhr mit dem Geigerzähler über unsere Uniformen. Keine erhöhten Werte, weder bei Hermann noch bei mir.

„Die Untersuchung übernimmt ab sofort das LKA", sagte Dr. Winkler. Er trug einen Schmiss quer über das Kinn, wie Leute von einer Verbindung. „Es gibt einen Anfangsverdacht auf Plutoniumschmuggel. Wir haben Hinweise bekommen. Das BKA ist eingeschaltet. Ich erinnere noch mal an Ihre Schweigepflicht. – Falls wir eine Sonderkommission vor Ort bilden, kommen wir vielleicht auf Sie zurück."

Ob wir Fragen hätten.

„Gibt es schon Hinweise auf das Opfer?", fragte ich.

Dafür sei es noch zu früh, aber die Arbeiter der Papierfabrik würden überprüft und eine Taucheraktion im Hafen sei in Gange. Die Wasserpolizei aus Bramsche, sie untersuche die Kanalwege. Es würden morgen Details in der Zeitung stehen. Das sei alles.

„Vielen Dank, meine Herren!"

Wir waren entlassen.

Karl-Heinz ließ sich nicht blicken. Hermann wollte noch

bleiben und sich von den Kollegen die Brücke zeigen lassen.

Ich verabschiedete mich im Flur, ging hinunter und durch die Stadt. In der Fußgängerzone standen die Böcke voller bedruckter T Shirts und Tennisschuhe. Ich schaute auf den Aushang der *OZ* im Fenster. Nichts zum Hafen. Wir würden bis zum nächsten Tag warten müssen.

Am Nikolaiort rief ich Heiko an auf ein Bier. Er nahm nicht ab. Ich brauchte dringend jemanden zum Sprechen. Mit Hermann konnte man nicht reden. Franz war noch bei der Arbeit. Dann versuchte ich sogar Hartmut, meinen Arzt. Der entschuldigte sich, hatte alle Hände voll zu tun.

Ich fragte ihn dennoch nach DNA-Untersuchungen, wie lange so etwas dauert. Hartmut ließ sich kurz zum genetischen Fingerabdruck und möglichen anderen Spuren aus.

Dann er erinnerte mich an meinen Blutdruck und riet mir, die Arbeit nicht so ernst zu nehmen. Wir verabredeten uns für das Maiwochenfest später auf der Hasestraße.

An Schlaf war eh nicht mehr zu denken, so machte ich meine Einkäufe und bummelte durch die Bierstraße nach Hause. Ich ging noch schnell in die Sparkasse und zog 200.- DM aus dem Automaten. Mit meinen Tragetaschen bepackt hielt ich kurz am Touristenbüro und fragte nach Broschüren über den Hafen. Anita war nicht da. Effie, die mich nicht mochte, sagte süffisant, Anita habe sich ein paar Tage frei genommen, und reichte mir eine kleine Broschüre zur Geschichte des Hafens und ein Firmenverzeichnis. Ich dankte, packte beide in die Tragetasche und nahm den Bus zum Eversburger Platz.

Am Abend las ich die Prospekte zum Piesberger Gesellschaftshaus, zu der Bahnlinie dahin, dem Haseschacht und seiner Geschichte als Zeche und als Steinbruch und den Rundwanderweg um die Müllanlage am Piesberg. Das Museum Industriekultur versprach noch mehr Details zur Geschichte.

Die meisten der Firmen kannte ich von vielen Streifengängen, die Speditionen, die Schrotthalden, den Steinhandel, die Auto-

Niederlassungen, die Nordwestbahn usw. Nicht erwähnt wurden die Bordelle an der Pagenstecherstraße, der Erotikmarkt, der Spielsalon, Orte, zu denen wir wiederholt gerufen wurden, um Frieden zu stiften. Es war eben vor allem eine Werbebroschüre. Ich packte sie auf dem Dachboden in mein Archiv, trank einen Jägermeister und ging schlafen.

3.

Wachsbleiche 27, Schreibarbeiten, ich blickte aus dem Fenster. Die Windmühlen auf dem Piesberg standen still. Mit dem Hafenmord kamen die Kollegen nicht weiter. Wenn es überhaupt einer war. Die Leiche war immer noch nicht aufgetaucht. Das mit der Lilie ergab keine Spur. Die Kollegen bei der Kriminalpolizei taten sehr beschäftigt, redeten aber nicht darüber. Das LKA war noch zweimal in Osnabrück gewesen, aber der Verdacht auf Plutoniumschmuggel ließ sich wohl nicht erhärten. Wieso auch im Hafen von Osnabrück?

Es gab eh genug zu tun. Ein Mann hatte seine Geliebte nach einer gemeinsamen Nacht erdrosselt und später in den Müllcontainer der Wohnanlage geworfen. Die Leiche hatte eine Woche im Keller gelegen. Vor der Diskothek Tripoli mussten wir eine Messerstecherei unterbinden, an der mindestens vier junge Leute beteiligt gewesen waren. Unklar blieb, wer die lebensgefährlichen Stiche versetzt hatte. Auf der Sünterstraße hatten drei Vermummte einen Pizza Boten überfallen, um ihm die beiden Pizzas und das Wechselgeld zu rauben. Er lag schwer verletzt im Städtischen Krankenhaus, war nicht aussagefähig. Einbrüche von durchziehenden Banden, Verkehrsunfälle, Schlägereien – die Ablagekörbe füllten sich.

Es waren überhaupt heiße Wochen gewesen: Die Neonazis hatten zwischen Himmelfahrt und Pfingsten gleich mehrfach zugeschlagen. Das Landesamt für Verfassungsschutz wollte die Sache an sich ziehen (Regierungsdirektor Hartmut B.). Die Skinheads und die rechtsextremen Kameradschaften seien in Niedersachsen auf 1.500 Mitglieder gewachsen. In Osnabrück hatten die Sprühereien wieder zugenommen. Mehr und mehr Bürger beschwerten sich. Wir hatten einen Preis von 1.000 DM ausgesetzt. In der Nacht drauf war unser Parkplatz auf der Pagenstecherstraße mit Initialen besprüht.

Werner, Achim und Carsten reichte es. Manchmal war Wochen

gar nichts und jetzt kam praktisch jeden Tag etwas Neues rein. Der Rummel von der Maiwoche, Vatertag und Westfalentag bedeuteten Stress wie immer. Auf Fragen nach dem Arm reagierte Werner eher unwirsch und abweisend.

Immerhin schien festzustehen, laut Karl-Heinz, dass das Opfer der verschwundene Koch der Papierfabrik war. Das LKA holte Erkundigungen in Italien und Frankreich ein. Bernd Achenwall, unser Systembetreuer im Polizeikommissariat 1, half mir bei der Recherche über Luciano Vannini. INPOL und PIOS hatten nichts, im ZEVIS gab es einen Hinweis zum Fahrzeughalter des Golfs in Stolzenau bei Nienburg. Nur der SIS hatte einen Eintrag zu „Vannini, Lucilio", aber der blieb gesperrt. „Sie sind nicht zugangsberechtigt."

Bernd tröstete mich:

„Das passiert öfter. Unser System hier ist völlig veraltet. Du brauchst dringend einen Internet-Anschluss zu Hause, damit du im Netz frei suchen kannst. Vielleicht sortieren wir nächste Woche einige PCs aus, und du kannst dir einen mit nach Hause mitnehmen. Ich kann dir helfen beim Anschließen, wenn du willst."

Er schaute mich ironisch über die Schulter an.

Ich hatte bei den Kollegen ohnehin den Ruf, ein unverbesserlicher Computer-Muffel zu sein. Ich war noch mit Fahndungskarteien und Hängeregistraturen groß geworden und mochte auch keine Handys. Bernd war sechsundzwanzig Jahre alt und kannte sich aus. Er half mir wiederholt beim Datensuchen.

„Kann ich im Internet auch Abkürzungen von Graffitis nachschauen?"

„Du kannst es ja mal versuchen. Mit einer Suchmaschine. Das lernt man schnell. In der Zwischenzeit kannst du dir ja mal dieses Taschenbuch mitnehmen. Ich brauch das nicht mehr. Hilft dir mit den Suchbefehlen weiter."

Dann kam das mit dem Unfall bei der Auffahrt Osnabrück-Hafen. Wir standen in der Sonne hinter der Autobahnbrücke und stoppten Raser. Irgendein Witzbold hatte zur Warnung ein riesiges Bild vom lauernden Bullen an die Seitenwand der Brücke gemalt, aber die Schnellfahrer stadtauswärts ließen sich nicht sehr beeindrucken. Wir hatten schon acht Wagen gestoppt und einmal den Führerschein eingezogen. Der Parkplatz hinter der Brücke bot noch Platz. Es war erst elf.

Da kam der Anruf von der Brücke. Ein Pkw war Richtung Stadt vom Autobahnzubringer abgekommen und auf einer Lichtung gelandet. Etwa vier Kilometer stadteinwärts von uns. Ein Krankenwagen war unterwegs. Wir bauten unsere Radarfalle ab, sagten den Kollegen Bescheid und fuhren mit Blaulicht hin. Wir kamen am Unfallort an.

Zwei Wagen standen bereits auf der Standspur, einer weit vor dem anderen. Jemand hatte ein Warndreieck aufgestellt. Der Verkehr lief etwas langsamer, aber es gab keinen Stau. Genau an dieser Stelle fehlte die Leitplanke. Die beiden Fahrer aus den Wagen auf dem Zubringer knieten auf der Lichtung. Vor ihnen saßen zwei Herren in dunklem Anzug auf Baumstümpfen. Der eine hatte Blut auf der Stirn und hielt sich ein weißes Taschentuch an die Nase. Der andere war weißblond (gefärbt?) und blickte glasig auf ein paar Tannen, die sich leicht im Winde wiegten. In der Ferne hörte ich den näher kommenden Krankenwagen.

Das Auto lag auf dem Kopf, ein silbergrauer Mercedes. Die Unterseite war irgendwie umgebaut, wulstartige Rohre reichten von Stoßstange zu Stoßstange. Der Aufprall hatte Vorderteil und Dach zusammengestaucht, bis auf die Rückscheibe waren alle Fenster kaputt, und die Haube am Heck stand halb aufgeklappt. Im Kofferraum funkelten irgendwelche Metallhalterungen. Der Wagen trug ein Kölner Kennzeichen. Eine Spezialanfertigung, wie sich herausstellte. Schon traf der Krankenwagen ein.

Während die Sanitäter die Verunglückten versorgten, kletterten Hermann und ich über die Baumstümpfe und schauten nach Spuren auf dem Zubringer. Es war ein gerades Stück Autobahn, keine Steigung, keine Hindernisse. Es gab auch keine Bremsspuren vor dem Rand der Standspur, die mittlere Leitplanke schien unversehrt. Wir nahmen die Aussagen auf von den beiden Pkw-Fahrern, die angehalten hatten. Bei Geschwindigkeit etwa 100 Stundenkilometern sei der Mercedes auf dem Zubringer ins Schleudern geraten und dann über die Böschung gegangen. Der Wagen direkt hinter ihm sei weiträumig ausgewichen, aber weitergefahren. Der Fahrer aus Vechta hatte den Aufprall gehört, das Ganze aber nur im Rückspiegel gesehen. Er hatte sofort die Polizeinummer angerufen. Das Ganze war vor etwa zehn Minuten passiert. Die beiden auf der Lichtung verstanden nur wenig Deutsch, und die Zeugen hatten ihnen aus dem Fahrzeug geholfen. Die Insassen hatten bereits die Gurte gelöst, als sie ankamen, doch die Türen klemmten, und gemeinsam hatten sie den Beifahrer durch das Fenster ziehen müssen. Die beiden waren wohl mit dem Schreck davongekommen, aber sie wollten nicht reden, auch miteinander nicht.

Wir nahmen die Personalien auf, dankten ihnen und ließen die Zeugen weiterfahren. Dann rief ich den Schleppdienst und danach die Brücke an.

„Schickt uns Verstärkung, Paul. Mein Englisch ist nicht gut genug. Wir haben hier zwei Ausländer am Zubringer. Am besten Heiner mit dem Streifenbus. Wir müssen die Aussagen der beiden aufnehmen, vielleicht auch einen Alkoholtest machen. – Okay. Wir warten."

Wir stiegen wieder hinüber zur Rodung. Auch die Sanitäter und der Arzt hatten die beiden wenig gesprächsbereit gefunden. Sie sprachen Französisch. Der Blonde wollte gerade wieder in den Wagen kriechen, als wir ankamen. Der andere hielt ein Handy ans Ohr und sprach mit jemandem. Der Arzt konnte weder Brüche noch eine Gehirnerschütterung feststellen. Die beiden verständigten sich kurz. Sobald die Verstärkung eintraf, konnten wir sie vernehmen.

Inzwischen traf auch der Abschleppdienst ein. Sie würden sich um den Wagen kümmern. Der Blonde gestikulierte wild, er müsse noch einmal in den Wagen. Achim wollte ihm helfen, doch die Tür ließ sich nicht öffnen. Der Blonde kroch durchs

Fenster zum Beifahrersitz. Und als er rückwärts wieder raus kam, hielt einen braunen Aktenkoffer mit vergoldeten Beschlägen in der Hand. So schien es wenigstens. Beim Aufrichten – sein schwarzer Anzug zeigte ein grünes Knie vom Kriechen – öffnete sich der Koffer und eine bunte Flut von Bildern ergoss sich über die Wiese.

Achim hatte sich schon gebückt, um ihm beim Einpacken der Bilder zu helfen, als er mich hinzu rief.

„Peter, komm mal her und schau dir das an!"

Ich verließ meinen Platz neben dem Fahrer mit einem Pflaster auf der Stirn (es war nur eine Platzwunde) und ging zur anderen Seite des Wagens. Vor mir lagen hunderte von vergrößerten Porno-Fotos auf Hochglanzpapier. Achim kniete neben ihnen und hob eines hoch.

„Das sind Kinderpornos", sagte er. Der Blonde stand wie erstarrt.

„Die müssen wir beschlagnahmen." Der Blonde reagierte nicht.

Achim sammelte die Bilder ein, schob sie in den Aktenkoffer und drückte ihn fest zu. Ich ging zurück zu den Leuten vom Abschleppdienst und sagte ihnen, der Wagen sei beschlagnahmt, sie sollten ihn zur Untersuchung nach Osnabrück bringen. Ich schrieb ihnen kurz auf, wo sie ihn abstellen konnten, und schärfte ihnen ein, nichts im Wagen anzufassen. Ich warf einen Blick in den halb offenen Kofferraum. Der enthielt zwei weitere Lederkoffer und drei kleinere Bleikisten, fest verankert. Die Haube rastete nicht mehr ein. Ich ließ den Kofferraum zukleben.

Der Blonde näherte sich und wollte mit mir allein sprechen. Wir gingen ein paar Schritte über die Rodung. In gebrochenem Deutsch begann er, das mit dem Koffer erklären. Sein Chef wisse nichts davon, es sei ein Geschenk, das er für jemanden in Bremen mitbringen wollte. Er wisse, das sei illegal, aber ob man nicht in diesem Falle den Koffer einfach „ignorieren" könnte. Er griff tatsächlich in sein Jackett und zog eine dicke Brieftasche heraus, voller Geldscheine, und hielt sie mir hin. Ich schaute mich um nach den Kollegen, drehte mich seitlich. Die warteten. Der Blonde drängte mir die Brieftasche auf. Ich sagte, ich könne das nicht annehmen, schob die Brieftasche zurück, und bat ihn, mit mir zum Streifenwagen zurückzukommen. Ich machte Achim ein Zeichen.

Inzwischen war auch der Kleinbus eingetroffen. Sie hatten Heiner geschickt mit Maleene. Heiner hatte Abitur, Maleene eine Schwester in Frankreich. Beide konnten Englisch und Französisch. Sie kamen runter und zu viert halfen wir den Verunglückten über die Böschung. Achim trug den Aktenkoffer. Wir setzten die beiden in den VW-Bus, und Heiner erklärte ihnen auf Französisch, die Koffer würden ihnen nachgebracht.

„Sie sind Belgier", sage er zu uns. „Wir fahren vor bis zur Dienststelle, und dort nehmen wir die Aussagen auf. Ihr kommt am besten hinter uns her."

„Der kleine Koffer hier", sagte Achim, „ist voller Kinderpornos. Ich habe ihn erst mal beschlagnahmt. Wir rufen die Brücke an, und dann sehen wir weiter an der Raststätte, Ok?"

Heiner pfiff leise durch die Zähne. „Na dann bis gleich."

Drei Stunden später erschienen zwei Anwälte auf der Wache. Sie wiesen sich bei Werner aus, waren aus Bremen gekommen, um eine Kaution für die beiden Belgier zu stellen. Diese hätten einen wichtigen Termin in Bremen, bei der Firma ENRO. Geschäfte, bei denen es um viel Geld ging. Sie deuteten an, dass jede Verzögerung wegen der bevorstehenden Feiertage hohe finanzielle Schäden verursachen würde.

Werner rief mich nach vorn.

„Einer Ihrer Mandanten, Herr Saumure, hat einen Bestechungsversuch bei Kommissar Kapp begangen. Dieser hat Anzeige gegen ihn erstattet. Hinzu kommt ein Koffer voller Kinderpornografie im Auto, der offensichtlich ebenfalls Herrn Saumure gehört. Der Wagen selbst wird noch untersucht. Es wird eine Reihe von Anzeigen gegen Ihre Mandanten geben."

„Das kann kein Grund für ein weiteres Festhalten sein. Wir

haben bereits mit Richter Seifert gesprochen und der hat eine angemessen hohe Kaution festgesetzt."

Er schob ein richterliches Schreiben über die Theke. Werner warf einen Blick darauf und bat um einen Moment Geduld. Er ging nach hinten, und die beiden Anwälte, wie ihre Mandanten ganz in Schwarz gekleidet, musterten mich feindlich.

„Haben Sie denn Beweise für den Bestechungsversuch?", fragte der kleinere der beiden.

„Mein Kollege hat den Versuch gesehen und wird ihn bezeugen."

Die Anwälte blickten sich an. „Das wird nicht leicht zu beweisen sein."

Ich antwortete nicht. Eine ungemütliche Stille breitete sich aus, bis Werner zurückkam.

„Das geht in Ordnung. Ihre beiden Mandanten müssen nur noch ein Schriftstück unterzeichnen und dann werden sie entlassen. Wie wollen Sie die Kaution deponieren?"

Ich entschuldigte mich und ging nach hinten, ohne mich von den Anwälten zu verabschieden. Sie gefielen mir nicht.

Bernd saß noch immer am Computer. Der Wagen war bei einer Firma in Köln zugelassen. Doch sonst gab es wenig zu berichten. Das INPOL streikte wieder. Seit der Einführung des neuen Systems im April funktionierte so gut wie nichts mehr. Bernd fluchte leise vor sich hin. ENRO in Bremen gab es wirklich, und beide Firmen hatten Geschäftskontakte mit Belgien. Man würde in Huy anrufen müssen, um mehr herauszufinden über Saumure und den Fahrer. Das Auto würde nach Hannover gebracht und dort auf die sonderbaren Röhren hin untersucht. Sie seien angeschweißt, hatte Werner gesagt. Im Auto habe man außerdem noch einen verbotenen Radardetektor gefunden.

Am Abend arbeitete ich noch eine Stunde im Garten, mähte den Rasen, zog Unkraut aus dem Plattenweg und stutzte den Rhododendron vor der Garage. Lukas kam auf seinem Rad vorbei und brachte mir eine Videokassette zurück. Ich gab ihm eine Mark.

Später sortierte ich alte Zeitungen aus und überflog die

Schlagzeilen. Boca Raton Sun. American Media. Shigella. Dönermord in Wuppertal. Informationen zu Viren und Bakterien. Einzeller, sie teilen sich und bilden Sporen, werden Dauerformen, entwickeln Toxine; Rickettsien Mittelform, Bakterien, die in Wirtszellen leben können. – Ein Artikel über ein U-Bahn-Experiment in London, Ausbreiten der Viren von Colliers Wood bis Camden Town. – Hinrichtungsaufschub für Timothy McVeigh abgelehnt vom Bezirksrichter. – Ein Bild vom missglückten Sprengungsversuch am Getreidesilo im Hafen hob ich auf. Der Turm stand schief. – Auch den Verfassungsschutzbericht Niedersachsen 2000 über die Zunahme rechtsextremer Gewalt schnitt ich aus; NPD – Zuwachs an Mitgliedern um 8% auf 6.500. Weiter: Speedpolka, Berlusconi, Fiamma Tricolore, Messerstecherei auf der Großen Straße (wir waren auf dieser Streife), Kulturflohmarkt, Einweihung Terminal 2 des Flughafens, Vandalismus britischer Soldaten am Hafen. Benzin wurde teurer. Ich brachte die ausgeschnittenen Seiten auf den Dachboden, der Rest kam in den Müll.

Schließlich stellte ich die Mülleimer raus. Es war schon dunkel, als ich fertig wurde. Über Pfingsten war ich zu einer Radtour verabredet. Der Mars ging rötlich im Südosten auf. Er wurde jede Nacht stärker und blieb die ganze Nacht zu sehen. Das Mars-Foto in der Zeitung war eindrucksvoll. Ich konnte das Eis auf dem Nordpol deutlich sehen. Ich würde versuchen, mir auf dem nächsten Flohmarkt ein Teleskop zuzulegen.

In dieser Nacht hatte ich einen Traum, gelackt wie ein Bild.

Es war eine Mondnacht am Hafen. Ich stand in einem halblangen Mantel vor den Schienen. Das muss in der Nähe der Papierfabrik gewesen sein, doch rechts und links standen Häuser. Ich hatte eine Laterne in der Hand und schaute in den Mond. Vor mir glasklar und still im Mondlicht ausgebreitet, das Industriegebiet mit seinen Kathedralen und Silos. Die Papierfabrik lag im Hellen, Dunkel über den Gleisen.

Von links fuhr lautlos ein Güterzug ein, gezogen von einer

altertümlichen Lokomotive, aus deren Schornstein Funken und Flammen stoben wie aus einem Vulkan. Das musste der Zug vom Piesberg sein. Der Güterzug schob sich langsam vor eine beleuchtete Straßenbahn, die auf einem hinteren Gleis stand. Noch vor dem Güterzug bewegte sich eine Draisine, seltsam kompakt, wie gepanzert. Jemand hatte ihr in großen silbrigen Schnörkeln die Zahlen 33-22 aufgemalt. Hinter den Gleisen erstreckten sich das Industriegebiet und dahinter der Piesberg. Links vor mir fiel Licht aus dem Haus, teils durch den Garten verdeckt. Das Bild vor mir schien sich auf verschiedenen Ebenen zu bewegen, wie gleitende Folien übereinander gelegt.

Aus dem Haus rechts trat eine Frau in einem langen blauen Mantel, der so ausgeschnitten war, dass ihre vollen schweren Brüste frei blieben. Sie schritt, die Beine unsichtbar unter dem langen Mantel, vor einem lückenhaften weißen Lattenzaun, wie der Güterzug von links nach rechts, aber noch langsamer als der Güterzug, der sich immer mehr vor die Straßenbahn schob. Der Zaun und die Frau warfen lange schwarze Schatten in meine Richtung. Unten im Bild tickte ein Zähler.

Ich wusste plötzlich ganz genau: in einem entfernten Stadtviertel gibt ein Mensch sich die größte Mühe, einen gleichgültigen Spaziergänger zu töten.

Irgendwie schien mir der Traum bedeutsam, und ich zeichnete ihn am Morgen auf.

4.

Der Fall lag wie im Trockendock. Es ging einfach nicht vorwärts. Die Mordkommission fand keinen Ansatzpunkt. Den Hinweis auf Lucilio Vannini konnte sie zwar durch die DNA-Analyse bestätigen. Aber sonst liefen alle Spuren ins Leere. Bernd hatte für mich wiederholt im SIS nachgeschaut, doch der Zugang zu dem Eintrag blieb gesperrt. Immerhin hatten die Kollegen festgestellt, dass das Opfer bei einer Isis Stein in der Lohstraße ein Zimmer gemietet und sich dort ordnungsgemäß angemeldet hatte. In der Firma lag nichts gegen ihn vor, sie hatte ihn abgeschrieben. Und Frau Stein galt als verwirrt und lag seit einiger Zeit im Landeskrankenhaus. Sie war über achtzig und nicht vernehmungsfähig.

Die Anwälte der beiden Belgier hatten mir einen Brief geschrieben, in dem sie mich baten, zu der Beschlagnahmung des Koffers Stellung zu nehmen. Ihr gemeinsamer Briefkopf trug eine Adresse aus Bremen. Ich zeigte Werner den Text und legte das Schriftstück zu den Akten.

Den Samstag nahm ich mir frei, radelte zum Markt in die Altstadt, danach kurz bei Anita vorbei. Ein Plausch, das Juli-Programm, schnell noch ein paar Einkäufe für das Haus. Meine Stromrechnung fiel regelmäßig zu hoch aus, und ich versorgte mich mit einer Reihe Energiesparbirnen und einem neuen Toaster.

Dann fuhr ich zu Franz. Wir hatten uns am letzten Kegelabend verabredet. Er wohnte auf der Piesberger Straße und wartete bereits auf mich. Wir kannten uns schon länger. Er hieß Liekdeeler und kam von der Küste. Aus Husum und geboren auf Föhr. Wir stellten unsere Räder hinter der Kanalbrücke ab und suchten uns auf der Nordseite des Kanals ein Plätzchen.

Ich hatte Franz beim Angeln kennengelernt. Er angelte immer

am selben Ort. Einmal vor Jahren traf ich ihn, als ich den Kanal entlang fuhr. Das muss kurz nach meiner Trennung gewesen sein. Wir kamen ins Gespräch, ich setzte mich zu ihm, und nach vier Stunden war es so, als hätten wir uns ein Leben lang gekannt. Franz war geschieden und fischte seit seiner Kindheit. Er wollte mir das Angeln beibringen. Aber die Fische waren Nebensache. Rute, Wochenende und Sonnenschein gehörten fest zusammen. Und abends gingen wir öfters auf ein Bier in die X-Bar in der Hafenstraße.

Wir klappten unsere Sitze auf wie immer, luden die Eimer mit Wasser und setzten uns hin. Das Hafenwasser lag klar und ungerührt unter unseren Ruten. Es war noch zu früh für Ruderer. Wir hatten den Kanal ganz für uns.

Franz war viel herumgekommen. Er hatte bei Kartmann gearbeitet, dann als Koch im Schinkel, musste bei Glockner mal Nachtwächter spielen, gehörte jetzt zum Grünflächenamt der Stadt und hielt im Sommer den Lagerplatz für Fahrende sauber. Er ging auf fünfundsechzig zu, nahm Teilzeitrente. Ein Denker.

Meist redeten wir nicht viel. Doch heute, als die Ruhe langsam in uns einsank, fing er an.

„Noch immer nichts Neues zum Hafenmord?"

„Wir wissen noch nicht mal, ob es ein Mord war. Kein Motiv, keine Informationen zum Opfer, keine Tatwaffe – nichts. Es könnte fast der Scherz eines Medizinstudenten aus Münster sein."

„Das glaube ich nicht."

Ich schwieg.

„Hör mal, Peter, ich hab da vor ein paar Wochen eine Sendung im Fernsehen gesehen. Die könnte dir und deinen Kollegen ein paar neue Ideen geben. Eine tolle Geschichte. Du musst sie anhören."

Die Sonne schien immer wärmer auf unsere Jacken. Ich zog meine aus und sagte:

„Schieß los!"

„Also es geht um diesen See in Österreich und einen Nazischatz."

Er zog seine Jacke aus. Dann legte er los. Es war eine lange verworrene Geschichte um Gold, das die Nazis angeblich bei Kriegsende in einem See im Salzkammergut versenkten. Der See war sehr tief. Seitdem versuchten viele Leute, den Schatz zu heben. Ein oder zwei waren dabei umgekommen. Alles sehr trübe. Die Kisten waren nicht mehr aufgetaucht.

Ich legte einen neuen Köder ein. Es biss keiner an.

„Also hätte es nicht ein Taucher sein können, der was im Kanal suchte und den sie nachher umgelegt haben?"

„Wonach hätte der denn suchen sollen? Nach einem Nazischatz? In Osnabrück?"

„Hätte doch sein können. War da nicht etwas mit dem Hafen im Zweiten Weltkrieg?"

„Nicht dass ich wüsste."

Wir schwiegen.

„Nimm mal an, es gab da eine Fracht auf einem der Schiffe hinter Nostrom, die über Bord gegangen ist. Drogen aus Amsterdam, zum Beispiel. Der Taucher hat sie rausgeholt und ist dann von der Mafia umgelegt worden."

„Du guckst zu viel Fernsehen, Franz. Wo soll denn in Osnabrück die Mafia sein? Die paar kleinen Schieber, die den lokalen Markt versorgen? Die zwei Russen, die die Pizzerias abkassieren? Die drei Bordellbesitzer, die mit Frauen aus dem Osten handeln?"

„Könnte doch sein, meinst du nicht? Auch war das Auto, das ihr gefunden habt, ja gar nicht aus Osnabrück."

„Die Mafia aus Stolzenau?"

Wir beide lachten.

Dann biss bei Franz einer an. Langsam holte er die Leine ein. Ein recht kleiner Fisch zappelte am Ende des Hakens. Seine Schuppen leuchteten in der Sonne. Franz nahm ihn vorsichtig ab und warf ihn in den Eimer. Er befestigte einen größeren Köder; dann warf er die Leine neu aus.

„Nehmen wir mal an, du hättest recht: wieso haben sie das Auto auf der Brücke stehen lassen?"

„Vielleicht sind sie zu Fuß geflohen, als der Kapitän aufwachte."

„Was haben sie dann mit dem Rest der Leiche gemacht? Mitgenommen?"

„Das wäre doch möglich, Peter. Sie konnten den Rest doch unterwegs wegwerfen."

„Wir haben das ganze Ufer bis zur Bahnstraße durchkämmt, am Kanal bis zur Schleuse mit Hunden gesucht, selbst die morastigen Tümpel am Südufer haben wir mit Stangen durchstochert. Die Taucher sind durch den ganzen Stichkanal gezogen. Nicht eine Spur. Die Kollegen kennen ihre Arbeit, Franz."

„Und wenn sie zur Hase rübergewechselt sind? Habt ihr auch an die Teiche hinter der Kläranlage gedacht?"

„Über die Dornierstraße? Nein, da hat keiner dran gedacht."

Franz wippte auf seinem Klappstuhl. Er fing wieder an.

„Das Auto aus Stolzenau war doch gestohlen?"

„Franz, du weißt, ich bin nicht bei der Kriminalpolizei. Nur einfache Streife."

„Tu doch nicht so, es stand doch in der Zeitung. – Und wenn es ein zweites Auto gab?"

„Kein Mensch hat es gesehen oder gehört oder vermisst."

„Trotzdem, nimm mal an, sie hätten die Leiche mit dem zweiten Wagen fortgeschafft und den gestohlenen Wagen als falsche Spur hinterlassen."

„Und den Arm ebenfalls?"

„Warum nicht? Und vor allem das geheimnisvolle Symbol da drauf."

„Stand das auch in der Zeitung?"

„Nein, das hast du mir erzählt."

„Hm. – Aber warum dann der Kampf hinter dem Schiff oder auf ihm? Warum die Schleifspuren in Richtung Schleuse?"

„Vielleicht stand der zweite Wagen an der Schleuse. Ist die eigentlich nachts besetzt?"

Franz hatte sich wohl einige Gedanken gemacht, seit wir uns zum letzten Mal gesehen hatten.

„Ich glaube nicht, Franz."

„Wäre also möglich. Und von dort aus mit Leiche und Drogen auf die Autobahn."

„Wir wissen ja nicht einmal, ob es um Drogen ging. Nicht einmal Mord steht fest, die Blutspuren waren zwar frisch, aber nicht von der Leiche. Das sind alles nur Vermutungen. Solange die Kollegen keine Beweise finden, geht der Fall nicht weiter."

Wir angelten schweigend eine Zeitlang vor uns hin. Ich warf einen neuen Köder aus. Franz redete in letzter Zeit zu viel. Deshalb hatte ich ihm auch nichts von Radioaktivität erzählt.

„Hör mal, das mit den Teichen hinter dem Klärwerk ist keine schlechte Idee. Vielleicht sollten wir die auch durchsuchen."

„Ich habe zu Haus ein altes Boot."

„Ich meine nicht uns beide, Franz. Ich meine die Kollegen von der Kripo."

„Warum sollen wir das denen überlassen? Der eine Teich ist voller Enten. Sicher hat er auch Fische. Wir könnten von meinem Boot aus angeln. Und ein Netz habe ich auch."

Ich starrte auf den Kanal. Nichts rührte sich. Nichts biss. In der Ferne hörte man die Kieslader vom Piesberg abfahren. Durilit.

„Das ist doch Betriebsgelände, wenn ich mich recht erinnere?"

„Da hält sich eh keiner dran. Wir werden sicher einige Liebespaare stören, nicht nur die Enten. Außerdem kenn' ich den Schorsch bei der Kläranlage. Den könnten wir einfach mitnehmen, der wohnt neben mir. War auch mal Nachtwächter. Komm, Peter, du tust den Kollegen bei der Kripo einen Gefallen! Und wenn nicht, dann brauchst du es ihnen nicht auf die Nase zu binden."

Ganz wohl war mir bei dem Gedanken nicht. Ich schaute auf die Uhr. Es ging auf elf Uhr vormittags. Es würde ein heißer Tag werden. Ich hatte abends nichts vor. Franz reichte mir seine Schiebermütze rüber, um meinen Glatzkopf vor der Sonne zu schützen.

Eine Stunde später hatten wir den Anhänger mit dem Kahn

hinter den alten Golf von Franz gekuppelt (ein Bremslicht funktionierte nicht, ich wechselte es aus) und fuhren raus zur Dornierstraße. Georg nahm den Rücksitz. Neben ihm saß sein Neffe, Niko, ein jugendlicher Draufgänger mit unternehmungslustigen Augen. Auf seinem schwarzen T-Shirt stand ALICE COOPER unter einigen dick aufgetragenen Blutstropfen. Georg brachte ihn einfach mit. Er hatte uns großzügig die Erlaubnis gegeben, im Teich zu angeln, („Es sind eh keine Fische drin"), obwohl das klar seine Befugnisse überschritt.

Georg hatte einen weißen Schnurrbart, funkelte mit den Augen, und er rauchte Pfeife mit aromatisiertem Tabak. Das war wohl sein Schutzschild gegen den ewigen Geruch aus der Kläranlage. Das Auto füllte sich mit dem Feigengeruch, und wir öffneten alle Fenster. Für Franz und Georg schien das eine ganz alltägliche Unternehmung. Früher waren sie oft mit dem Boot auf dem Kanal unterwegs gewesen. Es hatte sogar mal einen Außenbord-Motor gegeben. Inzwischen trug das Boot ziemlich viele Flicken und der Motor war verkauft.

Das Zurücksetzen mit dem Auto übernahm Franz, und bald stand das Boot mit Anhänger am Teich. Niko koppelte aus und fuhr den klapprigen Wagen weg.

Das Boot zeigte sein Alter. Die Seile waren verwittert, die Löcher teilweise mit Werg abgedichtet. Jemand hatte die Fuge zum Einhängen der Bootsbank eingerissen. Das Gatt wies Risse auf. Trotz der Abdeckung unter einer Plane stand Regenwasser im Kahn, als wir es vom Anhänger herunternahmen. Es ging leichter als vermutet, und wir schoben ihn die letzten drei Meter durchs Gras. Ich ging zurück und holte eine kleine Kanne aus Kunststoff vom Anhänger. Niko brachte den Wagenschlüssel. Wir kippten das Boot seitlich, um das Regenwasser rauslaufen zu lassen, legten die Kanne, Angeln, Ruder, eine Zwei-Liter-Flasche Bardolino, Staken und das Netz hinein. Dann schoben wir das Boot zur Hälfte in den Teich. Georg und ich kletterten hinein und setzten uns auf die hintere Bank. Franz schob den Holzboden in den Teich und stieg nach Niko über den Bug ins

Boot. Er wirkte etwas steif, aber er machte das geschickt wie in alten Zeiten. Wir stießen mit den Stangen ab.

Dies war nicht der Müggelsee, aber groß genug. Schilf umstand uns, die Stockenten hatten sich in den hinteren Teil zurückgezogen. Liebespaare ließen sich weit und breit nicht sehen. Es war ja gerade Mittag. Spaziergänger und Radfahrer würden erst später hier vorbeikommen. Georg und ich ruderten an die westliche Seite des Teichs, wo wir vom Weg aus nicht sichtbar waren, und wechselten dort die Sitze. Ich ging mit der Angel an den Bug, Georg und Franz beschwerten die Seiten des Netzes und warfen es aus.

Beim Wechseln der Sitze war etwas Wasser durch den Holzboden eingetreten, und ich schöpfte es mit der Kanne aus. Langsam ruderten die beiden zurück in die Mitte des Sees. Ich kam mir etwas lächerlich vor an der Angel im Bug, aber es diente ja nur zur Tarnung. Die Sonne stand hoch am Himmel, die Enten kamen wieder näher, das Schilf rauschte und die leichte Brise stand uns im Rücken, drückte gegen die Dünste der Kläranlage. Die Geräusche der Stadt drangen nur von ganz weit, wie durch einen Filter, heran. Für einen Moment vergaß ich, dass wir uns auf einem Betriebsgelände befanden.

Georg öffnete den Schraubverschluss der Rotweinflasche und reichte sie herum. Niko nahm gleich drei Schluck aus der Flasche. Ich bekam Hunger, aber die Butterbrote hatte Niko im Auto gelassen.

„Na, dann wollen wir mal bis ans andere Ufer. Um das Netz einzuholen", sagte Franz, der ganz in seinem Element zu sein schien. Sie legten ein paar Ruderschläge nach, und zogen schwitzend zum ersten Mal das Netz ein. Nichts, der übliche Müll, ein paar Bierdosen, ein Gummistiefel, die verbogenen Felgen eines Fahrrads, Äste und viel Schlamm. Niko langweilte sich. Ich nahm ihm die Flasche weg.

Sie warfen das Netz erneut aus, die Funde ließen sie zurück, und Franz zog eine parallele Spur zurück zum Westufer. Eine ganz und gar unsinnige Idee. Ich warf zum guten Schein die

Angel neu aus und nahm einen Schluck aus der Flasche.

„Peter, pass mal auf das Wasser im Boot auf!", sagte Franz.

In der Tat hatte sich unter ihrer Bank ein Leck gebildet, das mehr einließ als das am Bug. Besorgt griff ich zur Kanne und schöpfte aus. Auch ich kam ins Schwitzen unter der Schiebemütze. Die Hitze lag schwer über dem Teich. Ich schaute auf die Uhr, es war fast ein Uhr.

Beim vierten Durchqueren des Teiches hatten wir bereits mit zwei kleinen Müllhaufen auf gegenüberliegenden Ufern drei Bahnen markiert. Nichts Aufregendes war dabei, bis auf eine beschädigte Taucherflosse, die aber Gott weiß woher stammen konnte. Franz legte sie trotzdem gesondert beiseite. Ich hatte die Suche längst aufgegeben und erfreute mich an der nachziehenden Angel, den Enten und dem rauschenden Schilf. Ab und zu schöpfte ich Wasser aus dem Boot. Das erste junge Paar war angekommen. Es schwenkte in den Weg zwischen den Teichen ein und verschwand im hohen Gras. Die Zwei-Literflasche war zur Hälfte leer, und Nikos Gesicht glühte.

„Entenschießen wäre hier leicht", sagte er unternehmenslustig.

Beim sechsten Überqueren fing das Netz einen schweren Gegenstand ein. Wir waren in der Mitte des Teiches, und das Rudern fiel sichtlich schwerer. Das Boot kam kaum von der Stelle.

„Vielleicht hängt das Netz am Boden fest", sagte Franz. „Komm, Schorsch, wir ziehen es etwas hoch! Peter, setz dich hin wie Niko! Haltet das Gleichgewicht!"

Franz spielte ganz allmählich den Kapitän. Er schwitzte vor Aufregung. Schorsch stand auf und zog am Netz, Franz half mit der Stange nach. Sie zogen erneut mit aller Anstrengung. Das Netz kam langsam hoch. Da füllte sich das Boot plötzlich mit Wasser, immer schneller. Das Leck unter ihrem Sitz hatte sich vergrößert. An Schöpfen war nicht mehr zu denken. Das Wasser stieg blitzschnell, obwohl die beiden Netz und Stange sofort losließen.

Das Boot sank. Wir schrieen auf.

Zum Glück war der Teich nicht tief. Das Boot erreichte den

Grund, als uns das Wasser gerade bis zum Hals stand. Ich hatte noch immer meine Angel in der Hand, alles ging so schnell.

„Ich kann nicht schwimmen", sagte Schorsch, der deutlich kleiner war als Franz und ich. Er legte den Kopf leicht nach hinten, um kein Wasser in den Mund zu kriegen. Zum Glück standen wir immer noch auf dem Boot, und ich half Schorsch zur höchsten Stelle am Bug.

„Bleibt ganz ruhig!", sagte Franz. „Es gibt hier einige tiefe Löcher. Ich probiere einen Weg aus oder schwimme ans Ufer und hole uns was. Bewegt euch nicht von der Stelle!"

Ich stocherte mit der Angel am Boden herum. Wir standen noch sicher im Boot, rundum war es sehr schlammig und die Angelrute blieb fast im Schlick stecken.

Dann fing Franz an zu lachen. Wir schauten uns an und lachten alle drei.

Niko sagte, „Schei-ße!"

„Du und deine Ideen", sagte ich.

„Du und dein Boot", sagte Schorsch.

„Schade um den Rotwein", sagte Franz und watete los.

„Mach keine Wellen!"

Das Wasser wirkte kühl, aber bei der Hitze der Luft nicht zu kühl. Die Sonne brannte uns auf den Kopf. Ich bot Schorsch meine Mütze an. Er wollte nicht. Sein Hinterkopf lag eh knapp unter Wasser.

Es wurde langsam kühler, wir schwiegen. Niko fing an, mit den Zähnen zu klappern. Das hielt die Enten fern, die mit ihren Jungen neugierig näher gekommen waren. Es gab nicht nur Stockenten. Ein paar Reiherenten und Spießenten kamen hinzu. Sie hatten solche Köpfe noch nicht gesehen.

Etwa eine halbe Stunde später kam Franz wieder. Lukas war bei ihm und brachte ein paar trockne Sachen auf seinem Gepäckträger. Franz trug eine extra lange Stange bei sich und ein Seil, als er auf uns zu watete. Lukas hielt ihm das Seilende. Franz rammte die Stange in den Schlick direkt neben dem Boot und warf das Seil unter Wasser um Schorsch und verknotete es.

Dann kam Niko dran, zum Schluss ich.

Vorsichtig stapften wir hinter Franz durch den Schlick, hier und da traten wir auch auf härtere Gegenstände. Bis auf einen kurzen Fehltritt von Schorsch, der seinen Kopf für einen Augenblick unter Wasser zwang, ging alles gut und fünf Minuten standen wir wieder am Ufer.

Die Mütze stank, meine Quarzuhr konnte ich wegwerfen; alle waren pitschnass. Wir setzten uns ins Gras, zogen unsere Sachen aus und wrangen sie aus. Lukas verteilte ein paar Handtücher, die er von seiner Mutter, einer Nachbarin aus dem Wacholderweg, geborgt hatte. Niko musste niesen und wollte nach Haus. Er war ganz bleich um die Nase. Schorsch bot an, beim Bergen des Kahns zu helfen. Also fuhr er erst mal Niko nach Haus, brachte mehr trockene Sachen und ein dickeres Seil mit. Franz holte einen Haken aus dem Kofferraum, während Schorsch und ich die beiden Seile miteinander verknüpften. Lukas packte mit an. Er war erst elf, aber ein tüchtiges Kerlchen.

Franz band den dreizackigen Haken an das Seil, zog sich bis auf die Hose aus und watete zur Stange zurück. Schorsch und ich hielten das andere Ende des Seils. Franz tauchte zum Kahn, befestigte die Kralle und richtete den Kahn auf uns aus. Er tauchte drei Mal, bevor er mit der Stange zurückwatete.

Nach einer Verschnaufpause ergriffen wir zu viert das Seil. Franz dampfte. Hinter uns hatte sich eine kleine Gruppe Schaulustiger gebildet, locker über ihre Räder gelehnt. Das Pärchen war ebenfalls aus dem Schilf aufgetaucht.

„Hau Ruck!", rief ein ganz Lustiger. Tatsächlich saß das Boot ziemlich fest im Schlick und in den Pflanzen.

„Na, dann fasst mal mit an!", rief Franz zurück. „Wir wollen den Kahn hier vor Mitternacht heraus haben."

Im Nu hatten wir Verstärkung, zogen im Takt, und in zehn Minuten lag der Kahn wieder an Land. Wir dankten den Helfern ohne viele Erklärungen, warteten dann aber, bis sie wieder weitergingen.

„Den Rest schaffen wir schon alleine", sagte Franz und begann sich wieder anzuziehen. Ich holte den Wagen mit dem Anhänger. Als wir den Kahn seitlich kippten, sagte Franz: „Sachte!" Also leerten wir das Wasser langsam, und erst ganz gegen Ende wurde am Boden des Kahns etwas mit Schlickpflanzen Umwickeltes sichtbar: rechteckig, metallisch mit Plastik und einer runden Scheibe. Etwas, das Franz offensichtlich beim Tauchen noch ins Boot befördert hatte.

„Noch mehr Müll?", spottete ich.

„Datenmüll allerhöchstens", sagte Franz triumphierend. „Das ist eine Festplatte, du Ignorant!"

Schorsch kratzte sich am Kopf und nieste.

Es fing an zu regnen, und der Regen entwickelte sich schnell zu einem Wolkenguss.

5.

Die Festplatte war ein Volltreffer. Den Leuten bei der Technik gelang es, den größten Teil der Daten zu retten. Die stellten sich als eine riesige Sammlung von Kinderporno-Fotos heraus mit – und das war das eigentlich Sensationelle an dem Fund – einer Kundendatei. Die Bilder kamen meist aus dem Netz, aber vieles wies auf Belgien und die Gegend um Charleroi, vielleicht auch Huy, als Bezugsquelle. Es kribbelte bei mir. Also eine Verbindung zu den beiden Belgiern lag mindestens nahe. Vielleicht stand Saumure ja mit auf dem Verteiler. Oder ihm gehörte sogar die Platte.

Eine Sonderkommission wurde eingerichtet, Taucher durchsuchten den Teich, der bis jetzt unbehelligt geblieben war. Sie harkten den Boden Schritt für Schritt. Es kam nichts Weiteres zu Tage. Ich gab eine Kopie meines Berichts über die beiden Belgier an die Sonderkommission, bekam aber keine Antwort darauf. Die Kommission bestand auf strenger Geheimhaltung. In der Wache munkelte man, es seien hohe Beamte und viel Prominenz auf den Fotos zu sehen. Eine internationale Kommission beschäftige sich bereits mit dem Fall. Die Fotos enthielten politischen Sprengstoff. Ich machte mir einige Aufzeichnungen.

Belgien schien auch in anderer Hinsicht interessant. Ich hatte schon vor Jahren Meldungen über die Kinderfänger in Belgien gesammelt. Ein Abgrund tat sich da auf: In Mons wurden 1997 Körperteile dreier ermordeter Frauen in Plastiksäcken entdeckt. Auch ein Fuß im Kanal bei Charleroi, der angeblich zu dem Portier eines Nachtclubs gehörte. Die Brüsseler Prostituierten bedienten die Oberschicht bei Mme. Maud und in verschiedenen Bars der Unterwelt, die wiederum den Vertrieb von Kinderpornografie über eine Brüsseler Tankstelle kontrollierte. Die belgische Polizei schien weitgehend machtlos. Zwei der Fahnder waren damals auf rechtsextreme Kreise in der Polizei gestoßen, die am Waffenhandel mit libanesischen Falangisten beteiligt waren. Die Ermittlungen führten auch da ins Leere.

Und überhaupt, Waffen! Die aufgedeckten Fälle von Bestechungen durch den Waffenkonzern ASCO und durch weitere bankrotte italienische Konzerne führten zum Rücktritt von Politikern. Brüsseler Politiker tauchten teilweise in den Kinderpornoskandalen auf. Es gab einen Sumpf um Charleroi, der weite Kreise zog, aber der gefasste Zuhälter schwieg zu den zahlreichen Vorwürfen. Vielleicht auch zu Huy.

Das alles fand ich in meinem Zeitungsarchiv. Aber inzwischen hatte ich auch etwas Erfahrung mit dem Computer gesammelt und wusste, die neuen Suchmaschinen im Internet erwiesen sich oft als erstaunlich ergiebig. Ergiebiger als das marode INPOL. Ich begann zu ahnen, warum Bernd bei der Nachtschicht oft stundenlang ins Netz abtauchte und dort seine Recherchen machte.

Gegen Ende Mai fingen wir an, einige ältere Computer auszumisten. Sie liefen zwar noch, aber zu langsam. Sie stürzten oft ab und taugten hauptsächlich zum Schreiben. Doch Bernd machte sein Versprechen wahr. Er entfernte die Inventarnummer von einem der ausgemusterten PCs und lud mir einige nützliche Programme auf die Festplatte. Er legte einige Handbücher dazu. Die Suchfibel hatte ich noch.

„Da hast du deinen Computer. Jetzt brauchst du nur noch einen Internetanschluss. Bald kannst du dein Zeitungsarchiv wegwerfen."

Bernd kannte meine Schwäche für alte Zeitungsausrisse, meine überquellenden Archivbestände im Gartenschuppen und auf dem Dachboden. Trotzdem fragte er mich gelegentlich nach dem einen oder anderen. Nicht alles stand im Netz.

Heiko kam nach Dienstschluss vorbei und lud Turm, Tastatur und Monitor in das Auto von Franz.

„Da haben sie dir aber ganz schönen Schrott angedreht", sagte er.

Wir fuhren zu mir. Letzte Woche hatte ich vor dem Kegeln ein Modem gekauft, und ein Freund von Bernd hatte ihm versprochen, es bei mir anzuschließen.

Der Mai lief kühl und verregnet aus. Oft saß ich während meiner freien Zeit vor dem Computer und machte eigene Gehversuche im Internet. Ich legte Lesezeichen an, darunter zu vielen Zeitungen Online. Für mein Archiv auf dem Boden blieb immer weniger Zeit. Es sah schnell alt aus.

Ich lernte, Suchbegriffe einzugeben und zu verknüpfen. Es war kinderleicht, und ich ärgerte mich, dass ich so lange damit gewartet hatte. Es war wie INPOL nur viel größer. Die Suchmaschinen waren ein nützliches Instrument zu eigenen Ermittlungen aller Art. Ich suchte Ereignisse, bei denen ich Dienst gehabt hatte, den NPD-Aufmarsch in Hannover, den Castortransporte-Einsatz und einen Bankraub in Osnabrück. Ich stellte auch Nachforschungen über Plutoniumschmuggel an und fand heraus, was die Kürzung der Altersversorgung von Beamten für mich bedeutete. Allmählich gewöhnte ich mich auch an die häufigen „Abstürze" des Systems.

Einen ganzen Abend verbrachte ich mit einem neuen Spiel, das ich heruntergeladen hatte. Es war die ewige Moorhuhnjagd in der zweiten Fassung. Hermann hatte es mir empfohlen, und fast alle auf der Wache spielten es zu Hause. Einige Kollegen hatten es sogar im Büro geladen. Aber Werner ließ die PCs jeden Monat von Bernd überprüfen.

Man vergaß über dem Spiel die Zeit, tauchte in eine absurde Welt von sich gutmütig zum Abschuss anbietenden Moorhühnern. Es schien wie gemacht für frustrierte Polizisten, die mit ihrem Fall nicht weiterkamen. Immerhin schaffte ich 630 Punkte!

In der Nacht hatte ich wieder wirre Träume, die mit dem Hafen zu tun hatten. Ein vermummter Mann bot sich an, mich von der Kiesseite zu Nostrom überzusetzen, aber das Boot hatte keine Ducht. Ich setzte mich auf den hinteren Rand und das Boot fing sofort an zu sinken. In letzter Minute ergriff der blaue Kran das

Boot und hob es aus dem Wasser. Er hob uns höher und höher. Da fiel der Boden aus dem Boot tief hinunter in den Kanal. Ich sah, wie er kleiner und kleiner wurde. Ihn bedeckten seltsame Linien, die sich wie in einer Zeichnung überkreuzten. Beim Aufschlag ins Wasser erkannte ich, dass der Boden aus der Festplatte eines Rechners bestand.

Wie gesagt, wirres Zeug mit Resten der letzten Tage.

Etwa eine Woche nach der Geschichte mit dem Teich hatte es noch einmal einen „Car-Freitag" gegeben. Der machte uns kein Vergnügen. Ursprünglich vor Ostern – daher der Name – geplant und unterdrückt ging es dabei um ein jährliches Ritual. Es trafen sich Leute aus der ganzen Gegend Freitagsabend auf der Pagenstecherstraße und fuhren Rennen. Diese Leute kamen aus der so genannten Tuning-Szene. Sie hatten das Chassis ihrer Wagen tiefer gelegt, an den Stoßdämpfern herumgebastelt, die Motoren frisiert und manchmal auch den Auspuff erweitert.

Die Mode kam aus Amerika, sie hieß dort, glaube ich, *lowriders* und war wie ein Spiel. Ein Spiel mit der Polizei. Man provozierte uns durch kleine Regelverletzungen und versuchte, durch Überraschungsvorstöße die Kontrolle über die Straße für einen Moment zu übernehmen.

Doch die Überraschung war längst dahin. Bernd hatte im Internet die Verabredungen für Osnabrück ausgespäht. Wir mussten in solchen Nächten Überstunden machen, Wagenpapiere und TÜV überprüfen, Gutachten anfordern, falls die Wagen umgebaut waren, Ordnungswidrigkeitsanzeigen ausstellen usw. Ich tat das nicht gern.

Es war wieder so eine Nacht ohne Vergnügen. Um die Tankstellen, unbebauten Grundstücke und Disko- Parkplätze scharten sich junge Leute, die ihre Wagen gegenseitig bewunderten. Hier und da gingen Motorhauben auf. Einige zeigten sich, wie weit man den Wagen höher oder tiefer legen konnte, und dann galt es ja auch noch, die Ausstellungen der lokalen Niederlassungen zu bewundern.

Die Pagenstecherstraße hatte sich längst zur Automeile gemausert, ein Händler reihte sich an den anderen. BMW, Lexus, Volvo und andere wechselten sich ab mit Burger King, MacDonalds, Videostores und Autozubehör-Läden. So stellte ich mir die USA vor. Die Pagenstecher sah nachts mit ihrer Leuchtreklame wie eine Straße im Serienkrimi aus. Und natürlich behielten wir von der Wache sie auch tagsüber sorgsam im Blick.

Wir hatten Absperrungen auf die Straße gestellt, um das Ausbrechen zu verhindern. Wir ließen uns die Papiere von allzu verdächtig aussehenden Wagen zeigen. Einige Kollegen patrouillierten durch Zubringer-Straßen, um neue Besucher daran zu hindern, auf die Pagenstecher zu fahren.

Meiner Meinung nach war das alles etwas übertrieben. Die Stadt erwog sogar, mobile Schwellen anzuschaffen, um Rennen ganz zu unterbinden. An die 2000 Schaulustige hatten sich heute in unserem Abschnitt angesammelt.

Ich stand mit Hermann neben der ARESH-Tankstelle. Es war seine letzte Praktikumswoche. Sein Alter, Mitte zwanzig, machte ihn zum besseren Gesprächspartner der Leute aus der Szene. Wir waren angewiesen, uns freundlich zu verhalten, Konfrontationen zu vermeiden. Ich ließ gleichzeitig den Alkoholverkauf in der Tankstelle nicht aus den Augen.

Neben uns stand ein Porsche mit Osnabrücker Kennzeichen. (Alle Kennzeichen ließen sich durch Flensburg überprüfen). Der Wagen sah noch flacher und niedriger aus als gewöhnlich, schwarz, auf Hochglanz poliert. Sein Fahrer stand daneben und schaute auf die Straße. Er war keine fünfundzwanzig Jahre alt.

„Gehört der Ihnen?", fragte Hermann.

„Ja. Und?"

„Na ja, der war doch sicher nicht billig!"

„Den habe ich von meinem Vater geschenkt bekommen."

„Nobel. – War der schon so oder haben Sie ihn noch tunen lassen?"

„Was heißt hier ‚lassen'? Das machen wir selbst."

„Sind Sie gelernter Mechaniker?"

„Sehe ich etwa so aus?"

Wir musterten ihn. Weiße teure Markenjeans, rotes Hemd mit Krokodil, schlichte Rolex.

„Nein, eher wie der Chef einer Werkstatt", sagte Hermann.

Sie grienten beide kurz.

„Und, wie lernt man das?" Ich mischte mich ein. „Mit einem Buch etwa?"

„Nein, das lernt man von Bekannten. Wir treffen uns einfach. Das ist doch nicht verboten."

Ein bleicher Jüngling mit Pickeln schob sich nach vorne und hörte aufmerksam zu. Er richtete seine vorstehenden blauen Augen auf den Boden.

„Ganz sicher nicht. Nur gelten in den Städten Geschwindigkeitsbegrenzungen."

„Wir schauen uns ja nur um."

Wir spielten weiter Katz und Maus. Sie warteten, dass wir abgerufen würden. Wir setzten darauf, dass sie aufgeben würden. Es war 23:30. Es konnte eine lange Nacht werden. Ich schaute hoch.

Den Mars konnte man kaum noch sehen. Seine Opposition war vorbei. Scheinwerferkegel beleuchteten das Geschäft nebenan, wo ich meine Tapetenrollen kaufte. Die Straße lag ruhig.

Plötzlich brach ein weißer BMW aus dem Parkplatz vor der Türken-Disko aus, umfuhr im Slalom die Absperrungen und beschleunigte stadtauswärts. Die Kollegen am Eversburger Platz würden sich schon um ihn kümmern. Da war Totalsperrung.

Unser Porsche-Fahrer folgte dem BMW mit den Augen. Er versuchte, keine Gefühlsregung zu zeigen. Andere hielten sich weniger zurück und feuerten den BMW an.

Wir warteten auf einen neuen Ausbruch, aber alles blieb ruhig. Es war ja noch früh. Die Leute griffen zu ihren Handys.

Ich machte einen neuen Anlauf.

„Aber es müsste doch auch Spezialwerkstätten geben wie bei Oldtimern."

„Das ist eine ganz andere Szene. Mit Schnauferln haben wir nichts zu tun", erwiderte der Porsche-Fahrer.

„Also, ich habe eine Vespa von 1959. Die rostet so in der Garage vor sich hin. Wenn ich die aber auf Schwung bringen wollte, müsste es doch eine Werkstatt geben, die so etwas kann."

Er witterte eine Falle: „Dafür kriegen sie doch gar keine Ersatzteile. Und durch den TÜV kommen Sie damit doch auch nicht. Das wäre auch sicher nicht legal?"

„Ich will ja damit keine Rennen fahren. Aber nehmen wir nur mal an, rein hypothetisch: Jemand klaut einen Golf, frisiert ihn über Nacht, macht ihn schneller und lässt den Wagen am nächsten Tag irgendwo stehen. Das macht doch keinen Sinn, oder?"

Der Porsche-Fahrer schaute mir tief in die Augen. „Rein hypothetisch, he?"

„Nein. So einen Fall haben wir tatsächlich einmal gehabt."

Ein paar Fahrer, die bis jetzt abseits gestanden hatten, näherten sich uns. Der bleiche Jüngling schaute starr auf den öligen Boden vor den Zapfsäulen.

„Oder ein Auto hat einen doppelten Boden und Stahlverankerungen für Bleikisten im Kofferraum. Wer macht denn so was?"

„Und wozu?"

„Na, man könnte verbotene Fracht damit transportieren. Es muss nur so unauffällig sein, dass man von außen nichts sieht."

„Na, bei zusätzlicher Fracht liegt das Auto deutlich tiefer, und das sieht man", mischte sich ein junger Fahrer mit fixierter Steilfrisur ein. „Da muss man spezielle Stoßdämpfer einbauen. Das Mindeste."

„Vor allem hinten", trug ein weiterer Zuhörer bei. Er trug eine Kappe mit der Aufschrift „Camp Bondsteel" und grünbraune Bundeswehrhosen.

Bald hatten sie mich vergessen und fachsimpelten über Gewicht und Straßenlage.

Dann plötzlich ein Anruf. Das kam, wie es kommt. Jemand hatte die Absperrung an der Sedanstraße durchbrochen und war auf dem Weg zur Autobahn.

Unter Johlen stiegen wir in den Streifenwagen, schalteten

Blaulicht ein und jagten die Pagenstecherstraße hinter dem Wagen her. Die Menge nahm es sportlich und feuerte uns vom Straßenrand an.

Einer rief uns nach: „Antenne hoch .. Luken dicht ..."

Der Fahrer vor uns hatte zu viel Vorsprung und näherte sich bereits dem Autobahnzubringer. Vielleicht würden ihn die Kollegen dort abfangen.

Wir kehrten zur gelben ARESH Tankstelle zurück. Dort erwartete man uns schon.

„Na, war wohl nichts?", höhnte der Porsche-Fahrer. „War wohl zu schnell für Sie?"

Ich brachte das Gespräch wieder auf Spezialanfertigungen.

„Die besten Werkstätten sind im Ruhrgebiet. Und für ganz teure Sachen muss man nach Duisburg", warf die Steilfrisur ein.

„Das kannst du doch gar nicht bezahlen", warf der Porsche-Fahrer ein. „Bei dir reicht's doch nur für GM Hütte oder den Hafen."

„Ich will ja meinen Wagen auch nicht in den Orient verschieben. Die Araber lassen sich das echt was kosten."

„Im Hafen?" Ich wurde hellhörig.

„Das wissen Sie doch besser als ich. Sie verkaufen doch dort Ihre Streifenwagen, hab ich gehört." (Wieder der Porsche-Fahrer.)

Ich antwortete nicht. Es kam gerade ein neuer Anruf durch. Sie hatten den Raser auf der Autobahn bei Brahmsche gefasst.

Herrmann meldete es triumphierend der ganzen Runde.

„Sie können alle nach Hause fahren. Mit dem Rennen heute Abend wird es eh nichts mehr."

Aber sie hielten aus und uns weiter auf. Ich ging rein und kaufte mir eine Flasche Mineralwasser. Die Geschäfte liefen gut für die Tankstelle, doch der alte Mann an der Kasse war verärgert.

„Die haben doch von nichts ne Ahnung!", schimpfte er, nachdem er meinen Vorgänger in der Schlange ohne Auskunft darüber gelassen hatte, wo er eine Abkürzung zur Hansastraße fände, die nicht gesperrt sei.

„Was wissen die schon von der Pagenstecherstraße!"

„Was sollten wir denn wissen?", fragte ein junger Mann hinter mir in der Schlange.

„Das war mal Kriegsgebiet hier. Nicht weit von hier, nur ein paar hundert Meter weiter, hat der Langzeitzünder einer Bombe an der Natruper Straße einen Oberfeuerwerker und zwei Russen, die ihm halfen, in der Luft zerrissen. Dynamit. Es gibt heute noch Zeitzeugen davon."

„Und was hat das mit uns zu tun?", fragte ein Begleiter des ersten Fragers. Beide trugen weiße kurze Anoraks, und hatten ihre schwarzen Lederhandschuhe hinter den Gürtel gesteckt. Einer hielt einen Energy-Drink in der Hand.

Der Mann an der Kasse sah sie prüfend an.

„Vielleicht seid ihr wirklich zu jung. Aber unter dem Asphalt, über den ihr rast, liegen vielleicht noch weitere Fliegerbomben, und Porsche oder BMW haben nicht nur Autos gebaut. Ist doch so, Herr Kommissar?"

Ich zuckte die Schultern, zahlte und ging wieder auf meinen Posten. Hermann war vor dem Streifenwagen mit mehreren Leuten in einen Vergleich zwischen BMW- und Mercedes-Motoren verwickelt.

Kurz vor Mitternacht kam der Mann mit der Kappe von Bondsteel auf mich zu und riet mir, doch zum Oldtimer-Treff in zwei Wochen zu gehen. Da gebe es mehr Fachleute für Aufrüstungen und Umbauten von Autos. Auch für Bleisohlen. Dann ging er wieder rüber zu seiner Gruppe.

Wir standen Posten, bis auch die letzten Sportfahrer abzogen. Sie fuhren im Corso betont langsam Richtung Autobahn. Der Tankwart schloss seinen Laden und verkaufte nur noch durchs Fenster. Der Abend hinterließ bei allen ein schlechtes Gefühl. Ich war immer schnell erkältet, und Hartmut hatte mir geraten, solche Nachtschichten zu meiden.

Zu allem Überdruss gab es dann noch eine Messerstecherei im Bordell, die sich englische Soldaten mit Kroaten lieferten. Viel Blut, aber keine ernsten Verletzungen. Der Eigentümer war schwer zu ermitteln, angeblich ein Russe, der auch in Spanien ein ähnliches Etablissement betrieb. Es wurde immer später.

Endlich radelte ich von der Wache durch die Hafenstraße nach Hause. In der X-Bar war noch Betrieb.

Als ich das Rad hinter dem Haus abstellte, fand ich den Gartenschuppen aufgebrochen und mein Archiv darin durchwühlt. Alles lag verstreut auf der Terrasse. Ich rief die Kollegen von der Kripo an und wartete.

Auch an der Haustür hatten sie sich zu schaffen gemacht, aber wohl vergebens. Ich holte die Taschenlampe aus der Küche und setzte mich auf die Terrasse.

Zehn Minuten später kamen zwei junge Kollegen, die ich nicht kannte. Wir leuchteten zusammen den Schuppen ab. Die elektrische Leitung, die ich mal gelegt hatte, funktionierte schon seit Jahren nicht mehr. Es sah ähnlich wüst aus wie auf der Terrasse. Alles lag über den Boden verstreut, einzelne Ordnerinhalte waren herausgerissen, Hängeregistraturen umgedreht und ausgeschüttet, ein mühselig repariertes Regal umgestürzt. Und zwischen den alten Akten zu den Skandalen in Belgien, gut sichtbar, fanden wir zwei neue Hängeregister mit dem Reiter „Kinderpornografie."

Sie waren voller Fotos.

6.

Im Sommer fallen die Morgenstreifen im Dienstwagen bereits voll in die Sonne. Die rostigen Schüttanlagen vor dem Piesberg leuchten rot vor den grünen Sträuchern und Schlingpflanzen, die sich um die verfallenden Hafenanlagen ranken. Bei offenem Fenster spürt man die aufgespeicherte warme Luft der Nacht. Man ahnt schon die nahende Hitze. Über den Kanal kommt der Duft von Weizen und Klee. Der Kopf wird ganz schwindelig vom Überfluss der Wohlgerüche. Oder über uns das Rauschen der Autobahn am Kanal. Wir parken im Streifenwagen unter der Brücke, es zieht ein Gewitter herauf. Ein bleifarbener Streifen am Horizont, und schon zuckt ein Blitz. Schnell kommt das Unwetter heran, die eben noch helle Sonne wie ausgelöscht. Alles hat sich verdunkelt. Und da bricht die Wolke über uns, zieht einen Vorhang vor die Brücke. Solch ein Regen! Solche Blitze! Zwischen den beiden Bahnen fällt eine dicke Wand aus Regen, und doch fängt die Sonne wieder an zu strahlen. Das Gewitter ist vorüber, wir fahren ins Freie. Alles funkelt ringsum, die Luft ist frisch und rein, man riecht die Erde unter dem Gras. Die Streife abends. Das Abendrot wie ein Brand, blutroter Glanz in den Pappeln. Der Himmel wird tiefblau. Die einzelnen Schatten verschwinden, auch der des Streifenwagens, unseres späten Begleiters. Die Sonne geht unter, ein Stern funkelt hier und da. Der Mond kommt über dem Piesberg herauf, und durch die Fenster in Eversburg sieht man das Flackern der Bildschirme, viele mit demselben Programm.

Es regnete. Und die Unfälle häuften sich. So waren wir den ganzen Tag unterwegs, nahmen Personalien auf, riefen Krankenwagen oder zogen Führerscheine ein. Gegen Mittag klarte es kurz auf. Um drei holten wir jemanden aus dem Graben. Der rote Sportwagen war hin. Der Fahrer stand deutlich unter Drogen, war zu schnell gefahren und leistete jetzt auch noch

Widerstand. Als wir seinen Kofferraum aufmachten, wurde klar warum: er hatte jede Menge Marihuana dabei. Also riefen wir nach Verstärkung, sicherten den Wagen, bis eine zweite Streife antraf, und fuhren den jungen Mann, der jetzt anfing, verdächtig zu zucken und zu nicken, ins Landeskrankenhaus zur Untersuchung.

Es fing wieder an zu regnen, als wir in die Knollstraße einfuhren. Wir lieferten den Süchtigen an der Aufnahme ab. Ich kannte den diensthabenden Arzt und fragte ihn nach Isis Stein.

„Ja, die ist noch hier. Es geht ihr aber nicht gut. Ich weiß nicht, wie lange sie noch durchhält", sagte Dr. Rother. „Wieso fragen Sie, Herr Kapp?"

„Nichts Besonderes, aber ich würde sie gern mal sehen. Kriegt sie viel Besuch?"

„Selten. Das ist Teil des Problems. Sie ist fast blind. Ich glaube, sie will nicht mehr."

„Kann ich sie nach dem Dienst sehen?"

„Ich bin bis acht Uhr hier."

„Bis dann."

„Bis dann."

Dieter saß geduldig im Wagen. Ein neuer Unfall, diesmal ein Zusammenstoß im Nettetal. Wir fuhren hin. Die Frau auf dem Beifahrersitz blutete, die anderen hatten nichts abbekommen. Überhöhte Geschwindigkeit.

Es war halb acht, als wir den Wagen an der Wache abstellten. Ich war todmüde, dennoch fuhr ich noch zum Landeskrankenhaus. Isis Stein lag in einer geschlossenen Abteilung, Krankenzimmer Nr.22. Dr. Rother führte mich hin.

Doppelte Glastüren öffneten sich ferngesteuert. Sie waren elektronisch gesichert. Ein Wärter tauchte auf, wie im Gefängnis. Dr. Rother stellte mich kurz vor, und dann konnte ich zu ihr rein.

Sie lag allein. Es war ein kleines Zimmer mit Blick auf den Gertrudenberg. Ich näherte mich dem Bett und nahm die Mütze ab. Der Raum war überheizt. Dennoch hatte sie die Decke bis zum Kinn hochgezogen und nur die Umrisse ihres sehr klein wirkenden Körpers zeichneten sich ab.

Sie trug ein Kopftuch. Ihr Gesicht war furchtbar schmal, und ich sah darin eigentlich nur die Augen und den Mund. Die Augen waren grau und grün und sehr durchsichtig. Der Mund leuchtete rot wie der einer Lungenkranken.

Ich räusperte mich. Sie wandte mir den Kopf zu, langsam, ohne Überraschung: „Ja?"

Ich stellte mich als einen weitläufigen Bekannten von Lucilio Vannini vor. Der Arzt zog sich diskret zurück. Er ließ mir eine halbe Stunde.

„Wo wohnen Sie denn?", fragte sie. „Und woher kennen Sie Lucky?"

Meine Antwort schien sie zu befriedigen. Sie war hellwach und keineswegs verwirrt.

„Und wie geht es Ihnen?"

„Schlecht, ich glaube, es geht dem Ende zu."

„Was sagt denn der Arzt?", fragte ich.

„Ach, das sind doch alles Schwalbenschießer. Die lassen mich hier noch vertrocknen."

Erst jetzt bemerkte ich eine Batterie von Karaffen statt der üblichen Mineralwasserflaschen auf ihrem Nachttisch. Über ihrem Bett hing ein kindliches Gemälde von Biene Maja.

„Was trinken Sie denn da?"

„Reines Quellwasser aus Kalkriese, das schickt mir Ferdi, ein Bauer, jede Woche von dort. All dies Mineralwasser in Plastikflaschen ist doch vergiftet mit Düngemitteln und Industrieabfällen. Wenn es nicht gleich aus dem Städtischen Klärwerk kommt."

„Düngt Ihr Bauer denn nicht?"

„Schon, aber das ist doch ein Bio-Hof", sagte sie vorwurfsvoll.

„Kann ich Ihnen was einschenken?"

Ein dürrer, weißer Arm mit schlaffem Fleisch erschien unter der Decke. Ich steuerte das Glas in ihre Hand. Ich stellte ihr das Kopfende etwas höher.

„Haben Sie das zu Hause auch immer getrunken?"

„Ja, von derselben Quelle. Lucky wollte auch nur dieses

Wasser, wenn er nicht wieder mal auf seinen Touren war."

„Was für Touren?"

„Na die mit Vanni Fucci." Wieder klang ein stiller Vorwurf mit. „Die zu den Schlangen in Pistoria."

Ich verstand kein Wort und nahm das Glas aus ihrer Hand. Sie zitterte.

„Das Geheimnis", flüsterte sie.

Ich stand auf und ging zum Fenster. Auch das war gesichert, hatte Doppelscheiben, die ein Blick auf das Treibhaus im Garten frei gaben. Die Scheiben am Treibhaus waren beschlagen und ließen keinen Einblick zu. Der Regen hatte aufgehört.

„Sie haben mir die Haare abgeschnitten", sagte sie hinter mir. „Deshalb das Kopftuch. Ich bin doch nicht zum Islam übergetreten. Soweit kommt das noch. Bin immer katholisch gewesen."

Eine Pause.

„Und nachts kann ich nicht schlafen. Es passiert soviel in der Welt. Und seitdem ich dieses Zeug nehme, bekomme ich immer so seltsame Träume."

„Was für Träume?" Ich kehrte ans Bett zurück.

„Nehmen Sie mich überhaupt ernst?"

„Alles, was Sie sagen. Sie sind eine kluge Frau."

„Die Kürze ist Schwester von Talent. – Geben Sie mir noch etwas Wasser. – Das tut gut wie Regen. Also Lucky kommt in vielen meiner Träume vor. Manchmal ist er mein Sohn. Also, wir setzen den Kachelofen um im Wohnzimmer, um einen Durchgang zum Esszimmer zu schaffen, und Lucky hilft mit. Er war immer sehr hilfsbereit. Als wir den Ofen abgeschlagen haben, erscheint dahinter die Wand. Und so seltsame Drähte verlaufen wie ein Irrgarten über die ganze Wand und rauf in den ersten Stock. Sie kommen ganz tief aus der Erde und man kann ein leises Brummen hören. Wie eine tiefe Orgel. Wenn ein Maulwurf unter der Erde wühlt, ich höre es. – Also Lucky nimmt eine Hacke und öffnet den Boden unter dem Ofen. Da läuft ein unterirdischer Fluss, so eine Art Kanal, und die Drähte laufen auf der Oberseite des Tunnels ins Dunkle. Lucky lässt sich herab und verschwindet."

Sie sah mich stechend an.

„Wie Telgte bei der Wallfahrt." Es klang so oder ähnlich. Dann hörte sie auf.

Sie drehte sich zum Fenster, mir abgewandt. Neben den Wasserkaraffen stand ein Glas mit Marmelade, selbst gemacht. Es trug die Aufschrift „Quitten", und unter die Aufschrift hatte jemand mit fast kindlicher Hand eine Blume gemalt.

„Lucky spielt auch Akkordeon. Ob er das mitgenommen hat? Und dann hat er sich auch immer für Raketen interessiert. Er ist ein guter Mensch, gießt mir die Blumen ..."

„Und wer schaut jetzt nach dem Haus?"

„Änne natürlich, die Nachbarin. Die hat auch einen Schlüssel. – Rette uns Meister. Psst. Schweigen. Petrus verbind. – Was ist denn mit Lucky? Sie sind von der Polizei!?"

Ich gab es zu, behauptete aber, mein Interesse an Lucky und seinen Freunden sei eher privat. Ich nannte Willie und Johann. Sie schwieg. Sie schien verstimmt.

Ich stand noch einmal auf und ging zum Fenster. Die späte Sonne spiegelte sich auf den trüben Scheiben des Treibhauses. Neben ihm standen zwei Männer mit Sonnenbrillen, die zu mir hochschauten. Ich erstarrte. Sie bewegten sich nicht. Rasch trat ich vom Fenster zurück.

„Es tut mir leid. Ich hätte es Ihnen gleich sagen können, aber ich wollte Sie nicht erschrecken."

„Wieso, hat er denn was ausgefressen?"

„Nein, er ist verschwunden, und ich dachte, Sie könnten mir helfen, ihn zu finden."

Das war wieder nicht die ganze Wahrheit. Es war schwer zu sagen, warum ich hier war.

Sie fing an tief durchzuatmen, etwas röchelnd und unheimlich. Ich griff zum Wasser, doch sie war aufgeregt und stieß meine Hand weg. Sie drehte den Kopf zum Fenster. Das Gespräch war beendet.

Das Letzte, was ich von ihr hörte, war ein leises Summen, sie versuchte ein Lied. Ich konnte es nicht erkennen, dennoch klang es seltsam bekannt, eine Melodie aus meiner Kindheit oder von meinem Großvater. Ich schloss die Tür leise, ohne mich noch einmal umzudrehen.

Der Flur lag leer und abgedunkelt da. Ich hatte meine Jacke und die Mütze über dem Arm und stand einen Augenblick unschlüssig herum. Eine Kamera an der Decke hatte mich im Sichtfeld. Dann wählte ich den Gang nach rechts, wo ich den Hauptausgang vermutete. Es gab keine Lichtschalter. Jemand hatte die Nachtbeleuchtung eingeschaltet.

Plötzlich stand ich vor einem Pfleger.

„Was machen Sie denn hier?"

„Ich möchte raus."

„Das wollen viele", sagte er spöttisch. Er war jung, wohl die Nachtschicht, die er gerade begonnen hatte.

„Ich bin nur Besucher", sagte ich etwas bedauernd.

„Das sagen alle", mit kurzem Lachen. Er genoss das offensichtlich. „Wer hat Sie denn rein gelassen?"

„Dr. Rother."

„Der ist jetzt auch nicht mehr da. Weisen Sie sich doch mal aus!"

Nun gut, das kannte ich zur Genüge. Ich zückte meinen Polizeiausweis, schmetterte noch kurz zwei neugierige Fragen ab und dann war ich draußen und atmete tief auf.

Die nasse Vespa sprang nicht an. Ich ging durch den Bürgerpark zurück an der Anstalt und dem Café vorbei. Es dunkelte. Ich setzte mich einen Augenblick vor die Treppe. In der Kirche übte jemand an der Orgel. Ich liebe den Park, weil er still ist und weil ich hier mit niemandem über Politik oder Korruption zu reden brauche. Einige Kranke, die ausgehen durften, wanderten vorüber. Ich nahm die Kastanienallee durch die Schrebergärten hinab in die Stadt.

Ich hatte wenig Lust, nach Hause zu laufen, So setzte ich mich in den Biergarten am Hasetorkino. Ich schlug die Zeitung auf, um nach Zubehör für meinen Computer zu suchen. Heute gab es darin nämlich den Schnäppchenmarkt und das war eine meiner Lieblingsseiten. Tatsächlich wurde eine externe Festplatte für weniger als den halben Preis angeboten. Ich wollte mir gerade die Telefonnummer notieren, als mein Blick auf die nächste Anzeige fiel:

Ital. Profi-Akkordeon 96 B, 5/5-
chörig, 13+5 Reg. M. echtem
Musette, neu mit 3 J. Gar. Von
privat zum halben Lpr.

Es war ein wilder Schuss, aber ich ging zum Münzsprecher. Eine Frauenstimme antwortete. „Ja?"
„Ich rufe wegen ihrer Anzeige an. Ist das Akkordeon noch zu haben?"
„Ja."
„Was soll es denn kosten?"
Sie nannte mir einen recht hohen Preis.
„Könnte ich es mir mal anschauen?"
„Ja, aber ich bin nicht in Osnabrück. Von wo kommen sie denn?"
„Ja, von Osnabrück."
„Wissen Sie, heute passt mir das schlecht. – Aber warten Sie mal. Heute Abend ist Jubiläumsparty im Hyde Park. Ich komme mit dem Wagen, und Sie könnten sich das Ding auf dem Parkplatz anschauen."
„Ich muss bis zehn Uhr noch einiges erledigen."
„Das macht nichts. Vor elf Uhr geht es sowieso nicht richtig los."
„Elf Uhr wäre okay. Woran kann ich Sie denn erkennen?"
„Wir treffen uns um elf Uhr am Eingang. Drinnen. Und ich habe ein langes schwarzes Kleid an mit einem schwarzen Samtband um den Hals. Daran hängt ein silberner Anhänger. Ne Meduse, wenn Sie wissen, was das ist."

„So ein Kopf mit Schlangen und großen Augen, die einen anstarren?"

„Genau!"

Ich sagte Franz Bescheid, er lieh mir für eine halbe Stunde seinen Kombi. Dann holte ich die Vespa und fuhr zu Änne.

Sie kam an die Tür.

„Mein Name ist Kapp. Ich komme vom Landeskrankenhaus. Von Isis Stein."

„Ist sie tot?"

„Nein, aber es geht ihr nicht gut. Aber sie lässt Ihnen schöne Grüße bestellen."

„Danke. Ach Gott, die Arme."

„Sie hat auch gesagt, Sie hätten einen Schlüssel zum Haus. Sie hat mir erzählt, Lucky hätte ein besonders schönes Akkordeon in seinem Zimmer. Ich interessiere mich sehr für Akkordeons. Ob Sie so lieb wären, mir das Akkordeon mal zu zeigen."

„Ach ja, der Lucky. Das war eine Aufregung. Seinetwegen war die Polizei schon mehrfach da."

„Ja, er ist verschwunden. Wir wissen nicht, wo er steckt."

„Ich weiß darüber auch nichts. Haben Sie damit zu tun?"

„Nein, ich bin nur im Streifendienst."

Sie sah mich prüfend an. „Das Akkordeon ist nicht mehr da. Das hat die Polizei mitgenommen."

„Ich wollte mir nur die Marke aufschreiben."

„Da müssen Sie schon Ihre Kollegen fragen. Ich weiß nur, es war ein italienisches Instrument. Etwas für Profis, wenn Sie verstehen, was ich meine."

„Ich denke schon. Danke, das hat mir schon etwas geholfen."

„Warten sie mal! Ich glaube ich habe ein Foto von Lucky mit dem Akkordeon."

Sie ging ins Haus zurück.

Dann kam sie mit dem Foto. Lucky war blond, welliges Haar, ein breites Lachen, und er hatte das Foto für Änne signiert. Ein Künstlerfoto, ein italienischer Hans Albers. Das Akkordeon war gut zu sehen, und ich prägte mir die Form und Größe ein, so gut es ging.

Ich dankte und verabschiedete mich.

Einige Nachbarn schauten mir aus dem Fenster zu, als ich in den Kombiwagen stieg.

Zurück bei Franz – die Vespa sprang wieder an. Er hatte die Zündkerzen einfach mit einem Taschentuch abgewischt.

Wir verabredeten uns für Sonntag zum Angeln.

Es war 22:30. Der Parkplatz vor dem Hyde-Park Zelt füllte sich allmählich mit Wagen. Heraus stiegen meist schwarz gekleidete Personen undefinierbaren Alters. Sie hatten ihre Gesichter weiß geschminkt, die Lippen schwarz oder blutrot. Es war Grufti-Nacht im Hyde Park.

Ich wusste von Tula, was das bedeutete: Musik mit düsterer Todesstimmung. Ich hatte meine schwarzen Jeans an und einen schwarzen Rollkragen-Pullover, viel zu heiß. Aber ein schwarzes Hemd besaß ich nicht.

Drinnen liefen tiefe Orgelklänge mit Chorgesang durchs Zelt. Es kam mir irgendwie bekannt vor, wahrscheinlich hatte Tula so eine CD. Ich holte ein Bier und harrte der Dinge.

Jemand drückte mir eine Einladung zum Pfingstfest in Leipzig in die Hand. Schwarz natürlich, mit Gruppen wie *Deine Lakaien*, *Schandmaul*, *Funker Vogt* und dazu ein Absinthfrühstück. Die Kollegen werden sich freuen.

Die Musik schwoll an, aus einer dunklen Gruppe vor mir löste sich eine schlanke Frau und ging auf den Eingang zu. Es war 23:05. Ich ging ihr nach. Sie hatte das Halsband mit dem Medusenhaupt um, die Schlangenhaare fein ziseliert. Ich schritt auf sie zu.

„Wir hatten wegen des Akkordeons telefoniert."

„Klar. Ich bin Katja."

„Peter."

„Ich habe das Ding im Auto." Sie warf einen Blick zurück zur Gruppe, aus der sie gekommen war, und ging voraus. Ihr

Wagen stand nahe am Kanal und hatte eine Steinfurter Nummer. Im Kofferraum auf einer blauen Samtdecke lag das Akkordeon, etwa gleichgroß wie das von Lucky, dieselbe Form. Es sah fabrikneu aus.

„Erst zweimal gespielt."

„Spielst du?" Ich versuchte, wie ein Kenner auszusehen.

„Nein. Das ist hier von einem Freund."

„Und warum will er es schon wieder loswerden? Stimmt was nicht?"

„Du kannst es ja spielen, wenn du willst. Nein, er geht weg von hier, zurück nach Italien, und es ist ihm einfach zu groß. Du kannst es rausnehmen, wenn du willst."

Ich hob das Akkordeon vorsichtig aus dem Wagen, hütete mich aber davor, es zu öffnen oder gar umzuschnallen.

„Immer schwerer werden die Dinger auch noch." Ich wog es mit den Armen.

„Ich weiß auch nicht, wie Carlo das aushält zwei Stunden lang mit dem Ding auf dem Bauch."

„Zum Tanz?"

Sie lachte. „Aber nicht im Hyde Park. Eher bei einem Betriebsfest oder in seinem Schrebergarten."

„Also hat er es doch öfter als zweimal gespielt?"

„Nein, das hier ist funkelnagelneu. Das sieht man doch. Das alte wurde ihm gestohlen, bei einem Einbruch in sein Auto."

„Und hat man die Diebe nicht gefasst?"

„Na, wenn du dich auf die Polizei verlässt, bist du verlassen. – Na, was ist nun? 800 Mark, mein letztes Wort. Ich muss zurück."

„Ich will es mir noch mal überlegen."

„Auch gut. Du hast ja meine Telefonnummer. Es gibt aber noch zwei andere Interessenten."

Ich legte das Akkordeon zurück auf das blaue Tuch. „Auch hier? Heute Abend?"

„Vielleicht", sagte sie spöttisch und schloss den Kofferraum.

Es hatte uns niemand beobachtet. Aus dem Zelt klangen wieder düstere Töne. Wir gingen zurück zum Eingang, wortlos.

Ich trank noch ein Bier, dann zog es mich wieder zum Parkplatz. Die Wagen kamen aus ganz Norddeutschland, manche waren über zwei Stunden gefahren, nur um dabei zu sein. An drei Ecken wurden Drogen gehandelt, Marihuana und Pillen. Nichts Hartes, soweit wir wussten. Die Leute arbeiteten mit Verstecken und Kurieren. Wenn wir sie fassten, trugen sie nichts bei sich.

Katjas Polo stand zwischen zwei anderen Wagen aus Steinfurt. Ich merkte mir die Kennzeichen und setzte mich ans Ufer des Kanals.

Aus dem Zelt klang es: *„It's a game. And you will lose. Like in the news."*

Ich wartete noch eine Stunde. Die Lampen von gegenüber spiegelten sich im Kanal. Keiner kam zu Katjas Wagen. Die Musik klang herüber wie das Höllengeschrei der Verdammten. Das Grauen der Geschichte. Eine verlorene Nacht. Um 6:00 hatte ich wieder Dienst.

Ich schlenderte zum Fürstenauer Weg hoch, wo ich meine Vespa angekettet hatte. Neben dem Roller stand ein VW-Kleinlaster mit der Aufschrift „Die Wikinger". Aufgesprüht. Drinnen wälzte sich jemand. Wahrscheinlich übernachteten die Fahrer im Wagen.

Die Vespa sprang an, und ich fuhr nach Hause.

7.

Es gab Kohlsuppe wie immer am dritten Freitag im Monat. Ich kam einfach nicht weiter. Katja und ihre Freunde waren harmlos. Die Kollegen wussten nichts von einem Akkordeon, sagte mir Karl-Heinz. Kartmann und Nabelmetall hatten je vier mit Namen Carlos, Nostrom kannte keinen, und die Schrebergartenvereine verweigerten die Auskunft, wer welchen Garten gepachtet hatte. Musik gab es am Wochenende genug aus den türkischen, spanischen und italienischen Gärten hinter der Halle Gartlage. Keiner meiner Kegelbrüder wusste über die Instrumente Bescheid.

Die Marke war gebräuchlich, ein Musikgeschäft am Neumarkt benötigte drei Wochen, um ein Instrument zu bestellen. Es war eine kalte Spur, wenn überhaupt eine.

Im Landeskrankenhaus war einen Tag nach meinem Besuch ein Mord begangen worden. Ich rief Karl-Heinz an und berichtete von den zwei Männern mit Sonnenbrillen am Treibhaus. Aber der Mörder kam wohl aus dem Hause. Ein Patient.

Dann kam der Anruf von Änne. Sie hatte meine Nummer notiert. Isis war tot und beerdigt. Am Tag nach der Beerdigung war bei Steins eingebrochen worden. Es fehlten eine Reihe von Papieren, darunter auch der Garantieschein für das Akkordeon. Ich drückte mein Beileid aus und rief die Kollegen in Atter an. Nichts Auffälliges, ein Routine-Einbruch, wahrscheinlich Teil einer Serie rechts und links entlang der Autobahn; wie gehabt: nächtliche Einbrüche nahe den Auffahrten, ein Kleinlaster mit östlichem Kennzeichen, wenn wir Glück haben, schnappen wir sie noch vor der Grenze. Änne musste die fehlenden Gegenstände identifizieren, weil die Enkel nach der Beerdigung gleich abgereist waren.

Die neuen Ordner in meinem Archiv im Gartenschuppen hatten noch viel Ärger gebracht. Sie waren zwar eindeutig untergeschoben, führten aber zu einer lästigen vollständigen Durchsuchung aller Ordner im Schuppen, ohne dass diese Suche Weiteres zu Tage gefördert hätte. Auch Abdrücke oder andere Spuren fehlten. Wenn das die späte Rache der Belgier sein sollte, gab es hierfür keinen Beweis, sagten mir die Kollegen.

Nun war mein Name schon dreimal mit dieser schmutzigen Angelegenheit verquickt: erst der Bestechungsversuch, dann die Festplatte und jetzt noch die Sache mit meinem Belgienarchiv. Karl-Heinz hatte mir geraten, die Finger von dem Zeug zu lassen. Da sei was ganz Großes im Busch und die entsprechenden Daten im SIGUS seien gesperrt. Die Sache schmore jetzt in Wiesbaden bei der Zentralstelle. Die USA hätten Interesse an den Kunden-Dateien gezeigt, und je weniger mein Name bei der Sache auftauche, desto besser.

Ich machte Schreibdienst, arbeitete wütend den Stapel von Berichten durch, ordnete. Legte ab. Es war viel zu viel Papierkram für die kleine Wache. Von der Sicherung an der Autobahn ganz zu schweigen. Neue Einsparungen des Landes bei der Polizei. Dieter hatte recht: Immer weniger Polizisten machten die ganze Arbeit. Selbst die Windmühlen am Piesberg mahlten immer langsamer.

Am Abend rief ich meinen Freund Robert an. Wir waren zusammen zur Schule gegangen und sahen uns drei, viermal im Jahr. Am Wochenende gab es ein Oldtimer-Treff am Piesberg, und ich kannte Bob als Autonarren. Wir verabredeten uns für den Sonntag am Gesellschaftshaus. Bob war zwar nicht zugelassen worden zur Rallye, aber viele seiner Bekannten nahmen teil mit hochglänzenden Limousinen. Und er wollte Teile der Rallye für seine private Sammlung fotografieren. Ich musste auf meiner Vespa kommen. Die sollte ich allen zeigen.

Am Samstag war Großmarkt vor dem Dom. Die Bürger bewegten sich langsam durch die engen Gassen, die Händler zwischen ihren Auslagen freigehalten hatten. Ich ging zu den beiden Holländern und stand für einen Bratfisch an. In der langen Schlange, in der jeder geduldig auf den Fisch und einen Witz vom Verkäufer wartete, erkannte ich Johann. Ich winkte ihm zu, und stellte mich zu ihm, als er mich grüßte. Die Leute hinter ihm blieben geduldig.

„Na, gibt es was Neues zu Lucky?"

„Das Gleiche wollte ich dich auch fragen."

Er sah mich prüfend an. „Na, irgendwas habt ihr doch sicher rausgekriegt."

„Vergiss nicht, ich bin nur ein einfacher Streifenpolizist, nicht von der Kripo."

„Na, komm schon."

„Er bleibt verschwunden. Aber, ich habe gehört, bei seiner Wirtin wurde eingebrochen, und Luckys Akkordeon ist verschwunden. Wusstest du, dass er spielt?"

„Na ja, er traf sich manchmal mit Freunden, um Musik zu machen."

„Du meinst ein Orchester?"

„Nein, nur so eine Gruppe. Zwei Italiener und zwei Franzosen. Und dann spielte er auch mal."

„Franzosen?"

„Na ja, oder Belgier. Auf jeden Fall sprachen sie Französisch mit Lucky."

Der Duft von Bratfisch kam immer näher. Wir waren gleich dran.

„Warst du mal dabei?"

„Nein, ich weiß nur von Willie, dass Lucky ab und zu mal für Freunde spielte."

Wir waren dran, bestellten je einen halben Bratfisch mit Soße. Ich bezahlte und verbrannte mir gleich die Finger. Die runden Tische waren voll. Wir stellten uns unter einen Baum daneben.

„Wer ist Carlo?"

„Einfacher Streifenpolizist, eh?"

„Ist das so geheim?"

„Er arbeitete in der Kantine bei einer Spedition. Aber den haben sie schon genug ausgefragt. Der will seine Ruhe haben."
„Und was macht Willie?"
„Dem geht es gut."
Wir aßen schweigend unseren Fisch.
Dann fuhr ich zum Angeln an den Kanal.

Das war selten: Ich hatte das ganze Wochenende frei, und es schien morgens die Sonne. Nach dem Frühstück ging ich in die Garage und nahm mir meine Vespa erneut vor. Vorne rechts fing sie wieder an zu rosten, sonst sah sie eigentlich von beiden Seiten ganz gut aus. Ich öffnete die Abdeckung: Der Motorblock konnte eine Grundreinigung vertragen. Öl war genug drin. Wenn ich im September noch mal eine Zulassung bekäme, würde ich vielleicht einige Runden durchs Große Moor drehen. Wie in alten Zeiten.

Zuerst holte ich Lukas ab. Ich hatte ihm versprochen, ich würde ihn mitnehmen. Erst wollte er auf seinem neuen Hermes-Rad fahren, aber als ich ihn einlud, hinten bei mir auf der Vespa zu sitzen, gab er seinen Plan auf. Seine Mutter packte uns ein paar Stullen ein, und dann fuhren wir zum Hafen. Die ersten Angler saßen bereits am Kanal. Franz schlief noch. Unterwegs hielten wir an der freien Tankstelle. In Pye stieg ich ab und schob die Vespa den steilen Weg hoch. Ein Oldtimer kam uns entgegen, im vollen Glanz des Chroms. Wir blieben respektvoll stehen.

Am Museum Industriekultur herrschte Hochbetrieb. Kleine Stände mit Broschüren und Imbiss hatten Interessenten angelockt, aber weit mehr Leute standen bewundernd um einzelne Autos herum, hoben die Motorhaube, unterhielten sich fachmännisch über Rost und Motorengeräusche. Frauen waren eher selten, aber sehr auffällig gekleidet. Lukas machte sich selbstständig. Um zwei sollte er wieder an der Vespa sein.

Dann sah ich Bob. Er schritt aufgeregt um einen Amischlitten vor dem Museum, kniete und machte mit seiner Spiegelreflexkamera an drei verschiedenen Seiten Aufnahmen.

„Das ist doch schön, dass du auch mal kommst!" Er umarmte mich. Wir hatten uns ein halbes Jahr nicht mehr gesehen.

„Toll der Chevy mit den Haifischflossen."

„Dutzendware. Wo steht denn deine Vespa?"

„Ich glaube, die macht's nicht mehr lange."

Er erklärte mir lang und breit, wo ich sie prüfen lassen könnte. Wir schlenderten weiter zur Spitzenklasse. Rolls Royce, Packard, Mercedes, Lamborghini Espada – Robert kannte sie alle, oft die Fahrer dazu. Sie nannten ihn alle „Bob" und respektierten ihn als sachkundig. Ganz wie in der Schule. Da hieß er allerdings noch „Bobob", weil er immer Auspuffgeräusche nachmachte.

Er steuerte mich auf die Schätzchen dieser Rallye zu. Ein Wanderer W 25 K von 1937, knallrot, und daneben ein sehr seltenen Mercury Marauder X 100 von 1969.

„Das ist ein Schlitten!" Bobs Augen funkelten. Er hatte ihn schon von allen Seiten fotografiert. „Ich mach dir einen Abzug von den Fotos."

Er ließ sich vor dem Kühler laut über Doppelvergaseranlagen, Schnüffelventile, Verlustschmierung und das hohe Lied der Nockenwelle aus.

Jüngere hörten ihm aufmerksam zu.

„Hubraum ist durch nichts zu ersetzen."

Dann war es so weit. Die Fahrer schoben ihre feschen Windbrillen vors Gesicht, setzten sich hinter das Steuer und warteten auf das Startsignal des Ortsbürgermeisters von Pye. Die Auspuffe orgelten vielstimmig über den Piesberg. Bob machte ein Foto. Und dann fuhren sie los bergab, die Geräusche verloren sich langsam an den Hängen, und es wurde wieder Stille. Hundert Kilometer historische Fahrt.

„Das geht echt ab!"

Bob und ich setzten uns vor das Gesellschaftshaus und bestellten einen Kaffee. Bis 15.00 war jetzt Ruhe. Dann musste er los, die triumphale Rückkehr der Oldtimer zu filmen.

„Bob, ich habe ein Problem."

„Schieß los!" Wir nippten beide an unseren Pappbechern.

„Wer würde einen neuen Mercedes vom letzten Jahr frisieren?", fing ich an.

„Na jeder, wenn du ihn nur gut bezahlst." Bob lachte.

„Nein, ich meine, wer könnte ein Interesse daran haben?"

„Das ist eine gute Frage. – Mercedes 220? Die würden nie einen Motor frisieren. – War das Chassis verändert?"

„Sie haben sich einen doppelten Boden einbauen lassen."

„Schmuggler, eh? Wie tief lag denn der Wagen?"

„Angeblich sah der völlig normal aus. Nur ist er umgestürzt, und da kam die Unterseite zu Tage."

Ich beschrieb ihm die Röhren unter dem Mercedes.

„Waffen oder Drogen", meinte Bob.

„Eher Kinderpornografie."

„Dazu brauchst du keine Röhren."

„Was für Waffen, denn?"

„Na, Röhren sind besonders stoßsicher, wenn du was Explosives mitführst."

„Und was ist mit Strahlungen?"

Bob schaute mich prüfend an.

„Das hängt vom Metall ab. Aber runde Behälter lassen sich besonders gut abdichten. War denn ein Futter in den Röhren? Blei oder Ähnliches?"

„Keine Ahnung."

„Strahlendicht. Das kann nicht jeder."

„Das ist das nächste Problem. Wer macht so etwas, und wie viele Nächte dauert das?"

„Keine anständige Werkstatt, die ich kenne."

„Aber es gibt doch auch andere?"

„Also ein guter Schweißer kann dir den Wagen in etwa drei Stunden umrüsten. Aber nur, wenn er die passenden Teile vorrätig hat."

Wir wurden unterbrochen. „Ein schönes Modell, nicht wahr?"

Wir blickten auf. Ein Mann in einer Art Fliegerjacke mit Lammfell besetzt stand vor uns. Die Schutzbrille hatte er auf die Stirn hoch geschoben. Er blickte auf einen grauen Wagen mit hochklappbaren Seitenflügeln für den Motor.

„Horch 1937. Warum ist er nicht mit bei der Rallye?", fragt Bob.

„Die lassen ja nur hundert Wagen zu."

„Und hat der den Test nicht bestanden oder waren zu viele andere Horchs am Start?"

„Weder noch. Wenn Sie mich fragen, die diskriminieren bestimmte Autos bei der Auswahl."

„Wie das denn?", mischte ich mich ein.

„Na, versuchen Sie mal einen Horch oder einen Mercedes 320 von 1939 anzumelden! Sie werden ihr blaues Wunder erleben."

Er stellte einen eleganten Schmierstiefel auf das Trittbrett und fuhr mit dem Handschuh über die Lamellen am Seitenflügel.

„Sie meinen ...?"

„Genau! Deutsche Autos zwischen 1933 und 1945 werden systematisch aus den Rennen rausgehalten."

„Das ist doch Unsinn!", entfuhr es Bob. „Unter Oldtimern gibt es keine Politik oder Unterschiede zwischen Arm und Reich. Eine Isetta, ein Borgward oder ein Mercedes 300, das macht doch keinen Unterschied bei Oldtimern."

„Die sind alle nach 1945 gebaut. Das ist bei anderen Rallyes ganz anders."

„Was ist anders?"

Der Flieger ging zu seinem Wagen und brachte uns zwei Programmhefte vom Rücksitz.

„Da, könnt ihr behalten."

Bob blätterte das reich bebilderte Heft durch, und die beiden verwickelten sich schnell in eine Diskussion über irgendeinen Fiat Sportwagen. Harte Worte fielen. Wie „Turbo-Oxidator, Rostlaube, Sissi-Ikone ..."

Dann verlor ich das Interesse und setzt mich zur Linken rüber. Ich schlug das Heft irgendwo auf und stutzte. Auf Seite 12 war meine Vespa abgebildet. GS 3, Baujahr 1959. 1 Zylinder, 100 Stundenkilometer. Abgebildet in der Rubrik der schnelleren Motorräder.

Das begann mich zu interessieren. Alle Teilnehmermarken waren abgebildet, darunter in der Tat eine ganze Reihe von Wagen aus den dreißiger Jahren. Die Rallye war früher ein echtes Rennen.

Ich begann zu lesen. Die ersten Straßenrennen *2000 km durch Deutschland* fanden 1933 und 1934 statt, überwiegend mit Motorrädern. Autos konnten sich damals nur wenige Leute leisten. Die Strecke begann damals in Baden Baden und führte auf einem Rundkurs über München, Sachsen, Berlin, das Ruhrgebiet, Köln und die Pfalz zurück zum Ausgangspunkt. Wenn ich dem Text glauben konnte, war das Rennen ein „ungestümer Ritt durch die Nacht" gewesen.

Wörtlich: „Die Kameradschaft und Begeisterungsfähigkeit unter den Motorradfahrern ist ganz besonders hoch. Handelt es sich doch bei vielen von ihnen nicht etwa um junge Heißsporne, sondern um gestandene Haudegen mittlerer Jahrgänge, die es einfach noch mal wissen wollen." Die Sprache war auch von millionenfachem Jubel und Anfeuerungsrufen, von lebenden Spalieren, von erbarmungslosem Ausleseverfahren für künftige Talente.

Ich verlor die Geduld und schloss das Heft.

Die beiden stritten immer noch. Bob ließ sich nicht überzeugen, und der Flieger zog unverrichteter Dinge wieder ab. Bob stand auf und machte ein Foto vom Horch vor dem Gesellschaftshaus.

„Und was ist mit Belgien? Und mit dem Mercedes? Würden die dort einen doppelten Boden unter einem Mercedes einbauen, so dass man darin Panzerfäuste schmuggeln kann wie in einem James Bond-Film?", fragte ich.

Bob zuckte mit den Achseln, während er sich nach weiteren Objekten für seine Leica umschaute. „Ich kann dir ja ein paar Werkstätten aufschreiben, wo Leute arbeiten, die sich damit auskennen."

„Sag mal, wer war denn dieser komische Typ da eben?"

„Ich glaube der heißt Friedrich Gaulstich. Ein ewig Gestriger."

„Eben ein Oldtimer?"

„Nein, die meisten sind zum Glück nicht so."
„Komm wir gehen noch ein bisschen rum."

Es gab einen Tisch mit Büchern und Katalogen über alte Autos. Einige auch zu alten Lokomotiven.

„Hier ist etwas ganz Seltenes, ein Mercedes-Handbuch von 1952."

Der junge Verkäufer hielt mir das Buch hin.

„Nein danke, ich bin Vespa-Fahrer und habe noch das Original Wartungsbuch von 1959."

„Auch nicht schlecht." Seine Stimme senkte sich zum Verschwörerischen:

„Haben Sie Interesse an alten Clubzeitschriften? Hier sind die ersten Jahrgänge vom Allgemeinen Schnauferl-Club, ein Sonderheft zum sagenhaften Rennen im Grenzlandring mit Aufnahmen von den Unfällen, die Sondernummer der vereinigten Fernlastfahrer mit deftigen Geschichten drin, und hier ein Foto von Husche von Hanstein!"

Er hielt mit triumphierend ein sepiagefärbtes Foto eines Rennfahrers von 1934 vor einer BP Tankstelle und einer bewundernden Gruppe von SA Leuten hin.

„Rennleiter von Porsche, wenn Sie wissen, was ich meine. Weltklassepilot!"

„Was soll denn das Foto kosten?"

„Na für Sie, nur neunzig Mark."

„Nein danke. Vielleicht später mal."

„Vielleicht eine CD mit Auspuffgeräuschen von historischen Modellen. Garantiert keine Anwärter dabei!"

„Ich habe keinen CD-Player, danke."

„Na gut. Hier ist unsere Karte. Wir haben ein großes Archiv in Hannover. Eine riesige Fabrikhalle voll mit alten Zeitschriften, Heften usw. Kommen Sie doch mal vorbei und stöbern oder rufen Sie uns einfach an."

Der Junge mit dem gefärbten kurz geschnittenen Haar reichte mir einen Werbezettel hin und wandte sich dem nächsten Kunden zu.

Ich schaute Bob prüfend in die Augen.

„Na, ja, von Hanstein war wirklich ein guter Fahrer."

Bob blickte auf seine monströse Uhr mit drei großen Knöpfen zum Einstellen.

„In einer halben Stunde ist die Rallye wieder da."

„Und die Uhr da? Auch ein Oldtimer?"

„Eine Hanhart", sagte er. „Ein Fliegerchronograph. Hab ich einem Fahrer letztes Jahr nach der Rallye abgekauft."

„Echt?"

Bobs Vater hatte bei der Hammer Volksbank gearbeitet und mit ihr Bankrott gemacht. Seitdem lebte Bob eher mit weniger Geld.

„Nein, eine Nachbildung. Aber selbst die könntest du gar nicht bezahlen!"

„Alle abgestürzt? – Danke, kein Interesse."

Bob war beleidigt. Wir setzten uns wieder, bestellten noch einen Kaffee und warteten.

In drei Stunden würde die Rallye zurück sein.

Lukas trudelte wieder ein. Der Chevrolet-Fahrer hatte ihn einmal in seinem Wagen sitzen lassen.

Wir teilten uns die Stullen zu dritt.

Beim Abschied lud mich Bob zu einem Markentreff bei Enniger ein.

„Da lernst du einige Schrauber kennen, die bauen dir jedes Auto um. Und ich fahr dich in meinem Ford 1936. Da stecken fast vierzehn Kilo Wachs drin!"

Ich warf noch einen Blick rüber auf die Kiesgrube und die alten Anlagen. Dann schob ich meine Vespa mit Lukas an, und wir rollten gemächlich den Hang hinunter in die Stadt, die lange gut an diesen Gruben und Stollen verdient hatte.

Am Abend hob ich 200 DM an der Sparkasse ab und nahm den 20-Uhr-Zug nach Hannover.

Montags darauf steckte ein anonymer Brief im Kasten. Er

war aus Zeitungsbuchstaben zusammengestoppelt, und schlug mir ein Treffen in zwei Wochen auf der AB Raststätte Dammer Berge vor, wenn ich mehr zu dem Auto der Belgier wissen wollte. Um Mitternacht. Pünktlich.

8.

Ich nahm mir die Krawatte heraus. Meine Mutter hatte sie mir geschenkt, als ich vierzehn wurde. In einer ihrer alten Pralinenschachteln wahrte ich meine Krawatte und zwei Manschettenknöpfe auf.

Bei Dunkelmann war ich angemeldet. Der Pförtner zeigte auf ein Büro im ersten Stock, das die Parkplätze vor der Spedition überblickte. Nein, Herr Vogt war kein Fahrleiter, sondern Chef der internationalen Logistikabteilung. Der Pförtner schien großen Respekt vor ihm zu haben.

Ich erklomm die Treppe zum Obergeschoss, wo die Sekretärin schon auf mich wartete.

„Herr Vogt hat noch einen wichtigen Anruf. Bitte nehmen Sie einen Moment Platz! Kann ich Ihnen einen Kaffee anbieten?"

Ich nahm an und setzte mich auf eine Besucherbank im Blickfeld der Sekretärin. Die Wand hinter ihr hatte eine große Tür mit zwei Flügeln. Rechts oben in der Ecke war eine Videokamera angebracht.

Ich schüttete etwas Zucker in den Kaffee und wartete.

Drei Minuten später kam ein Anruf auf dem Telefon mit sechzehn Knöpfen, und die Sekretärin bat mich rein. Sie war nett und öffnete mir die dicke Tür.

Es tat sich ein eindrucksvoller Panoramablick auf. Vor einer riesigen Fensterscheibe, die auf den Hof schauen ließ, stand ein schwerer Schreibtisch mit einem kleinen weißen Telefon, einem Mikrofon und einem schmalen, extrem kleinen Computer. Die rechte Wand füllten Monitore vieler Größen. Sie umrahmten einen besonders großen Bildschirm, der das Fernstraßennetz Deutschlands abbildete. Ein rotbrauner Teppich führte mich zu dem Schreibtisch. Herr Vogt erhob sich und kam mir entgegen.

Er hatte kurz geschnittene Haare, ging gerade wie ein Offizier und machte einen kräftigen Händedruck. Er roch nach Parfüm und Alkohol.

„Bitte nehmen Sie Platz!" Er wies auf einen Sessel an dem kleinen Besuchertischchen links vor der Wand. Er ging zurück zum Schreibtisch, drückte auf einen Knopf vor dem Telefon und sagte in das Mikrofon:

„Ich möchte in den nächsten zehn Minuten nicht gestört werden. Danke, Klara."

Dann setzte er sich zu mir.

„Sie arbeiten bei der Polizei?"

„Ja im Kommissariat 1 auf der Wachsbleiche."

„Dann sind wir ja fast Nachbarn. Klara sagte mir, Sie hätten ein paar Fragen zu unseren Strecken?"

„Nun, ich wüsste gerne, ob Sie mir sagen können, welche Ihrer Wagen am zweiten Mai gegen fünf Uhr morgens Richtung Hansastraße unterwegs waren. Haben Sie darüber irgendwelche Aufzeichnungen?"

„Aufzeichnungen? Na, Sie sind gut, was glauben Sie, was das hier ist?"

„Ein Streckenplan für Deutschland?"

„Nein, das ist die Logistikzentrale des gesamten Unternehmens. Ich kann Ihnen sagen, welcher unserer Fahrer am zweiten Mai in Toulouse oder Genua war. – Doch wozu wollen Sie dass wissen? Hat einer unserer Fahrer irgendein Verkehrsdelikt begangen?"

„Nein, da kann ich Sie beruhigen. Ich hatte seinerzeit Streife, und mir fiel dieser Lastwagen auf. ‚Täglich nach Amsterdam' stand auf ihm, glaube ich. Vielleicht hat der Fahrer ja etwas gesehen, was uns bei der Ermittlung zum Hafenmord helfen könnte. Es wäre nur eine Routinesache von etwa fünf Minuten."

Herr Vogt stand auf.

„Kommen Sie mal mit! Ich will Ihnen was zeigen."

Er schritt auf den großen Bildschirm mit dem Streckennetz zu und zog einen kleinen Apparat aus der Tasche, der wie eine Fernbedienung für einen Fernseher aussah. Er klickte auf den Schirm, und plötzlich blinkten in dem Netz viele blaue Lichte.

„Das sind unsere Lastzüge, die auf den Autobahnen unterwegs sind."

Er klickte erneut, und ein gelbes Blinkwerk ersetzte das erste.

„Und das sind die Laster auf den Fernstraßen Deutschlands."

Er klickt erneut.

„Und das sind unsere Lastzüge in Frankreich. GPS."

Ich zeigte mich beeindruckt. Es gab Lärm im Vorzimmer.

Vogt klingelte, und Klara öffnete die Tür.

„Es war Martinez. Ich soll Ihnen bestellen: *Todo debajo control!*"

„Danke, está bien." Er wendete sich wieder mir zu. „Zu Ihrer Frage: Wir speichern natürlich alle Fahrten auf dem Computer, und Klara kann Ihnen bei den Daten behilflich sein. Sie werden den Fahrer doch nicht vernehmen? Sind Sie eigentlich dienstlich hier?"

„Es geht um den Mord im Hafen. Der Fall wurde nach Hannover abgegeben. Aber die können sich auch nicht um alles gleichzeitig kümmern."

„Die Geschichte mit dem Arm? Ich möchte nicht, dass unsere Fahrer darin verwickelt werden. Alle weitere Anfragen laufen über mich, Herr Kommissar!"

Sein Ton wurde gereizter.

„Verstehe."

„Das bezweifele ich. Haben Sie eine Ahnung, was da draußen alles los ist? Ganze Lastzüge verschwinden in Italien. Und wir müssen Lösegelder zahlen. Einmal ist sogar ein Lastzug von uns in der Schweiz verschwunden. In der Nähe von Haar. Oft finden wir Schmuggelware auf unseren Anhängern. An Raststätten heimlich aufgeladen, wenn unsere Fahrer schliefen. Zum Glück gibt es mehr und mehr Kameras an den AB Tankstellen. Wir haben genug Scherereien mit der Polizei."

„Sie können sich darauf verlassen."

Herr Vogt begleitete mich persönlich an die Tür und verabschiedete mich dort. Er zeigte noch einmal auf seine Monitore.

„Von so was können Sie bei der Polizei nur träumen, nicht wahr?"

Und damit war ich entlassen.

Klara fand die Fahrt schnell auf ihrem Computer. Der Fahrer, Erhard Bühler, war an dem Morgen nach Amsterdam gefahren und am nächsten Tag planmäßig zurück gewesen.

Sie wechselte das Programm und schaute unter „Bühler" nach.

„Sie haben Glück, der hat eine Operation am Bein gehabt und ist zurzeit fahruntüchtig. Herr Vogt hat ihn für zwei Wochen ins Archiv geschickt, damit er sich auskurieren kann."

„Archiv?"

„Ja die komplette Umstellung auf GPS ist noch nicht so alt. Vorher hatten wir alles in Aktenordner geheftet."

Es klingelte auf ihrem Tischtelefon. Ein rotes Lämpchen ging an.

„Ich muss zu Herrn Vogt. Sie finden Herrn Bühler unten im Raum 1 – 113. Archiv. Es steht auf der Tür."

Ein Lächeln. Sie war schon unterwegs.

Ich stieg herab und fragte mich durch zum Archiv.

Die Tür stand offen. Ein süßlicher Tabakgeruch drang heraus. Ich klopfte an und trat ein.

Hinter einem Tresen saß ein Mann und rauchte Pfeife. Er war über einen Stoß alter Zeitschriften gebeugt.

„Herr Bühler?"

„Ja. Was kann ich für Sie tun?"

„Ich bin Kommissar Kapp vom 1. Polizeikommissariat an der Wachsbleiche. Ich hätte eine ganz kurze Frage an Sie."

„Schießen Sie los!"

„Sie fahren doch regelmäßig nach Amsterdam, so um fünf Uhr früh. Können Sie sich an irgendetwas Auffälliges erinnern, das Sie Anfang Mai, genauer am zweiten Mai, also am Tag nach der Feierei, am Kanal gesehen haben? Etwa am Römeresch oder auf der Hansastraße?"

Er nahm die Pfeife aus dem Mund.

„Das ist ja über drei Monate her. Wie soll ich mich da noch erinnern? Das ist doch immer dasselbe: Nebel, kaum Verkehr, die Frühnachrichten und dazu Country-Musik."

„Den Verkehr meine ich. Auch auf der Hinfahrt zur Arbeit."

„Da war es doch noch dunkel."

„Trotzdem könnte man einen Pkw, etwa einen kleinen Golf, von einem Mercedes unterscheiden."

„Halt mal. Sie suchen was Bestimmtes?"

„Einen Pkw, der zu dieser Zeit unterwegs war."

„Also bis zur Autobahn sehe ich immer ein paar Pkws, aber da achte ich doch nicht drauf."

„Hätte doch sein können. Gibt es irgendeinen anderen Weg herauszufinden, wer zu dieser Zeit unterwegs war im Hafen? Fahrtenbücher oder so etwas Ähnliches?"

„Fahrtenbücher? Wir leben doch nicht mehr im zwanzigsten Jahrhundert. Die sind längst abgeschafft. Im Übrigen, das ist doch wohl Ihre Arbeit, Herr Kommissar, nicht unsere... – War nicht böse gemeint. – Wir könnten ja mal in die Mai-Nummer der Briefe schauen."

Er zeigte mit der Pfeife auf die Zeitschriften vor sich.

„Was sind das für Briefe?"

„Na unsere Fahrerzeitschrift, die *Dunkelmänner Briefe*."

„Und was steht da drin?"

Herr Bühler hatte offensichtlich auf diese Frage gewartet.

„Schnurren, die sich die Fahrer so erzählen. Abenteuer, Schwänke von den Fahrten. Alles, was den Dienst weniger langweilig macht."

„Und dazu haben Sie die Zeit?"

„Wir dürfen sie sogar einer der Sekretärinnen diktieren. Herr Vogt meint, das hält uns bei guter Laune und gibt uns so einen Teamspirit. Er nennt es *Corporate Identity*."

Er sprach die beiden Wörter bewusst deutsch aus.

„Und haben Sie was in der Mai-Nummer geschrieben?"

„Ich schreib fast immer was. Holland ist lustig. Ich schreibe auch Detektivgeschichten. Sollten Sie mal lesen!"

„Na, schauen wir mal?"

Bereitwillig zog er ein Heft aus dem Stapel hervor. Es waren vier Blatt in der Mitte gefaltet und geheftet. Oben auf der ersten Seite ein Logo mit zwei fliegenden Schwänen.

Er blätterte das Heft durch.

„Da. Da ist was von mir. ‚Die Mädchen von Amsterdam. Von Egbert Wühler.' – Ach, das ist nichts für Sie."

„Warum nicht?"

„Na ja, nicht alle von uns sind verheiratet, und da halten wir es wie die Seeleute in Rotterdam oder Amsterdam, wenn Sie wissen, was ich meine."

„Ah, ich verstehe. Aber da ist doch nichts gegen einzuwenden."

Er las in dem Heftchen. Er hob die Augenbrauen.

„Klar. – Halt! Jetzt fällt mir doch was ein. An dem Tag bei Vanessa war doch was Seltsames auf der Hansastraße. Auf dem Parkplatz vor dem Baumarkt haben zwei Pkws Seite an Seite gestanden und Leute sind von einem Wagen in den anderen umgestiegen."

„Das ist sehr wichtig. Versuchen Sie, sich genau zu erinnern an Kleidung, Wagentypen, Anzahl der Leute ... Irgendetwas, das uns weiterhilft. Es geht immerhin um einen Mordfall."

„Einen Mordfall?"

„Na, den Mord im Osnabrücker Hafen. Den Fall mit dem abgeschnittenen Arm."

„Damit will ich nichts zu tun haben. Ich kann mich nur daran erinnern, dass Leute in schwarzen Lederjacken die Autos gewechselt haben. Vielleicht nur auf der Fahrerseite, vielleicht auch nicht. Das Ganze ist in zwei Sekunden vorbeigehuscht."

„Danke, Herr Bühler. Dieser Hinweis kann unter Umständen sehr wichtig werden. Eine letzte Frage, warum fiel Ihnen das bei der Amsterdam-Geschichte wieder ein? Vielleicht war es eine ganz andere Fahrt?"

„Einer der beiden Pkw hatte ein gelbes Kennzeichen. Sicher Holländer, dachte ich."

„Ganz bestimmt?"

„Ja. Aber ich will da nicht reingezogen werden."

„Das würde Herr Vogt schon nicht zulassen."

„Das ist ein feiner Kerl. Der hat mir diesen Job besorgt, bis ich wieder fahren kann."

Er wendete sich wieder den Zeitschriften vor sich zu.

„Wo bekommt man diese Hefte?"

„Na, ein paar Nummern liegen immer in der Kantine aus. Ältere Nummern sind schwer zu bekommen. Selbst im Archiv fehlen einige. Die Mädchengeschichten sind heiß begehrt."

Ich verabschiedete mich und ging.

Aus der Kantine nahm ich die Juni-Ausgabe der *Dunkelmänner Briefe* mit.

Als ich über den Hof zu meiner Vespa ging, fühlte ich den Blick von Herrn Vogt in meinem Nacken.

Ich hielt an der Fischbude, bestellte zwei Matjes-Brötchen und begann zu lesen. Betriebsnachrichten. Jubiläen. Die neue Computeranlage. Routenänderungen und zwei Schwänke. Es ging selten um Mädchen.

Aber in dem anderen Schwank – er hieß „Katmandu" – ging es um den Transport von Nepalteppichen an ein Osnabrücker Lager. In den Rändern der Teppiche waren ganze Rollen von Hasch eingenäht und die Zollhunde hatten den Braten gerochen. (Ich erinnerte mich an den Fall). Der Verfasser, offensichtlich der Fahrer, erinnerte augenzwinkernd an einige Betriebsausflüge, nach denen sie noch „in die Gärten" gingen und bei italienischer Musik weiterfeierten. „Bella ciao!" Keine Namen. Ein Schwank in einer früheren Nummer. Dann Ankündigung des nächsten Betriebsausflugs im September.

Mittags rief ich in Hannover an, bei dem Antiquariat für Zeitschriften und Hefte. Sie hatten die Rundbriefe der Fahrer von Dunkelmann da, die beiden letzten Jahrgänge konnte ich für zehn Mark haben. Ich erklärte, ich hätte gerade keine Zeit, nach Hannover zu kommen. In zehn Tagen seien sie auf dem Weg nach Oldenburg und könnten mir die Hefte vorbeibringen, schlug man mir vor. Gegen bar. Schließlich verabredeten wir uns für den 14. August um 22:00 im Autobahnrestaurant Dammer Berge. Der blonde Jüngling würde kommen, der auch den Stand in Osnabrück betreut hatte. Stalling, Heinz Stalling. Ich notierte mir den Namen und hängte auf.

Dann rief ich Werner an. Er hatte Nachmittagsdienst. Und es gab etwas Neues.

Einen Leichenfund im Moor, bei Barenau. Ein Bauer hatte sich gemeldet mit den Worten: „Ein Leichnam ist auf unserem Land gefunden worden."

Er beschwerte sich. Irgendjemand hatte ihn über die Grenze auf sein Grundstück getragen. Männliche Leiche, ca. 25 Jahre, tätowiert, aber mit beiden Armen. Heavy Metal. Motorradkluft. Trotzdem, es könnte was mit dem Hafenmord zu tun haben. Die Kollegen aus Bramsche würden sich melden, sobald etwas Neues dazu auftauchte.

Das habe vielleicht eher mit den Drogenentzugsanstalten im Moor zu tun, meinte Werner. Manchmal verirrten sich Dealer in die Gegend mit der Hoffnung auf alte Kunden.

Die Zinsbauern und Torfstecher bei Barenau waren wohl kaum tätowiert.

Um zwanzig Uhr trat ich meinen Dienst an. Gegen vier Uhr fuhren wir die zweite Streife durch den Hafen. Pagenstecher, Römeresch, Hansastraße runter und auf den Parkplatz vor dem Baumarkt. Da saßen wir, Dieter Falke und ich. Wir waren beide müde und hatten uns nichts mehr zu sagen. Nach einer halben Stunde fuhren wir zurück zur Wache. Es waren ganze drei Pkws durchgekommen. Und zwei Lastwagen von Dunkelmann in Richtung Autobahn. Wir waren beide reif für die Ferien.

9.

Dienstagabend. Ich war im Ratskeller mit Richter T. verabredet. Als junger Mann hatte er sich einen Namen gemacht, indem er ein lokales Justizopfer rehabilitierte. Der Richter hatte auch mehrere jugendliche Sprayer zu gemeinnütziger Arbeit verurteilt. Er galt als Kenner der lokalen Grafitti-Szene. Wir arbeiteten zusammen im Präventivverein. Er war der stellvertretende Vorsitzende.

Ich stellte mein Rad vor der Walhalla ab und betrachtete die bereits dunkle Auslage des Infobüros. Das Programmheft für September kam erst in zwei Wochen raus. Es war ein lauer Sommerabend, noch früh. Ich ging über den Marktplatz und setzte mich auf die Bank vor dem Brunnen. Touristen bewunderten das Rathaus und das Standesamt. Die Leute kehrten spät vom Einkaufen heim oder saßen noch auf ein Bier draußen vor den Lokalen. Leise Musik kam aus der Pizzeria. Ich legte mir das Gespräch zurecht. Es war die dritte Woche im August.

Pünktlich um 19 Uhr ging ich in den Ratskeller. Der Richter hatte einen Tisch reserviert, war aber noch nicht da. Ich setzte mich mit dem Blick zur Tür. Neben unserem Tisch hatten sie eine lange Tafel gedeckt für etwa zwanzig Personen. Eine sehr junge Bedienung überprüfte noch einmal die Gedecke. Ich bestellte ein Bier.

Zehn Minuten später traf auch der Richter ein. Er war ein großer hagerer Mann, eher jung, und blickte durch wässrige vorstehende Augen. Er entschuldigte sich, war aufgehalten worden. Er las die Karte mit großem Vergnügen und empfahl mir zwei, drei Gerichte. Ich bestellte den Fisch, er die Pasta.

Während wir auf das Essen warteten, beschnupperten wir uns ein wenig, er über sein Glas Rotwein hinweg, ich prostete ihm mit Mineralwasser zu. Ich musste noch fahren.

Plötzlich füllte sich das Restaurant mit Gästen, allen voran der Bürgermeister. Ich erkannte zwei Ratsherren; die übrigen, etwa fünfzehn, schienen wichtige Persönlichkeiten. Es war eine reine Männerrunde, alle dunkel gekleidet.

„Das muss die Hamburger Delegation sein", sagte der Richter, der mit dem Bürgermeister durch Nicken einen kurzen Gruß ausgetauscht hatte.

„Scheint ja wichtig zu sein", sagte ich.

„Es geht um eine Betriebsansiedlung in Eversburg. Das bringt Arbeitsplätze und auch Gewerbesteuer für die Stadt. Und einige Flächen im Hafen werden wieder richtig genutzt."

Mir ging ein Stich durchs Herz. „Hoffentlich bleiben die grünen Ufer erhalten."

„Steht morgen alles in der Zeitung. Aber etwas mehr Verkehr könnte der Hafen schon gebrauchen. Deshalb sind Sie doch auch hier oder nicht?"

„Wieso ich?"

„Sie hatten mir doch am Telefon gesagt, Sie hätten damals bei der Mordsache im Hafen das Fahrzeug auf der Brücke gefunden. Wie weit sind Sie denn mit der Aufklärung?"

Ich erklärte ihm, dass ich nur im Streifendienst arbeite, aber gut informiert sei.

„Also die Kollegen verfolgen alle Spuren, aber sie stecken ziemlich fest. Der Pkw war am Vorabend gestohlen. Wir haben einige Fingerabdrücke, aber die führen nicht weiter. Flusssäure im Auto und im Hafen erschwerten vieles. Auch den Rest des Opfers haben wir nicht gefunden. Sie haben den ganzen Hafen mehrfach durchkämmt. Nur die Festplatte eines Kinderporno-Rings haben wir im Teich gefunden. Kein klarer Zusammenhang mit dem Opfer. Wir verfolgen auch Spuren, die auf Drogen oder organisiertes Verbrechen hindeuten."

„Was ist denn Ihre persönliche Meinung?"

„Wie gesagt, ich bin kein Kriminalbeamter. Das LKA und der Verfassungsschutz haben die Sache an sich gezogen. Vielleicht ist auch das BKA eingeschaltet. Ich darf darüber nicht sprechen. Aber ich glaube, die haben etwas im Hafenbecken gesucht. Das Opfer war vielleicht ein Taucher, der nach der Erledigung seines Auftrags umgebracht wurde."

„Und wie kann ich Ihnen helfen?"

In diesem Augenblick erhob sich der Bürgermeister, schlug an sein Glas und wandte sich an die Gäste der Tafel, die noch auf das Essen warteten.

„Meine Herren", sagte er. „Ich freue mich, dass unsere Gespräche zu einem solch ermutigenden Abschluss geführt haben. Würde es uns gelingen, hier im Hafen eine Großanlage in Ihrem Sinne aufzubauen, wäre das ein wichtiger Impuls für die Wirtschaft der ganzen Region ..."

Während er weitersprach, hielt er den Blick auf einen kleinen rundlichen Mann mit Glatze gerichtet, dem der Nachbar zur Rechten zuflüsterte. Hörte der schlecht oder verstand er kein Deutsch? Vielleicht kommentierte er auch die Rede des Bürgermeisters. Der Dicke drehte sich nach der Bedienung um und verlangte noch einen Wein in eher unfreundlichem Ton. Also sprach er deutsch. Der Bürgermeister hielt einen Augenblick inne, dann fuhr er fort.

„Die schon lange bestehenden guten Beziehungen zur Hansestadt Hamburg – es gibt ja nicht nur Bremen ...", flocht er schalkhaft ein.

Der Richter konzentrierte sich auf seine Pasta, und als der Bürgermeister endlich sein Glas hob und alle zum Toast aufforderte, nippte auch er an seinem Rotwein.

„Wir Emsländer sagen die Wahrheit gerade heraus ..."

Das Essen für die Tafelrunde kam. Drei Kellner und die junge Aushilfskraft umschwirrten den Tisch wie Bienen. Das Mädchen verschüttete etwas Salat auf dem Tisch und der Zuflüsterer wies sie zurecht. Sie lief rot an.

„Nun, womit kann ich Ihnen helfen? Ich habe anschließend noch einen Termin", sagte der Richter.

„Mich interessiert eine Spur. Auf dem Wagen, den wir fanden, hatte jemand die Grafitti-Zeichen *TdC* aufgesprüht. Als wir um halb sechs Uhr morgens das Fahrzeug sicherstellten, waren die Spuren noch ganz frisch. Sie müssen zwischen fünf und halb sechs angebracht worden sein. In Silberfarbe. Ich habe ein Foto dabei."

Der Richter wischte sich den Mund ab, füllte sich aus der Karaffe nach und betrachtete das Bild.

„Nichts Besonderes", sagte er nach kurzer Prüfung. „Wahrscheinlich ein *name-tag*." Er sprach das Doppelwort Englisch aus.

„Das kann alles Mögliche sein: Tommy der Champion oder so etwas. Vielleicht auch der Name einer Gruppe. Gibt es den tag noch anderswo?"

„Ja er ist im Hafen ziemlich verbreitet."

„Sehen Sie. Auch die Uhrzeit würde auf Jugendliche deuten. Vor der Schule oder nach der Disko. Haben sie schon mal im Hyde Park nachgefragt?"

„Das werden wir tun. Und die Schriftzeichen selbst? Irgendwas Auffälliges?"

Er betrachtete das Foto, nahm noch einen Schluck Rotwein und wischte sich die schmalen Lippen.

„Nein, tut mir leid. Die Buchstaben sind aus einer der beiden klassischen Schreibweisen: geblockt, vorgezeichnet, ausgefüllt. Alles klassisch, unauffällig. Keine Profis, eher Anfänger."

Er legte das Foto auf den Tisch und sah nach der Bedienung.

„Wenn ich Sie wäre, würde ich die Untersuchung dem LKA überlassen."

Er winkte die Bedienung heran.

Ich dankte ihm, zehn Minuten später war er fort. Ich trank noch den Rest Mineralwasser aus. Die Tafel nebenan hatte sich in kleinere Gruppen aufgelöst. Ein Ratsherr flüsterte dem Zuflüsterer zu. Der Bürgermeister hatte sich zu einem sichtbar hanseatisch gekleideten Herrn gegenüber dem Dicken gesetzt und beide in ein intensives Gespräch verwickelt. Er blickte kurz auf und nickte mir zu, als ich ging.

Eine Stunde später saß ich auf der Vespa und fuhr die Hansastraße hinauf zum Autobahnzubringer. Die laue Luft blies mir ins Gesicht, ich fuhr langsam und schob das Visier meines Helmes hoch. Der Zubringer führte nach Wallenhorst, vorbei am Baby-Fachmarkt und den Möbelhäusern, dann über den Penter Knapp. Wieder war ich früh dran, rollte auf den Parkplatz der Ziegelfabrik, befestigte meinen Helm, schloss ab und ging ein paar Schritte in den Wald.

Ich atmete tief durch. Schon zwanzig Meter in den Wald hinein hörte man den Verkehr auf der A 1 nicht mehr. Ungewollt blieb ich stehen. Ich hatte ganz vergessen zu fragen, um welche Großanlage es sich denn handelte. Ich würde mir am nächsten Tag auf der Wache die Zeitung vornehmen müssen. Das Gespräch mit dem Richter war nicht gut gelaufen. Wenn es Schüler waren – machten Mädchen eigentlich auch so etwas? Hatten sie etwas gesehen? Konnte man in diesen Kreisen eine Umfrage lancieren? Würden die überhaupt mit der Polizei zusammenarbeiten wollen? Ich nahm mir vor, am Samstag in der Stadt- oder Universitätsbibliothek über Grafitti zu recherchieren. Vielleicht kam doch etwas dabei raus.

Es war halb zehn, es wurde dunkel. Ich kehrte zum Roller zurück, schaltete das Licht ein und fuhr in Bramsche auf die Autobahn. Penter Knapp – ein komischer Name. Bis zur Raststätte Dammer Berge war es noch eine Viertelstunde. Kaum Verkehr zu dieser Zeit. Ich brachte die Vespa auf 100 km/h. Sie zitterte.

Auf dem Parkplatz vor dem Restaurant zog ich noch mal den Werbezettel heraus und prägte mir den Namen ein. Heinz Stalling. Deshalb wohl die blonde Frisur. Ich stieg die Treppen zum Brückenrestaurant hinauf und erwischte einen Fensterplatz Richtung Süden. Dort bestellte ich eine weitere Flasche Mineralwasser mit einer Portion Pommes. Der Fisch war etwas klein gewesen. Es ging auf zehn Uhr.

Das Restaurant leerte und füllte sich mit dem üblichen Chaos einer Autobahn-Raststätte, total verqualmt. Die Autos und Lastwagen-Kolonnen zogen unter mir durch, auf der Gegenspur verloren sich die Rücklichter im Dunkel. Die Sterne standen klar am Himmel. Kein Mond. Auch niemand, der mich sprechen wollte. Insbesondere niemand mit kurz geschorenen und gefärbten Haaren. Heinz hatte mich sitzen gelassen.

Um elf Uhr rechnete ich nicht mehr mit ihm. Vielleicht würde meine Verabredung um Mitternacht ebenfalls im Sande verlaufen.

Da näherte sich mir ein Mann im schwarzen Anzug, das offene grüne Hemd gab den Blick auf ein Kettchen auf der Brust frei. Er trug einen Aktenkoffer und hatte sein graues Haar hinter dem Kopf zu einem Pferdeschwanz zusammengebunden. Ich bewegte mich nicht.

„Entschuldigung. Sie scheinen auf jemanden zu warten?", sagte er im fragenden Ton.

„Ja. Sie auch?"

„Warten wir nicht alle?" Er zuckte die Schultern. „Darf ich mich zu Ihnen setzen? Ich will nicht aufdringlich sein."

„Ich wollte gerade gehen, aber einen Augenblick habe ich noch." Ich schaute mich noch einmal in der Runde um. Stalling war nicht zu sehen. Er selbst musste irgendwo verdeckt gesessen haben. Ich hatte ihn nicht kommen sehen. Es ging auf halb zwölf.

„Bitte entschuldigen Sie aber einen Augenblick. Ich wollte gerade zur Toilette."

Er setzte sich, stellte den Aktenkoffer neben sich und schaute mich erwartungsvoll an.

„Ich bin gleich zurück."

Ich musterte auf dem Wege zur Toilette die Gäste. Es waren nur wenige. Ein Lkw-Fahrer-Team saß bei einer Bierrunde nahe dem Ausgang. Ich wusch mir die Hände und kehrte zum Tisch zurück.

„Es hat keiner nach Ihnen gefragt", sagte der Graue. Er hatte ein Stück Papier herausgezogen und sich einige Notizen gemacht.

„Ich heiße Kapp, und Sie?"

„Nennen Sie mich Reinhold, bitte!" Er vermied den Blickkontakt.

„Auf wen haben Sie denn gewartet, Reinhold?"

„Ach, das ist eine lange Geschichte, die würde Sie nur langweilen. Ich kenne die Person nicht. Wir haben uns übers Internet verabredet."

„Hier?"

„Ja, er sagte, er käme auf der Durchreise hier vorbei, so um elf. Es könne allerdings später werden. Er wollte auch ein grünes Hemd tragen."

„Ach so", sagte ich. „Meiner sollte um zehn hier sein. Punkt zehn. Ist aber auch nicht erschienen. Blond gefärbte Haare."

Ich sah ihn an, wieder wich er meinen Augen aus. Ich bestellte einen Tee, er einen Kaffee. Er hatte dunkle Ringe unter den Augen.

„Stört es Sie, wenn ich rauche?"

„Nur zu."

„Komisch, nicht? Da sitzen wir beide, verabredet, und beide versetzt. Welch ein Zufall. – Vielleicht sollte ich Ihnen doch meine Geschichte erzählen, vielleicht finden Sie darin noch irgendeine Parallele." Er sah mich aufmunternd an. Ich rührte in meinem Tee und willigte ein.

Ich hatte die Bemerkung unterdrückt, dass sich eine ganze Menge Leute in Raststätten verabreden, um Anonymität und Fluchtwege zu haben.

„Also", fing er an, „ich weiß gar nicht, wo ich anfangen soll. Alles hängt irgendwie zusammen."

–

„Langweile ich Sie?"

„Nein, ich höre zu."

–

„Langweile ich Sie wirklich nicht?"

„Nein."

„Dann komme ich gleich zum Kern meiner Geschichte." Er bückte sich, öffnete mit zwei schnellen Griffen seinen Aktenkoffer und hielt mir ein Bündel Papier entgegen. Es war ein Computerausdruck, gelocht und mit Spirale zwischen zwei durchsichtige Glanzfolien gebunden. Ich nahm das Skript entgegen. Unter der Folie trug es den Titel:

Derri-da / Derri-fort.
Eine semiotische Spurensicherung

Von Reinhold Kannegießer

Ich sah ihn erwartungsvoll an.
„Verstehen Sie?", fragte er ängstlich.
„Kein Wort", entgegnete ich.
„Haben Sie schon mal von Derrida gehört?"
Ich verneinte.
Er erklärte mir weitläufig, dies sei ein bedeutender französischer Philosoph.
„Und was ist semiotisch?"
Reinhold erklärte mir auch das ausführlich. Etwas mit Zeichen. Eine Theorie.
„Ich verstehe den Titel immer noch nicht."
„Ich spiele mit dem Namen des Philosophen. Das „fort / da" ist ein Kinderspiel, das Freud beobachtet hat. Der Psychologe. Und der Derrida macht da viel philosophisch draus. Aus dem Spiel leitet er ab, dass Zeichen endlos weiter Spuren von Bedeutungen zeugen. Und deshalb nenne ich meine Schrift eine Spurensicherung. Wie bei der Polizei, verstehen Sie?"
Er blickte zum Fenster hinaus auf die unter uns durchfahrenden Autos, zog ein Blatt mit vielen seltsamen Strichen oder Zahlen heran und brachte ein neues Zahlenpaar an.
„Und wozu soll diese Philosophie gut sein?"
„Sie problematisiert die Wahrheitsfindung. Alle Suche nach Wahrheit setzt bestimmte gedankliche Konstruktionen voraus. Und um die geht es, Derrida will sie dekonstruieren", sagte er triumphierend.
„Wozu?"
„Um die Wahrheitsfindung als unabschließbaren Prozess von Zeichenspuren darzustellen." Er blickte mir zum ersten Mal fest in die Augen.
„Und wo bleibt die dann Wahrheit? Stellen Sie sich vor, die Polizei würde nach dieser Methode ermitteln!"

„Genau, darum geht es doch bei meiner Schrift. Wenn einer es schafft, Ihnen die Fragen in den Mund zu legen, braucht er sich um Ihre Antworten keine Sorgen zu machen. Ich will Derrida eher widerlegen. Das ist doch nur ein Sprachspiel, wie mein Titel auch. Es gibt eine Wahrheit. Es muss sie geben. Wo kommen wir denn sonst hin?"

Er wurde richtig aufgeregt. Es war kurz vor Mitternacht, und seit über zehn Minuten war niemand in das Restaurant gekommen. Wir waren noch fünf Gäste.

„Genau, wo kommen wir hin", beruhigte ich ihn.

Ich stand auf und entschuldigte mich für fünf Minuten. Die Uhr an der Kasse zeigte Mitternacht an. Dann ging ich in den Flur, der beiden Aufgänge verband, und wartete fünf Minuten. Es kam niemand. Ich ging zurück zum Tisch. Reinhold hielt mir das Bündel Papier entgegen.

„Wollen sie es mal lesen? Ich habe noch eine Kopie", sagte er.

„Ich würde es nicht verstehen. Ich habe nicht Philosophie studiert. Und Wortspiele sind auch nicht mein Ding."

„Doch, doch", erwiderte er erregt. „Wir alle leben in einer Welt voller Zeichen. Und viele sind mehrdeutig, sie führen uns auf falsche Spuren. Sie halten uns von der Wahrheit ab."

„Was ist Wahrheit ...", sagte ich etwas widerwillig. Ich fühlte mich manipuliert.

„Darum geht es ja gerade in meiner Schrift! Aber keiner will sie lesen." Er zuckte mit den Schultern, zündete sich noch eine dieser gallischen Zigaretten aus der blauen Schachtel an.

„Ich bin ein unnützer Philosoph. Ich bin ein unnützer Mensch."

Ich versuchte, ihn wieder auf seine Geschichte zu lenken.

„Ja, warum bin ich? Warum warte ich hier?" Er setzte neu ein. Ich trank den Rest meines Tees aus.

„Ich fasse mich kurz. Es ist alles so zwecklos."

„Das ist nicht wahr."

„Doch, doch, lassen Sie mal, Herr Kapp." Er hatte meinen Namen behalten.

Wieder blickte er einem fahrenden Lastwagen nach, machte

einen neuen Strich und notierte sich eine Nummer darunter.

„Was machen Sie denn da?"

„Ich zähle Lastwagen, die nach Norden fahren. Eine Art Spurensicherung, wenn Sie wollen."

„Fort – da, eh?"

„Na ja, es ist auch ein Spiel. Ein Freund von mir hat eine Wette mit mir abgeschlossen, dass hier nachts mehr als 30% polnische Laster jeder Größe durchfahren. Zweiachser, Vierachser und mehr. Heute Abend war gar nicht viel los. Ich glaube, ich hab mir die hundert D-Mark redlich verdient. – Womit ein Philosoph sich alles rumschlägt."

„Da sollten Sie erst mal den Alltag eines Wachtmeisters sehen. Oder meine Tapeten."

Reinhold hörte nicht zu. Er machte einen weiteren Strich in seiner Tabelle, es war eher ein Buchstabenkürzel, und zog eine weitere Broschüre aus seiner überfüllten Aktentasche.

„Da. Das schenke ich Ihnen. Sollten Sie mal lesen. Ist zwar nicht ihr Revier. Eher südlich. Aber der Augustaschacht hat auch mit Osnabrück zu tun."

Auf der gehefteten Drucksache stand „Arbeitslager Augustaschacht. Einige vorläufige Daten." Kein Autor.

Ich stand auf.

„Vielen Dank, ich muss gehen. Bleiben Sie noch lange?"

Es war 0:30 auf meiner neuen Quarzuhr.

„Nein, meine Schicht ist auch bald um."

Wir waren allein im Restaurant.

„Wenn hier noch ein blonder Buchhändler aus Hannover vorbeikommt und nach mir fragt, er soll mich anrufen."

„Auch ein Philosoph?"

„Nein, eher ein Heftchensammler. Vielleicht könne Sie ihm eine von Ihren Theorien verkaufen."

Ich hielt die Broschüre hoch.

„Nein, die steht nicht zum Verkauf."

„Alles Gute." Wir schüttelten uns die Hand.

„Ciao!"

Es war sehr spät, als ich nach Hause kam. Diesmal stand das Küchenfenster zur Terrasse auf. Jemand war eingestiegen und hatte sich auf dem Dachboden zu schaffen gemacht. Unten fehlte nichts, dafür waren aber mehrere Hänger im Archiv verschwunden, einer zu Lucky, mit der Anzeige des Akkordeons und der Liste der Autowerkstätten, die ich mir neu angelegt hatte. Die Akte „Legenden" zu V-Männern im Dienst der Polizei war unvollständig, und die Akte „Skandale" war über den ganzen Fußboden verstreut. Schließlich fehlte die ältere Akte zu einem Teppichhändler aus Bayern, alles in allem eine deutliche Lücke.

10.

Am Morgen hatte es ein paar schwere Unfälle auf der Landstraße nach Lotte gegeben. Die Nachtschicht-Kollegen sahen müde aus.

Die Frühbesprechung verlief entsprechend gedämpft. Werner erläuterte ein Fax aus Hannover. Es stammte vom BND und vom Verfassungsschutz: eine erneute Warnung vor möglichen Terroranschlägen in Deutschland. Dem amerikanischen Geheimdienst lägen entsprechende Informationen vor. Besonderes Augenmerk sei auf öffentliche Einrichtungen und muslimische Gruppen zu richten. Seit dem vereitelten Anschlag auf das Straßburger Münster galten selbst Kirchen nicht mehr als sicher. Zwar liege der Schwerpunkt der Aktivitäten im süddeutschen Raum, aber auch Niedersachsen komme in Betracht. Besonders Orte mit Moscheen seien in deren Umfeld genauer zu beobachten. Osnabrück hatte keine Moschee, aber es gab islamische Versammlungen in einer angemieteten Fabrikhalle auf der Klöcknerstraße. Alles Auffällige sei zu melden.

Bernd und ich schauten uns an, zuckten die Achsel. Hermann machte sich Notizen.

Niedersachsen leistete sich die niedrigste Polizeidichte in Deutschland, sagte Dieter Falk schon wieder. Einsparungen, Unterbesetzung, Sondereinsätze. Und dazu kamen die Vertretungen. Das neue INPOL funktionierte nicht, und Bernd fluchte über die wachsende Anzahl von Telefonüberwachungen. Heiner warf ein: „Das bringt uns vielleicht auch weiter. Erst hatten wir Terrorismus. Da gab es plötzlich Stellen. Dann kam die Organisierte Kriminalität. Das warf wieder ein paar Stellen ab. Dann wieder Flaute. Vielleicht bringt etwas mehr Terror uns neue Stellen."

Dieter schnaubte verächtlich.

Dann traf um 8:15 die Schreckensmeldung ein: ein Pkw-Fahrer hatte in den Büschen um die Raststätte an den Dammer Bergen eine arg zugerichtete Leiche im schwarzen Anzug gefunden. Werner und Carsten schalteten sich ein, die Spurensicherung war schon unterwegs. Ich wollte mit, aber ich hatte Dienst im Empfangsraum der Wache. Ich stand auf heißen Sohlen.

Nachbarn brachten einen verwirren Greis auf die Wache, der nicht wusste, wo er war. Er bewegte einen Kieselstein in seinem zahnlosen Mund, hörte fast nichts und war nur schwer zu verstehen. Laute wie: „Molli, Molloi."

Er konnte weder Namen noch Wohnort angeben. In seinen Taschen fanden sich keinerlei Hinweise auf seine Identität. Heiner wollte ihm die Fingerabdrücke abnehmen, doch ich rief das Landeskrankenhaus an und ließ ihn abholen. Wir machten vorher ein Foto von ihm. Wenn das LKH nichts rausfinden konnte, würden wir ihn in die Fahndung geben müssen.

Dann kam eine Zeitlang gar nichts. Ich trat ans Fenster und schaute auf die Pagenstecherstraße. Es regnete, der Greis war nass gewesen und die Wache roch immer noch nach seinen Klamotten. Bernd saß mürrisch am Computer, um die Vorgänge vom Vortag einzugeben. Ich dachte an Reinhold und entschloss mich, Karl-Heinz bei der Kripo anzurufen. Die wussten noch nichts Neues, aber die Details klangen grauenvoll. Man hatte der Leiche den Schädel eingeschlagen und sie dann mit einer Säure übergossen. Schließlich war wohl ein Lastwagen mit sechs Tonnen Ladung über den Leichnam gefahren. Es gab viel Blut, und der Teil des Parkplatzes, wo die Laster übernacht standen, war zwar geräumt, aber immer noch abgesperrt.

Ich fragte nach den grauen Haaren und dem Pferdeschwanz. Auch diese Details schienen zu der Leiche zu passen. Da erzählte ich Karl-Heinz, dass ich gestern in der Raststätte gewesen war und dass die Beschreibung auf eine Person passte, mit der ich gesprochen hatte. Ich sagte zu, nach dem Dienst um 14:00 zur Zeugenaussage vorbeizukommen. Ich war vielleicht einer der

Letzten, die ihn noch lebend gesehen hatten. Ich dachte an die Broschüre, die er mir in die Hand gedrückt hatte, und legte auf.

Es war sehr still auf dem Flur. Nur im Bad tropfte seit Tagen der Wasserhahn.

Zehn Minuten später kam ein Anruf von der Firma Dunkelmann. Es war Herr Vogt persönlich. Er wollte wissen, ob die Kripo weiter an dem Fahrer vom 2. Mai interessiert sei.

Ich gab mich zu erkennen.

„Ach Sie sind es selbst. Sind Sie mit Ihren Ermittlungen weitergekommen?"

„Ich bin nur ein ganz normaler Streifenpolizist, Herr Vogt. Ich stelle keine Ermittlungen an. Das ist eher die Aufgabe der Kriminalpolizei."

„Ganz recht. Was hatten Sie dann in unserem Archiv zu schaffen?"

„Ich war an dem Tag am Tatort, wie Sie sich sicher erinnern können. Ich hatte auch den Lastzug zu Protokoll gegeben. Ich wollte den Kollegen bei der Kripo nur etwas behilflich sein."

„Ich dachte, Hannover hätte die Ermittlungen definitiv an sich gezogen?"

„Woher wissen Sie das denn?"

„Das lassen Sie mal meine Sache sein, Herr Kapp. Sie haben immer noch nicht erklärt, was Sie in unserem Archiv gesucht haben."

„Nur nach dem Fahrer habe ich mich erkundigt. Dabei bin ich auch auf die Werkszeitung gestoßen und dachte, die könnte vielleicht weiterhelfen."

„Das sieht mir aber doch sehr nach Amtsanmaßung aus. Ich war bei Erteilung der Genehmigung davon ausgegangen, Herr Kapp, dass Sie bei der Kriminalpolizei arbeiten."

„Die Kollegen ziehen uns gelegentlich hinzu, wenn Sie mehr Daten brauchen."

„Herr Kapp, ich verliere langsam die Geduld. Hier ist nicht der Ort, mich mit Ihnen auseinander zu setzen. Ich werde bei der Kriminalpolizei anrufen, und Ihre Auslassungen dort überprüfen. Sollten sich dabei irgendwelche Unregelmäßigkeiten herausstellen, rufe ich auch in Hannover an. Ich muss Ihnen dringend davon abraten, noch einmal bei uns vorbeizukommen, um Einsicht in unser Archiv zu nehmen. Eine neue Genehmigung werden Sie von mir nicht bekommen. Guten Tag."

Er hatte aufgelegt. Ich stand ziemlich fassungslos mit dem Hörer in der Hand, als zwei Männer in Montur zur Tür hereinkamen.

Ich legte langsam auf.

„Was kann ich für Sie tun?"

„Wir kommen von der Firma Huguenau, um die Wasserleitung in diesem Gebäude zu überprüfen. – Sie hatten angerufen."

Der Mann hatte auf seinem weißen Kittel eine orangene Plakette angebracht mit der Aufschrift „Verheizt mich nicht!" Der Lehrling an seiner Seite grinste frech.

Ich rief Hermann in die Wachstube und bat ihn, die Herren in das Bad zu begleiten. Sie könnten sich danach auch gleich um den Gruppenraum kümmern.

Dann rief ich den Aufenthaltsraum an und kündigte die beiden Klempner an. Sie sollten die Flaschen wegräumen und lüften, bevor die beiden dort ankamen.

Der nächste Anruf ging an Walter beim Zentralen Kriminaldienst. Ich sagte den Anruf von Vogt voraus und erklärte kurz, dass ich auf eigene Faust versucht hatte, den Namen des Lkw-Fahrers vom 2. Mai herauszufinden.

„Das war nicht klug von dir, Peter. Du weißt, dass Hannover die Sache an sich gezogen hat. Wenn der Typ dort anruft, kann das ziemlichen Ärger geben. Ich sage Deppe Bescheid, er soll dich decken."

„Danke."

„Aber lass die Finger davon, Peter. Die Sache ist immer noch heiß."

„Ich pass schon auf mich auf."

Ich legte auf und schaute aus dem Fenster. Es regnete stetig weiter. Ich dachte immer noch an Reinhold in den Büschen.

Hermann kam mit den Klempnern zurück. Alle drei waren belustigt, offensichtlich hatten sie wieder Witze über die Wache gemacht.

„Na dann bis zum nächsten Mal. Der Hahn tropft nicht mehr. Bei der dicken Luft hier würde ich auch tropfen. Ihr könntet ruhig öfters mal die Fenster aufmachen!"

Der Lehrling schnaubte vor Vergnügen.

Ich wartete, bis die beiden draußen waren.

„Du solltest schon etwas mehr Distanz zu dem Klempner einhalten. Der kommt hier jedes Jahr vorbei und reißt üble Witze über das Polizeikommissariat. Du hast ihm doch nichts über uns erzählt?"

„Keine Sorge. Er macht nur Sprüche."

„Was hast du heute Morgen zu tun?"

„Na, Schreibdienst und Arbeit im Archiv. Nichts, was nicht auch morgen erledigt werden könnte."

Ich gab bei ihm ein Flugblatt für die Identifizierung des verwirrten Greises in Auftrag und schickte ihn zurück ins Archiv.

In der Tür drehte er sich um.

„Kann ich heute eine halbe Stunde eher gehen? Ich habe eine Verabredung um eins, und es wäre sehr knapp."

„Okay, aber morgen bleibst du dann eine halbe Stunde länger."

„Gemacht!" Er salutierte und ging.

Es regnete immer noch, ein feiner Nieselregen, der kaum Spuren auf dem Asphalt hinterließ.

Im letzten Zimmer auf dem Gang rief Bernd plötzlich „Bingo!" Er hatte wieder etwas im neuen INPOL gefunden. Ich ging zu ihm rüber.

„Das wird dich interessieren. Du hast doch damals die beiden Belgier auf der Lichtung aufgelesen?"

„Gibt's dazu was Neues?"

„Ja, stell dir vor. Das Auto von denen, diese Spezialanfertigung, ist unter ungeklärten Umständen aus dem Polizeidepot in Hannover entfernt und verschrottet worden. Brikettiert! Und stell dir vor, die beiden Anwälte, die hier waren, haben Anzeige erstattet und verlangen jetzt Schadenersatz für ihre Mandanten. Ein starkes Stück!"

„Das war doch ein Leihwagen?"

„Die Firma gehört denen."

Bernd druckte mir den Eintrag aus dem PIOS aus.

Auf dem Rückweg zum Tresen ging ich in Werners Zimmer, holte mir das Rundschreiben aus Hannover von der Pinnwand und überflog den Text.

Bernd und Heiner wurden zu einem Unfall gerufen. Ich trug die Uhrzeit ein.

Um 11:30 kam ein aufgebrachter Hausbesitzer von der Albrechtstraße vorbei. Ich kannte ihn vom Sehen. Er legte eine Reihe von Fotos auf den Tisch. Über Nacht war sein Haus und das eines Nachbarn besprüht worden mit großen weithin lesbaren Lettern in der gewohnten Machart *TdC TdC TdC*.

Sie hatten fest geschlafen und nichts gehört, die Nachbarn auch nicht.

Ich erklärte ihm, dass wir den Sprayern seit geraumer Zeit auf der Spur waren.

„Das reicht nicht. Einsperren sollte man die Leute!"

„Das sind meist Schüler. Ihr Haus liegt eben im Bereich zwischen Uni, Grund- und Berufsschule. Ist Ihr Haus zum ersten Mal besprüht worden?"

Ich zog ein Formular heraus und nahm die Anzeige auf.

„Wir wohnen seit 1956 dort, und nur einmal hat man einen Farbbeutel an unsere Garagentür geworfen. Aber diese Schmiererei ist neu und nimmt ständig zu. Wenn ich die erwische."

„Herr ...?"

„Spindler. Hier ist mein Ausweis."

„Herr Spindler, haben Sie Kinder?"

„Ja, warum?"

„Ihre eigenen Kinder könnten eines Nachts mal mit Freunden rumziehen, um ihre Spuren zu hinterlassen. So ein Gespräch kann auch vorbeugend wirken. Haben Sie irgendeine Idee, wer das gewesen sein könnte oder wofür die Buchstaben stehen?"

„Keine Ahnung, aber wenn das Jugendliche sind, hat das sicher etwas mit ihrer scheußlichen Musik zu tun. Oder sie schreiben einfach etwas ab, was sie woanders gesehen haben."

„Wenn Sie hier noch Ihre Telefonnummer hinterlassen? Wir rufen Sie dann an. – Lesen Sie die Anzeige bitte noch einmal durch und unterschreiben Sie dann hier unten!"

Ich schob ihm den Ausdruck rüber.

Er nahm, immer noch wütend, seinen Schirm, den er tropfend hinter die Tür gestellt hatte, murmelte Flüche über die Kosten und ging.

Heiner und Bernd kamen zurück. Ich bat Heiner, einen Augenblick für mich zu übernehmen, und ging ins Archiv.

Hermann saß an seinem Flugblatt.

„Lass genügend Platz für das Foto."

Er antwortete nicht. Ich setzte mich an den Computer und legte das Fax neben mich.

Ich durchsuchte PIOS und ZEVIS auf Daten, die mit Osnabrück verknüpft waren. Dann versuchte ich GM Hütte. Ein Islamist mit Geldfälscher-Vergangenheit. Ich rief das Ausländerzentralregister auf. 2.000 Muslime in Osnabrück, alle friedlich. Der Mullah kam aus Münster und hatte gute Kontakte zu den christlichen Kirchen hier.

Ich machte einen letzten Versuch auf der aktuellen Seite des LKA. Aber hier war nur der verlesene Text abgespeichert, weitere Hinweise fehlten. Ich schloss die Dateien, ging zurück an den Tresen und löste Heiner ab.

Ich rief noch einmal Walter an. Nichts Neues von der Autobahnraststätte, nichts Neues von Vogt.

Kurz nachdem Hermann gegangen war, kam ein junger Mann und stellte sich vor den Tresen. Er trug ein schwarzes Hemd unter seinem grauen Sakko, Bügelfaltenhose und stumpf zugeschnittene schwarze Schuhe. Er hatte kurz geschorene Haare und roch nach Seife.

„Ist Hermann Schell da?"
„Der ist gerade gegangen."
„Hat der nicht Dienst bis um eins?"
„Eigentlich ja, aber heute musste er zu einer wichtigen Verabredung."
„Da wollte ich eigentlich auch hin. Wissen Sie zufällig, wo das sein sollte?"
„Hat er mir nicht verraten."
„Vielleicht in die Altstadt?"
„Er hat nichts darüber gesagt. Wollen Sie eine Nachricht hinterlassen?"
„Das bringt nichts. Ich versuch's mal in der Altstadt."
Er strich sich gedankenvoll über den stoppeligen Kopf. Dann drehte er sich um zur Tür. Er hatte mich schon vergessen.
Plötzlich kam er wieder zurück.
„Wenn Hermann doch noch anrufen sollte, ich muss unbedingt bei dem Treffen dabei sein. Es hängt viel davon für mich ab."
„Kann er Sie denn erreichen?"
„Das geht nicht, ich bin die ganze Zeit unterwegs. Sagen Sie ihm, Jarl wäre hier gewesen, und er könne mich heute Abend ab neun bei den Steinen treffen."
„Bei den Steinen?"
„Er weiß schon Bescheid. Danke."
Dann drehte er noch einmal auf dem Metallbeschlag seines rechten Schuhs zur Tür und war weg.

Bei der Kripo lagen inzwischen erste Ergebnisse vor. Es handelte sich in der Tat um Reinhold K. aus Osnabrück. Das ging aus seinen Papieren hervor. Man hatte ihn erschlagen an einem der letzten Lkw-Plätze vor der Ausfahrt nach Norden, mit einem Zweiachser überfahren, und anschließend wurde sein Leichnam in die Büsche gezerrt, wo man ihn mit hochgiftiger Flusssäure übergoss. Sein Gesicht war nicht zu erkennen, und seine Druckschriften lagen verstreut im Umkreis der Leiche. Seine persönlichen Aufzeichnungen fehlten. Es blieb unklar, wie

Reinhold K. zu der Raststätte gekommen war. Wahrscheinlich hatte ihn jemand hingebracht.

Ich gab zu Protokoll, was wir am Vorabend gesprochen hatten, machte so gut es ging Angaben zu seiner Person, erwähnte ausdrücklich die Aktentasche, die Papiere und die Aufzeichnungen, die er vom Verkehr gemacht hatte. Ich wies besonders auf die seltsamen Zahlenkolumnen und die Wette hin. Und ich versprach, ihnen den anonymen Brief mit der Verabredung vorbeizubringen.

Walters Kommentar: „Das wird ja immer schlimmer. Die A 1 zieht Kriminelle geradezu an. Die machen, was sie wollen. Wir brauchen Verstärkung. Sonst haben wir bald hier Verhältnisse wie in Belgien!"

Nach meiner Aussage fuhr ich zum Schlosser in der Theaterwerkstatt am Hafen. Die Tür war zu, aber ich wusste, Ernst war da. Er arbeitete an einer Kulisse zum Turmbau von Babel. Ein Stück von Dürrenmatt. Ich erzählte ihm von den wiederholten Einbrüchen an meinem Haus. Er versprach, nach der Arbeit vorbei zu kommen und sich die Türen und Fenster anzuschauen. Dann fuhr ich zum Glaser an der Fischbude und ließ mir eine Fensterscheibe für die Küche schneiden. Kitt hatte ich noch.

Wie beim letzten Mal fehlte jede Spur von den Einbrechern. Keiner der Nachbarn hatte irgendetwas gesehen. Vielleicht war es auch nur eine Einzelperson. Man hatte ein Dreieck in die Scheibe geschnitten und das Stück mit einem Saugnapf entfernt, ohne Scherben zu hinterlassen. Mit Handschuhen hatte man den Fensterverschluss gelöst, war eingestiegen und gleich zielstrebig zum Dachboden heraufgestiegen. Dort lag das Glasdreieck auf den Papieren. Die neueren Registermappen waren herausgezogen. Anschließend hatte man den Computer im Arbeitszimmer eingeschaltet. Die externe Festplatte blieb unentdeckt.

Diesmal hatten die Kollegen von der Kripo keine Lust, den gesamten Aktenberg durchzuwühlen; sie gaben sich mit meiner

Versicherung zufrieden, es fehle nichts außer einigen Ordnern. Es waren andere Kollegen als beim letzten Mal. Einer warf mir einen schrägen Blick zu, als er die Aktenberge unter den Sparren sah und schnüffelte geräuschvoll den Modergeruch. Der andere zuckte nur die Achseln.

„Wie ist es denn mit dem Brandschutz? So nah am Dachstuhl?"
Ich zuckte ebenfalls mit den Achseln.

Abends hielt mich mein Nachbar auf der Straße an. Wann ich denn mal wieder die Hecke schneiden wolle. Es wachse alles rüber auf sein Grundstück. Er könne es auch selber machen, wenn ich einverstanden sei.

Unser Verhältnis war nicht mehr das Beste seit dem Auszug meiner Frau und meiner Tochter. Die beiden hatten immer den Kontakt mit der Nachbarschaft gehalten. Tula hatte sogar oft durch die Hecke mit der Tochter der Nachbarn rechts gesprochen. Ich mochte die neugierigen Blicke der Passanten durch die niedrigen Fenster nicht und hatte deshalb eines unserer Wohnzimmerfenster zur Straße zugemauert. Abends saß ich eh lieber hinter dem Haus, zwischen Garage und Küche, und genoss den Blick ins Grüne. Keiner konnte mich dort sehen.

Ich versprach, die Hecke noch diese Woche zu stutzen, grüßte und ging ins Haus.

Oben zog ich eine Ansichtskarte aus Kuba, die am Morgen mit der Post gekommen war, aus den Papieren und las sie dreimal, bevor ich sie neben der Tapete an die Pinnwand heftete.

Tulas Zimmer hatte ich mir zum Arbeitszimmer umgebaut, mit einer großen Arbeitsplatte, auf der ich bastelte und schrieb. Dort stand auch der Computer. Über das zugemauerte Fenster hatte ich eine große Tapetenrolle gehängt, auf der ich meine „Fälle" aufzeichnete. Jeder Fall war ein Kreis, der mit anderen Fällen durch Pfeile und Linien verbunden war. Im Mittelpunkt der ausgerollten Bahn hatte ich einen Kreis um den Namen Lucky gezogen. Seit Mai hatte dieser Kreis viele Pfeile zu anderen Kreisen bekommen, und mit der Zeit wuchs sich das konzentrische Gebilde zu einem Spinnennetz aus, in dem sich die Linien und Pfeile immer mehr überkreuzten und einige Kreise durchstrichen. Ich musste dringend eine neue Bahn aufhängen.

Nach dem Schiffbruch auf dem Teich hatte ich begonnen, einzelne Ereignisse zu Kriminalfällen auszuarbeiten, meist frei erfunden, aber doch mit vielen Fakten unterlegt, die aus meinen Archiven stammten.

Jetzt, da ich alleine im Hause wohnte, hatten sich die Akten fast überall ausgebreitet: im Schlafzimmer, im Arbeitszimmer, auf dem Dachboden und weiterhin im Schuppen hinter der Terrasse. Nur das Wohnzimmer und die Küche versuchte ich von Akten frei zu halten.

Die Kriminalstücke lagerte ich im Archiv unter „Aufzeichnungen". In der letzten Zeit hatte ich sie jedoch immer häufiger auf der Arbeitsplatte neben dem Computer. Ich setzte mich an den Tisch, schaltete den Computer ein und begann, die Begegnung mit Reinhold aufzuschreiben. Seine beiden Schriften lagen neben mir.

Als ich fertig war, nahm ich die Tapete ab, rollte sie ein, und hängte eine neue Bahn auf. Wieder begann ich mit dem schwarzen Kreis um Lucky. Darunter, etwa gleich groß, malte ich einen zweiten Kreis um den Namen „Reinhold." Ich verband die beiden Kreise mit einer dicken Linie.

11.

Am 17. August fuhr ich früh mit dem Zug nach Hannover. Es war der letzte Dienstag vor meinen Ferien. Ein Bus brachte mich ins Industriegebiet. Die Lagerhalle war riesig, ca. achtzig Meter tief und durch Regale, die bis unter die Decke reichten, unterteilt. Die Regale quollen über mit Altpapier aller Sorten: Hefte, Comics, Illustrierte, Taschenbücher und Vergilbtes standen in beschrifteten Kartons.

Die Frau an der Kasse fand den Rundbrief der Lkw-Fahrer sofort und brachte den ganzen Karton.

„Sie heißen die *D.männer Briefe*", sagte sie schelmisch.

Ich wusste nicht, was daran komisch sein sollte.

„Sie sind auch wegen der Geschichten, die sich die Fahrer erzählen, sehr berühmt."

„Was sollen sie denn kosten?"

„Die Jahrgänge vor 1995 kosten zwanzig Mark, die letzten fünf nur zehn Mark."

Ich blätterte. Jedes Heft hatte acht Seiten.

„Haben Sie auch schon welche von diesem Jahr?"

„Komplett bis Juni. Ein Fahrer bringt sie uns vorbei. Sie kommen nur alle zwei Monate raus."

„Na, dann nehme ich 1999, 2000 und die paar *Briefe* aus diesem Jahr. Machen Sie mir einen guten Preis!"

Sie schaute mich lächelnd an und zählte die Hefte ab. Sie hatte etwas von Anita.

„Ich weiß schon, was Sie suchen, die *Briefe* aus Garbsen."

Ich stellte mich dumm und legte zwei Scheine hin. Sie gab mit ein blankes Fünfmarkstück zurück.

„Die Carlo-*Briefe*. Sie kommen bestimmt zurück für mehr davon", sagte sie mit demselben schelmischen Lächeln.

„Vielleicht."

Ich nahm den Bus zurück zum Hauptbahnhof, setzte mich in den Warteraum und begann zu lesen. Von 2001 rückwärts.

Keine Nachricht über Luckys Tod, drei Sachen von Wühler. Kleinanzeigen jeder Menge, aber auch nichts von irgendwelchen Festen oder Akkordeon-Musik. Die ersten gemütlichen Abende tauchten im Februar 2001 auf, dann aber regelmäßig alle zwei Monate mit einer Adresse in Schinkel. Deutsche Scholle. Ich notierte mir das.

Die meisten Notizen waren Streckenrekorde, Tipps für die Grenze, eine Warnung vor bestimmten Anhalterdamen, Lob des Parkplatzes bei Garbsen, fiese Polizeistreifen, dreiste Polenfahrer usw. Die erste Geschichte aus Hannover, eher ein Schwank, tauchte im August 2000 auf, also vor einem Jahr.

Sie war von „Carlo M."

Einem höheren Polizeibeamten war im Bordell die Hose gestohlen worden. Er war wütend durch die Flure getobt, bis ihn eine Gruppe von Lkw-Fahrern, die sich in der Bar getroffen hatten, am Schlafittchen packten und in das Zimmer seiner noch nackten Dame verfrachteten, in das sie gewaltsam eindrangen. Er tobte weiter. Da warfen sie ihn einfach nackt aus dem Fenster und machten sich über das Frauenzimmer her. Alle vier. Sie hatten sich fast bepinkelt vor Lachen, ich fand es alles andere als lustig. Der Beamte trug seither den Spitznamen „Hänschen Schmiss."

Carlo verwies auf die große Zeit vor 1996, als auf dem Parkplatz bei Hannover-Garbsen noch echt was los gewesen sei. Grillparties und so.

Das waren sie also, die berühmten "Mädchengeschichten". Am liebsten hätte ich alles wieder zurückgebracht.

Trotzdem las ich noch zwei, drei Geschichten aus Hannover. Es schien sich immer um dasselbe Bordell zu handeln, eine bekannte Bar in der Nähe des Bahnhofs. *Pigalle*. Rocker, Mädchen und Amtspersonen spielten herausragende Rollen in diesem Milieu. Manche Schwänke klangen uralt.

Eine einzige Geschichte war aus Osnabrück, eine durchsichtige und plumpe Satire auf einen Herrn V. Alle Beiträge waren mit lächerlichen Pseudonymen wie Wild Bill oder Egbert Wühler gezeichnet.

Mein Geiz verbot mir, die fünfzehn Rundbriefe wegzuwerfen, also klemmte ich sie mir unter den Arm und ging zum Bahnsteig. Ich wusste schon, wem ich sie später schenken würde. Der Zug nach Osnabrück fuhr gerade ein.

In drei Stunden begann meine letzte Schicht.

Die Streife begann mit einem defekten Wagen auf der Brückenstraße. Er behinderte den Verkehr. Der Fahrer hatte weder Führerschein, noch irgendwelche Wagenpapiere. Sein Auto sah wie Schrott aus. Er behauptete, er habe seine Papiere in der Werkstatt; dies sei nur eine Probefahrt gewesen. Er würde uns dorthin begleiten. Der Mann war Pole und gab den Namen Mastiansky an.

Wir sagen ihm, er könne den Wagen hier nicht stehen lassen. Er behindere den Durchgangsverkehr zum Fürstenauer Weg.

Darauf zog er ein Handy aus der Tasche und forderte auf Deutsch einen Abschleppwagen an. Ich stellte ein Warndreieck hinter die beiden Wagen. Dieter nahm inzwischen die Personalien des Fahrers auf.

Zehn Minuten später erschien der Abschleppdienst. Ein rostiger Kleinbus mit einem Anhänger für defekte Fahrzeuge. Der Fahrer stellte sich als Rudi Tank vor. Zusammen schoben sie den Opel auf den Anhänger.

Wir fuhren hinter ihnen her. Sie wendeten in der Elbestraße und nahmen den Weg zurück zur Hase. An der Klöcknerstraße bogen sie rechts ein, und etwas später wieder rechts. Sie hielten auf dem Parkstreifen vor einer Imbissbude.

Dort stiegen sie aus und warteten auf uns. Wir schlossen ab und folgten ihnen auf ein Werksgelände, auf dem jede Menge alter Autos stand, darunter weitere Kleinbusse mit Anhängern für Pkws. Herr Mastiansky steuerte eine von sechs Hallentüren an, die weit offen standen. In den Hallen wurde gearbeitet.

Tank hatte die Führung übernommen. Hinter zwei rostigen Autos arbeitete ein bleicher Lehrling mit Brille. Er schaute nicht hoch. Tank ignorierte ihn und begann sofort mit einer langatmigen Erklärung.

Herr Mastiansky sei aus Polen gekommen, um hier ein Auto zu

kaufen. Er habe nur eine Probefahrt gemacht und dabei sei der Wagen eben liegen geblieben. Wahrscheinlich kein Benzin mehr.

Dieter verlangte die Wagenpapiere. Tank brachte eine Zulassung auf den Vorbesitzer, den KFZ-Brief hatte er nicht. Der TÜV war längst abgelaufen. Herr O. Mastiansky konnte immerhin einen gültigen Pass und einen polnischen Führerschein nachweisen.

Dieter ging die Papiere überprüfen, während ich den beiden klarmachte, dass sie gegen das Gesetz verstoßen hatten. Und das gleich mehrfach. Wir müssten die ganze Sache aufnehmen, sobald die Papiere von Herrn O. Mastiansky überprüft seien. Beide müssten mit einer Geldstrafe rechnen.

Die Papiere des Polen waren in Ordnung. Bernd hatte nichts im Register gefunden. Der Wagen war nicht als gestohlen gemeldet worden. Während Dieter die Aussagen der beiden aufnahm, schaute ich mich in der Werkstatt etwas um. An der Wand lehnte ein großes Metallschild von Buderus. Der Lehrling stecke seinen Kopf noch tiefer unter die Haube.

Ich fragte ihn, was er da gerade mache. Dann erkannte ich ihn an den Pickeln und den vorstehenden blauen Augen. Er war am Car-Freitag dabei gewesen.

„Die Wanne unten losmachen." Er lispelte.

„Wozu ist denn der Extratank da unter dem Wagen?"

„Wo?"

„Na, der da auf dem Boden liegt."

„Der ist für ein anderes Auto."

Und warum braucht das andere Auto einen neuen Tank?"

„Der alte war durchgerostet."

Hinter mir tauchte Herr Tank auf.

„Na klar, einen Tank kann man immer gebrauchen." Er lachte.

„Wieso?" Ich drehte mich um. Erst dann verstand ich seinen Witz.

„Na, Oldtimer. Vielfahrer, Lowriders alle wollen besondere Tanks."

„Auch Mercedesfahrer?"

„Na, die weniger."

„Die brauchen eher einen doppelten Boden."

Tank sah mich durchdringend an. „So was machen wir hier nicht."

„Wer dann?"

„Sie können ja mal rumfragen nebenan. Hier gibt es alle möglichen Spezialisierungen. Aber Mercedesse werden Sie hier nicht finden."

„Und worauf sind Sie spezialisiert?"

„Wir machen Autos für den Export fertig."

„Wie das für Herrn Mastiansky?"

„Damit sind wir noch nicht fertig. Das war doch nur eine Probefahrt."

„Sie sind Eigentümer dieser Werkstatt?"

„Nein, wo denken Sie da hin? Wir arbeiten hier nur als Mieter. Alle diese Werkshallen sind nur gemietet."

„Werkshallen" war gut, sie waren nur etwas größer als Lkw-Garagen. Ich ging zu Dieter zurück.

„Gehen wir?"

Herr Tank begleitete uns noch auf den Platz vor den Garagen und verabschiedete sich.

Aus den Hallen, an denen wir vorbeikamen, trafen uns argwöhnische Blicke. Überall hämmerte oder schweißte jemand. Es funkelte in den dunklen Höhlen. Am Zaun zur Hase standen etliche Wohnwagen älteren Typs. Einige trugen polnische oder litauische Kennzeichen; es gab sogar einen Wohncontainer, rechts am Eingang, von einer Halde aus Altfahrzeugen verdeckt.

Wir schauten uns an und gingen zum Herrenhaus, das auf der anderen Seite der Werkshallen lag. Wir fragten einen Arbeiter. Das Gelände gehörte einem Herrn Kurt Eggers.

Wir klingelten bei ihm.

Eine ausgemacht attraktive und charmante Frau öffnete uns. Sie wendete sich zurück in den Flur.

"Kurt, kommst du mal? Zwei Herren von der Polizei möchten dich kurz sprechen."

Das Licht ging an, und hinter ihr erschien ein stattlicher Mann, hoch gebaut, graue Schläfen, schlank. Er kam mit weiten Schritten auf uns zu.

"Was kann ich für Sie tun, meine Herren?" Die Frau zog sich mit einem freundlichen Lächeln zurück.

"Es geht um die Werkstätten im Hof, wenn Sie eine Augenblick Zeit haben."

"Aber sicher doch. Kommen Sie herein! Das bereden wir im Büro."

Er führte uns durch den Flur in ein geräumiges Zimmer rechts, ein Mittelding zwischen Wohnzimmer und Büro. Das Fenster bot den Blick auf die Straße, an der unser Wagen stand.

"Nehmen Sie Platz, meine Herren!"

Er setzte sich auf das Sofa neben dem Schreibtisch.

Hinter ihm hing ein breites Gemälde, das eine gelbe Brücke über den blauen Kanal zeigte. Sie hatte die Form einer Sonnenbrille. Rechts an der Wand ein Fotokalender. Das Augustmotiv war ein Leopard-Panzer mit aufgerichteter Kanone.

Herr Eggers war der Eigentümer der sechs Werkstätten, meist an Automechaniker vermietet, die sich darauf spezialisierten, Unfallwagen für den Export herzurichten. Die Wagen gingen dann per Anhänger nach Polen, wo sie ihre TÜV-Plaketten bekamen.

"Beschäftigen die Mieter auch ausländische Mechaniker?"

"Mein Gott, was heißt schon beschäftigen. Die Leute kommen aus Polen, suchen sich hier etwas aus, und wenn mal Not am Mann ist, packen sie auch mal mit an, um das Auto transportfähig zu machen. Beschäftigung würde ich das nicht nennen. Die meisten haben doch gar keine Lehre gemacht."

"Und die Wohnwagen?"

"Nach Polen ist es weit. Manche fahren auch noch weiter. Da müssen die sich schon mal ausschlafen, bevor sie sich wieder auf den langen Weg in die Heimat machen."

„Und davon lebt die Imbissbude?"

„Wir sind ja nicht der einzige Betrieb hier."

„Und wer besorgt die Gebrauchtwagen für die Werkstätten?"

„Das mach meistens ich. Entweder sie kommen direkt vom Schrott oder von Händlern, die alte Wagen in Zahlung genommen haben. Auch von der Polizei habe ich schon mal alte Streifenwagen angekauft."

„Noch eine Frage, bitte! Nehmen wir mal an, jemand braucht eine Spezialanfertigung. Etwa das Tieferlegen des Chassis oder einen größeren Tank oder einen verstärkten Boden – welche der Werkstätten könnte so was übernehmen?"

„Keine! Die meisten sind doch Ausländer. Die müssen noch lernen, wo bei deutschen Autos der Vergaser sitzt, wenn ich das mal so salopp sagen darf. Nein, damit müssen Sie schon in eine größere Stadt."

„Bei der Aufnahme von Unfällen stoßen wir vermehrt auf Wagen, die einen doppelten Boden haben oder wo der Kofferraum besonders mit Blei präpariert wurde."

„Blei? Na, dafür müssen Sie schon nach Belgien fahren, nach Huy. Die verstehen sich auf so was. Oder in Mons. Solche Wagen liegt echt schwer in der Kurve."

Das Telefon klingelte.

„Bitte entschuldigen Sie mich einen Augenblick. – Hallo Lothar!"

Seine Stimme wurde noch herzlicher.

„ – Na klar. Für Dich doch immer! – Klingt interessant. Und wie viel würde mich das Ganze kosten? – In Ordnung. Morgen? Im Laufe des Vormittags. – Na klar, du kennst mich doch. Bin doch kein Wiener Sängerknabe! Tschü-üs!"

–

Herr Eggers wendete sich wieder uns zu.

„Sehen Sie, so einfach ist das. Morgen hole ich mir zwei ramponierte Volkswagen vom Schrott, und die Jungs in den Werkstätten machen sie wieder so flott, dass die im Osten gar nicht merken, dass das Unfallwagen waren. Die sind doch alle ganz geil auf deutsche Fabrikate. - Ne, aber mit doppeltem Boden finden Sie hier nichts. Das ist hier alles ganz legal, können Sie sich darauf verlassen. Sonst würde die Polizei doch nicht ihre Streifenwagen hier verkaufen, oder?"

Wir zuckten die Schultern.

„Ich hab ganz andere Sorgen. Einer der Mieter hält Hühner in der Garage, was ich ihm untersagt habe. Jetzt hält er sie in seinem Wohnwagen. Dauernd laufen die Viecher über den Hof und kacken einfach alles voll. Ich muss den Kerl wohl rauswerfen."

Dieter runzelte die Stirn.

„Aber Scherz beiseite, wenn Sie mal was ganz Besonderes sehen wollen, gehen Sie doch noch mal zu Halle vier. Da arbeitet Ludwig. Der ist so ne Art Kunstschmied. Der macht aus Schrott Skulpturen und Ritterrüstungen und so. Fürs Theater oder für Mittelalter-Spektakel. Das müssen Sie sich einfach ansehen."

Die Tür ging auf. Seine Frau schaute mit strahlendem Lächeln herein.

„Möchten die Herren einen Kaffee?"

„Nein danke, wir müssen gehen. Vielen Dank. Ein anderes Mal."

Herr Eggers begleitete uns bis zur Tür und wies in Richtung der Hallen.

Dieter ging schon mal zum Wagen; ich suchte den Schmied.

Zwei der Tore hatten inzwischen geschlossen. Doch in Halle vier wurde noch gearbeitet.

Ludwig Schwaab war ein Schmied wie er im Buche steht, muskelbepackt, bärtig und mit buschigen Augenbrauen. Stolz zeigte er mir seine Skulpturen aus Kardanwellen, Autositzen und Bremsklötzen. Die Garage wirkte fast wie ein Atelier. Ganz hinten an der Wand standen die Ritterrüstungen. Professionell gemacht, keiner sah man die Herkunft aus Autoblech an. Viele Harnische und Helme zeigten sogar Embleme wie Burgen, Fahnen und Lilien.

Ich zeigte auf einen Harnisch. „Was bedeuten diese Lilien eigentlich?"

„Na, das waren früher mal Insignien alter Adelsgeschlechter."
„Und solche kleinen Lilien, wofür stehen die?"
„Was meinen Sie mit kleinen Lilien?"

Ich zeichnete ihm die Umrisse auf einen Schreibblock neben den Werkzeugen.

„Das ist doch keine Lilie. Das ist ein römisches Kurzschwert!"
„Sind Sie ganz sicher?"

Schwaab sah mich beleidigt an. „Na hören Sie mal, ich werde doch ein römisches Kurzschwert von einer Lilie unterscheiden können. Ich habe selbst schon solche Schwerter für Gladiatoren-Kämpfe gemacht."

Er führte mich in eine andere Ecke, in der eine Reihe Schwerter standen.

Ich wurde vorsichtig.

„Die sehen aber verdammt echt aus."

„Was meinen Sie mit echt? Die Rüstungen sind auch echt. Mit so einem Schwert, wenn das richtig geschärft wird, kann man glatt jemanden einen Fuß abhacken. Die ich verkaufe sind natürlich stumpf. Als Theaterrequisiten. – Wollen Sie mal eins anheben?"

Ich dankte und entschuldigte mich. Dieter wartete im Auto. Aus der Imbissbude, die plötzlich voll war, schauten uns viele Gesichter nach, als wir anfuhren.

Es war ein langer Tag gewesen. Wir fühlten uns hundemüde, wie gesagt, überreif für Ferien.

Zu Hause fand ich eine Einladung zum Markentreff bei Bob in Enniger. Ich griff mir das Rad, schaltete hoch und fuhr herunter zur Hase. Den Teich hatte eine dünne grüne Schicht bedeckt. Die Enten ließen sich nicht sehen. Schnell fiel der Tag von mit ab, und ich erreichte die Birken. Ich stieg ab und legte mich neben das Rad. Die Ruhe füllte den schmalen Streifen Natur zwischen den Industrieanlagen. Es war eine ungemein angenehme Beschäftigung, im Wald auf dem Rücken zu liegen und nach oben zu schauen.

12.

Angeltage im August. Der Kanal ist sauberer als die Hase. Beide laufen nebeneinander her wie zwei Adern, die das Herz der Stadt ent- und versorgen. Arterie – Aorta. Die Schleusen wären dann die Herzklappen.

Solche Gedanken kommen einem, wenn man stundenlang allein am Ufer sitzt und die Angel alle zwanzig Minuten neu auswirft. Franz hatte sich geweigert, mich in seine neue Gruppe aufzunehmen. Ich redete ihnen zu viel. Also saß ich in gebührendem Abstand, oft außer Hörweite oder auf dem gegenüber liegendem Ufer, um ihnen nicht in die Quere zu kommen. Die Fische waren meist zu klein, wenn sie überhaupt anbissen. Und wenn ich mal was Größeres fing, lieferte ich es bei der Schleuse ab. Dirk grillte sie im Garten.

Archivtage im August. Lukas hatte mir den Rasen geschnitten, und meine Aktenordner vom Dachboden lagen in Reih und Glied im Garten. Eine Art „Hypertext", würde Bernd sagen. Im Mai hatte ich eine undichte Stelle im Dach entdeckt, und hinter den Regalen war Regenwasser durch die Isolierplatten eingedrungen. Es roch muffig, und in zwei Regalen wölbten sich die Auszüge in den Ordnern und Hängeregistraturen. Hier ruhten sie nun friedlich und ganz unordentlich geöffnet in der Sonne. Einzelne Ordner musste ich komplett auseinander nehmen, so feucht waren sie! Ich legte die Papiere zwischen die Ordner quer über den Rasen, und zwar so, dass ich zwischen den Reihen durchlaufen konnte. Ich las, machte Fotos von den Überschriften und gruppierte die Ordner mehrfach um. Die Sonne trocknete die Blätter im Handumdrehen, bleichte sie aber auch schnell aus.

Was für ein Jahr!

Die Verödung und Austrocknung des Landes schritt munter voran – der Kalif von Köln war erfolgreich verurteilt –

Chrysler und Daimler prozessierten – SHELL – der ehemalige Verkehrsminister war erfolgreich wegen Beihilfe zur Untreue verurteilt – Fälle von BSE weiteten sich aus – das NPD-Verbot stellte sich zunehmend als schwierig heraus (zu viele V-Männer in den oberen Etagen) – das Wort des Jahres „Schwarzgeldaffäre" schon fast wieder vergessen – neuer Putsch im Kongo – Rheinmetall bestätigt, mit uranhaltiger Munition in den siebziger Jahren experimentiert zu haben – die NATO gibt zu, plutoniumhaltige Munition im Kosovo eingesetzt zu haben – Scharping leugnet – ARAL – der neue US Präsident verspricht Steuersenkungen – 27,5 Millionen Hindus baden im Ganges – Streik bei General Motors europaweit – der Lockerbie Prozess endet mit einem Schuldspruch in Holland – die CDU darf ihre staatlichen Zuschüsse trotz schwarzer Kassen behalten – Alfred Sirven auf den Philippinen verhaftet und an Frankreich ausgeliefert – Leisler Kiep wegen Steuerhinterziehung verurteilt – die Genomforschung macht Fortschritte – Fusionen: Nielsen (Marktforschung), NewCo (Stahl), Ver.di (Gewerkschaft) – in GB bricht die Maul- und Klauenseuche wieder aus – Kuwait feiert: vor zehn Jahren ging der Golfkrieg zu Ende – ESSO – die Taliban zerstören zwei riesige Buddha-Statuen – das Ermittlungsverfahren gegen Altkanzler Kohl wird mit einem Bußgeld eingestellt – im vergangenen Jahr stieg die Anzahl rechtsextremistischer und antisemitischer Gewalttaten um 58,9 % gegenüber 1999 – das neue INPOL der Polizei funktioniert nicht.

Kann man wohl sagen! Ich ging zur nächsten Reihe auf dem Rasen.

Skandale – Baubeton Auftrag Große Straße – 10 Jahre Jubiläum Haseschacht mit kostenloser Führung – genetischer Fingerabdruck erfasst 72.354 Personen (Januar 2001) – Ferienpass für Kinder – Satanistenpaar des Mordes verdächtigt und gefasst – Am Car-Freitag Fehler gemacht – Klinikum Affäre – das Winzerfest am Rathaus – Kabinett verschärft Waffengesetz mit „kleinem Waffenschein" – Jägerlehrgang – Mobbing bei Göttinger Polizei mit Grafitti und faulen Tomaten – der Postchor „Frequentia" beim Johannisstraßen-Fest – Ausstellung ProPapier im Industriemuseum – die Odyssee des Hyde Parks – Sonderbericht zu LEUNA Akten – Allianz übernimmt Dresdner Bank – Inline Skating ab 21:00, Bereitschaftspolizei mit Musik – 8 Polizistenmorde im Jahre 2000 – Abstieg des VFL in die Regionalliga – Weltklimakonferenz in Bonn – Polizeibrutalität in Genua – Love Parade in Berlin – 3 Palästinenser ermordet von Siedlern – Frau von Panzer überrollt – Gedenken an 20. Juli durch Bundeswehr – Plutoniumdiebstahl – Heute schon geknutscht? – Kultur an der Kippe – Überfälle auf Pizzaboten in Münster und Osnabrück – Grabmale am Heger Friedhof mit Hakenkreuzen beschmiert – Beschaffungsdienst der Polizei in Köln korrupt – KlangArt – in Düsseldorf hat ein Hauptkommissar Akten versteckt und nicht weitergeleitet – Fahrerflucht am Ölweg – in Göttingen wurde eine junge Polizeianwärterin sexuell genötigt – Lichterfest an der Hase mit Badewannenrennen – die AB Polizei in Frankfurt nahm Vorteile von Abschleppdiensten – Fackelschwimmen der „Temposünder" – Polizist als Bankräuber in Bremen – „Gruppenbild" von Nussbaum für Osnabrücker Museum gestiftet – der Pate von Hamburg durch Kriminaldirektor gedeckt – „Homoehe" – Russenmafia in Osnabrück mit Prostitution in Disko – weltweit 500.000 Kindersoldaten – die Kommunalwahlen standen an.

Ich schleppte die ersten Ordner wieder hoch und machte mich daran, das Leck im Dach mit Teer abzudichten. Das ganze Dach musste eigentlich gemacht werden, aber ich hatte kein Geld dafür. Es war heiß unter den Sparren, und in zwanzig Minuten war ich wieder im Garten. Einige Quellwolken zogen auf, und ich sammelte die Blätter der zweiten Zeile ein, legte sie ab, und trug die Ordner nach oben. Der Teer stank höllisch.
Die öffentlichen Fernsehanstalten einigen sich mit der Kirchgruppe: für 250 Millionen dürfen sie 250 Spiele der

Fußballweltmeisterschaft ausstrahlen – Altkanzler Kohl wollte den anonymen Spender der Schwarzgelder nicht nennen – Landowsky in Berlin trat zurück wegen einer 40.000 Mark-Spende – die Weltbörsen leiden an einem Crash auf Raten – die USA steigen aus dem Kyoto-Abkommen aus – Aktivisten von Robin Wood blockieren in Niedersachsen einen Castor-Transport aus La Hague – Fusionen, Kooperationen und Übernahmen: Dresdner durch Allianz, TWA durch American Airlines, NTW durch Gasprom – Telefonieren mit Handy am Steuer wird teuer – eine Sonde zum Mars – Kurzarbeit bei FIAT – Leisler-Kiep entdeckt auf einem Privatkonto 1 Million Mark, die er der Partei überweist – Celora Genomics verkauft die Genomdaten der Maus per Internet – Straßenschlachten in Kreuzberg gegen Nazi-Demonstration – Bush kündigt das Atomabkommen der USA mit Russland –

Die Wolken verdichteten sich und ich beeilte mich mit der dritten Reihe. Lukas war zurück vom Mittagessen und trug rauf, während ich weiter ordnete und las.

Deutschland ist kein klassisches Einwanderungsland, meint die CDU – Ausschluss der USA aus zwei UNO Kommissionen: Menschenrechte und Drogenkontrolle – Rentenreform – Berlusconi gewinnt in Italien mit Hilfe der Liga Nord – Aktivisten blockieren den Transport von Brennstäben aus Stade und Brunsbüttel – die Berliner Landesbank beschert der Hauptstadt eine Verschuldung von ca. 6 Milliarden Mark – der Bundestag beschließt die Zahlung einer Entschädigung an ehemalige NS-Zwangsarbeiter – der frühere französische Außenminister wird wegen der Schmiergeldaffäre um Elf-Aquitaine (die Leuna-Affäre) zu Haft verurteilt – Timothy Veigh wird hingerichtet – Glaube, Geld und Gentechnik – Serbien liefert Milosĕvic an Den Haag aus – die Stasi Akten über Kohl können nur mit dessen Genehmigung veröffentlicht werden – zunehmende Sexualdelikte an Kindern – BP kündigt an, ARAL incl. Veba Öl zu kaufen –

Ausschreitungen beim G8-Gipfel in Genua – palästinensische Selbstmordattentate häufen sich seit Jahresbeginn – Bayer nimmt ein Präparat vom Markt wegen möglicher tödlicher Nebenwirkungen – die Banken bereiten die Umstellung auf den Euro vor – Absturz des Neuen Marktes –

Die ersten Tropfen fielen, als ich den Inhalt der letzten Ordner wahllos in Plastiktüten vom Großmarkt packte. Drei Zeilen kamen heillos durcheinander. Eine Fotokopie aus einer Broschüre zu den Castor Transporten ließ mich trotzdem innehalten. Ich hatte einen Satz unterstrichen:

<u>Plutonium aus Lingen oder Stade in Form von Brennstäben oder Abfall muss in die USA exportiert werden. Dies ist eine Verpflichtung, die sich aus dem Atomwaffensperrvertrag ergibt.</u>

Schwere Regentropfen auf dem Blatt weckten mich aus der Starre, und mit Lukas, der hinter mir stand und wartete, brachte ich die letzten drei Tüten schnell in die Küche. Ich presste ihm einen Orangensaft und erklärte ihm, was Brennstäbe und Schwarzgelder sind.

Am Samstag stand ich wieder in der Schlange am Markt und wartete auf meinen Bratfisch. Der Holländer am siedenden Kessel riss wie üblich seine Witze.
Vor mir lief ein Gespräch.
„Na, wie geht's?"
Kopfwiegen. Blicke abgewandt.
„Noch nicht in Rente?"
„Nein. Eigentlich wollte ich im September gehen."
„Und?"
„Meine Vorgesetzten sitzen alle im Knast."
„Hm – Was ist denn los?"
Vertraulich dem Frager zugewendet:
„Es fehlen 36 Millionen."

„Ja, so was kommt vor. Ham se dich auch durchsucht?"
„Mein Büro schon."
„Die sollten sie alle erschießen."
„Eigentlich sollte die Firma übernommen werden."
„Was es so alles gibt. Na dann, mach's mal gut."
Die Beiden waren dran.

Die Sache mit Lucky war eingeschlafen. Ich hatte vor den Ferien noch schnell in Hannover im LKA angerufen und ihnen gesagt, das Zeichen auf dem Arm sei unter Umständen gar keine Lilie oder Schwertlilie, sondern ein römisches Kurzschwert, und Lucky sei doch Italiener gewesen. Vielleicht gäbe es da einen Zusammenhang. Der Kollege dort sagte mir, das sei eine alte Spur, und ein Teil der Untersuchung laufe eh schon in Italien. Ich müsse eben Geduld haben. Es lägen keine neuen Erkenntnisse vor.

Der Besuch bei Bob zum Markentreff der Oldtimer am Sonntag hatte wenig Neues gebracht. Diese Spezialbehälter am Mercedes, erklärte mir ein Fachmann, ließen sich im Fachhandel besorgen für jedweden Schadstoff: für Säuren, Gifte, strahlendes Abfallmaterial. Alle Speditionen nutzten solche Behälter. Und die dann am Auto festzumachen war kein Kunststück, das konnte jeder gute Mechaniker. Nur so was erzählte man nicht gerne rum, und das kostete eben was. Verschwiegenheit. Oldtimer und Schrottwagen-Export hätten mit so was nichts zu tun. Bei Plutoniumschmuggel kommen eher die Geheimdienste ins Spiel. Die NATO. Deshalb auch Belgien. Genaues wusste er nicht.
Hinter mir schimpfte Bobob an der Theke. Die Arbeiter bei Opel nahmen sich ihr Recht, die Amis hatten sie jahrelang ausgenutzt. Und jetzt kriegten die auch mit den Taliban Stress. Der Golfkrieg war wohl nicht genug? Dann hakte er mich unter, steuerte mich zum Schuppen und fuhr mich in seinem schwarzen Ford-Pickup-Truck (1936) durch die Weiden. Dort, wo der Schaltknüppel aus dem Wagenboden kam, konnte ich den Sand der Wege sehen. Der Boden roch nach Wachs.

Die letzten Ferientage vergingen wie im Flug. Der Fernseher gab seinen Geist auf. Auch gut! Ich arbeitete im Garten, reparierte im Hause, sortierte meine Kubapostkarten und Fotos aus den Alpen.

Der Hafen ist voller Zander, Brassen, Schleien, Plötzen, Rotfedern und Rotaugen. Sogar Hechte gibt es und Aale. Manche sagen, das Hafenwasser habe Trinkwasserqualität. Das Angeln ist streng geregelt, die Mitglieder des Norddeutsch-Westfälischen Anglervereins haben Fangquoten und Fischgrößen einzuhalten. Das überwacht die Fischereiaufsicht. Manchmal holen sie auch uns von der Wache zur Verstärkung: zu viele neue „Ostfischer", die sich nicht daran halten und gelegentlich auch aufbegehren. Die Fischereiaufsicht zieht neuerdings nur noch in kleinen Gruppen los, und wenn das nicht hilft, holen sie uns per Handy.

Februar-März, wenn es nachts noch richtig kalt wird, ist die beste Angelzeit, das sagen die Angler. Sagt Franz. Hans schwört hingegen auf Vollmondnächte. Wenn man auf dem drei Meter tiefen Grund steht, ist das Wasser so klar, dass man den Himmel und die Sonne sieht. Bei stillem Wasser beträgt die Sichtweite unter Wasser bis zu zehn Meter. Wenn viele Schiffe für die Schrotthalden kommen, wirbeln sie die dicke Schlickschicht auf.

Auch die Hase führt Fische. Da gibt es Stellen, an denen muss man das Netz nur einmal auswerfen. Aber keiner mag die Fische essen, wegen der Kläranlage und der Einleitungen. Kaum als lebender Köder taugen die kleinen Barsche oder Rotaugen, die sich dort befinden. Fritz bevorzugt den Gummifisch, der sich beim Ziehen wie ein lebendiger Köder bewegt. Lebende Köder sind eh verboten.

Abends experimentierte ich mit meinen Kriminalstücken am Computer. Ich hatte drei neue Skizzen über die Belgier, Isis, und Reinhold geschrieben, so realistisch wie möglich, nicht so spektakulär wie die Teichgeschichte, eine der allerersten Skizzen. Ich lernte, Sachen wegzulassen und hinzuzufügen. Vor allem meine Gefühle dabei. Zuletzt hatte ich mit einer Nachrichtensammlung experimentiert, bei der ich die Schlagzeilen aus meinem Archiv, aus den Nachrichtmagazinen und der Zeitung eher zufällig zusammenstellte. Und ich stellte überraschend fest, dass es ganz ungewollt fast überall Zusammenhänge zwischen Nachrichten gab. Und wo nicht, konnte ich sie leicht erfinden. Vielleicht würde noch ein Roman daraus. „Aufzeichnungen aus der Wache" oder so.

Am Montag musste ich wieder zum Dienst. Um 20:00 Uhr Spätschicht.

13.

Diesen Tag würde ich nie vergessen. Am Dienstag wurden Hermann, ich und zwei weitere Kollegen zur Verstärkung der Drogenfahndung aus Rheine abgeordnet. Der Befehl kam früh morgens, und wir mussten alles andere liegen lassen.

Es ging um einen Einsatz in der Turnerstraße, wo ein afghanischer Drogenhändler angeblich mit lokalen Händlern den Markt neu aufteilen wollte. Er galt als großer Fisch und war möglicherweise bewaffnet. Treffen wollten sie sich hinter dem Kindergarten in dem verwilderten Stück Land an der Hase. Früher stand dort ein Haus der Stadt. Die Kripo übernahm den Einsatz, sicherte auch das Ufer ab, welches das Grundstück begrenzte. Wir hatten die Turnerstraße zum Wall und zur Hansastraße abzusperren. Alles lief nach genauem Zeitplan.

Es hatte geregnet. Um fünf Uhr sperrten Hermann und ich die Straße ab. Dahinter stellten wir einen Streifenwagen quer. Den anderen hatte ich auf den Bürgersteig gefahren mit den Scheinwerfern in Richtung Turnerstraße.

Es war noch Nacht. Der Frühnebel lag dicht von der Straße bis zum Bahndamm. Alles war still.

Was sich dann abspielte war wie ein Alptraum.

Noch mal.

Die Turnerstaße war abzuriegeln. Kommissar Peter Kapp und Polizeikommissar–Anwärter Hermann Schell (21), im zweiten Semester, errichteten die Straßensperre um 5:00 Uhr. Sie brachten ihr Fahrzeug hinter der Sperre in Stellung. Es war 5:45, noch Nacht und etwas neblig. Das Einsatzkommando hatte jenseits der Hase und am Bahndamm das Umfeld gesichert. Andre beobachten das Gelände vom Kindergarten aus.

Der Einsatzbefehl war um Mitternacht gekommen, es war eine Sofortlage entstanden. Die Dienstzeit von Schell und Kapp endete um 6:00. Sie hatten die ganze Nacht Bereitschaftsdienst. Pünktlich um 5:55 verschaffte ein mobiles Einsatzkommando sich Zugang zum umstellten Objekt am Ende der Turnerstraße. Man hörte Rufe vom Ufer, Lichter gingen an, und um 6:04 rannte ein Mann mit einer Aktentasche die Turnerstraße in Richtung Hasetorbahnhof herauf, direkt auf die Sperre zu, die Kapp und Schell errichtet hatten. Kapp schaltete die Scheinwerfer des Dienstwagens ein und blieb links neben dem Fahrzeug. Schell stand rechts vor der Sperre.

Der erste Schuss riss den Mann rechts herum. Er ließ die Aktentasche fallen. Bevor er sich bücken konnte, traf ihn der zweite Schuss in den Unterleib. Ohne einen Laut setzte sich der Mann hart auf das Kopfsteinpflaster und fiel seitlich über die Aktentasche. Kapp lief um die Sperre herum und schlug mit seiner Dienstwaffe fest auf den rechten ausgestreckten Unterarm von Schell, der jetzt breitbeinig vor der Sperre stand. Ein dritter Schuss löste sich, traf das Pflaster. Die Heckler-Koch Pistole fiel auf den Boden. Vom Bahndamm und aus der Turnerstraße liefen Kollegen auf Kapp und Schell zu. Unter dem Mann auf der Straße bildete sich eine Blutlache. Der Einsatzleiter blickte kurz auf dessen Gesicht, ging auf die Sperre zu, während er nach dem Krankenwagen rief, und verlangte Auskunft von Kapp. Der stand offensichtlich unter Schock, berichtete aber kurz von den drei Schüssen. Schell blieb erstarrt und stumm. Er hatte weit offene, glasige Augen. Etwas wie ein Lächeln lag auf seinem Gesicht. Köhler befahl beiden, sich in den Dienstwagen zu setzen und zu warten, bis er die Einsatzzentrale angerufen hatte. Blitzlichter tauchten die Szene in grelles Licht. Fünf Minuten später kam Köhler zum Wagen und nahm Kapp die Dienstwaffe ab. Die ganze Aktion hatte nicht mehr als zwölf Minuten gedauert. Der Notfallwagen traf ein, die Kollegen sicherten die Tatwaffe und beruhigten die Anlieger, die durch die Schüsse geweckt worden waren.

Der Mann war tot. Er trug einen schwarzen Umhang, unter dem eine Art gefütterter Pyjama sichtbar wurde. Sanitäter hoben ihn auf einer Bahre in den Krankenwagen. Zwei Kriminalbeamte sicherten die Aktentasche aus hellem Leder. Köhler ließ Kapp und Schell von PK Falke zur Wache zurückfahren und ordnete an, die beiden sollten dort in getrennten Diensträumen einen Bericht schreiben und sich zur Verfügung halten. Es wurde langsam hell.

Eine Stunde später, nach kurzer Beratung, auch mit Köhler und Esch, suspendierte der Leiter der Polizeiinspektion Stadt, der die Aussagen persönlich angenommen hatte, Kapp und Schell mit sofortiger Wirkung vom Dienst und leitete für beide getrennte Untersuchungsverfahren ein. Schell wurde verboten, die Dienstuniform zu tragen. Der Leiter unterstrich die Schwere des Vorfalls, der bereits öffentliches Interesse geweckt habe. Ein Disziplinarverfahren mit ernsten Konsequenzen sei durchaus im Bereich des Möglichen und Hannover sei bereits verständigt. Weitere politische Auswirkungen des Vorfalls seien noch nicht abzusehen.

Kapp räumte seine Schublade aus und verabschiedete sich kurz von den wachhabenden Kollegen. Falke gab ihm die Hand und versprach, sofort den Personalrat einzuschalten. Kapp ging, ohne sich umzusehen, lud seinen Beutel auf den Gepäckträger und stieg auf sein Rad.

Ich radelte zurück zum Wippchenmoor und schloss mich in meinem Haus ein. Ich machte das Radio an und legte den Telefonhörer neben die Gabel.

Nachmittags um drei lief ich zum Eversburger Platz, kaufte mir einen tragbaren Fernseher und eine Flasche Whisky und nahm den nächsten Bus zurück nach Hause. Um vier war ich so betrunken, dass ich einschlief, mit dem Kopf auf dem Küchentisch.

Gegen sieben Uhr abends erwachte ich wie gerädert. Der Fernseher lief immer noch. Er war voller Bilder von Wolkenkratzern und Qualm.

Bei der Suspendierung hatte der Direktor meine Personalakte auf dem Tisch liegen. Er wusste also von meinem früheren

Disziplinarverfahren wegen Alkohols im Dienst. Sie hatten damals, als meine Frau auszog, eine Flasche Jägermeister in meiner Schublade gefunden und einen Alkoholtest mit mir auf der Wache gemacht. Meine Promillezahl war zu hoch, und ich hatte die letzten Stunden vorher Streifendienst gehabt. Damals war ich mit einer Verwarnung und einer Geldstrafe davon gekommen. Mildernde Umstände. Kollegen hatten für mich ausgesagt. Vielleicht hätte ich diesmal selbst auf einem Test bestehen sollen. Jetzt war es zu spät.

Ich starrte fassungslos auf den Fernseher. Stundenlang. Das Grauen der Geschichte.

Ich duschte mich und ging rauf an meinen Computer, suchte Hintergründe zu den Attentaten in den USA. Später wühlte ich bis in die Morgenstunden in meinen Ablagen nach Artikeln zu Italien, Belgien, Kinderpornografie und Drogenhandel, atmete tief durch, um nüchtern zu werden. Später duschte ich noch einmal und versuchte zu schlafen.

Erst gegen Mittag wache ich auf, stellte den Fernseher an und machte mir was zu essen. Es war kaum etwas im Kühlschrank. Fast drei Stunden saß ich weiter tatenlos vor dem Fernseher und dachte nach. Dann rief ich Franz an. Er war nicht da. Als ich auflegte, begann das Telefon zu schnurren. Ich hob nicht ab.

Ich zog mir meine Lederjacke an. Es nieselte draußen. Deshalb nahm ich das Rad und fuhr zum Hasetorbahnhof. Kaufte eine *OZ* und zwei Croissants in der Bäckerei. Der Bericht über die Turnerstraße stand im Lokalteil. Ich setzte mich am Bahnsteig auf die Bank und las. Es zog. Unsere Nachnamen waren abgekürzt, der Bericht nannte Hermann S. als den Schützen, machte aber sonst keine Angaben zur Person. Von mir hieß es nur, ich sei ein erfahrener Polizeibeamter, seit vielen Jahren im Dienst. Ein Foto zeigte den Eingang zur Turnerstraße. Der Tote wurde als Algerier bezeichnet, nichts weiter. Der Schreiber erwähnte die eingeleitete Untersuchung und ein mögliches Disziplinarverfahren. Anwohner äußerten sich über das verlassene Grundstück (wo früher ein Obdachlosenhaus stand) und nächtliche Geräusche von dort. Der Zug zum Hauptbahnhof traf ein.

Der Kommentar enthielt etwas mehr: „Bei dem Tod des Algeriers, der keine Papiere bei sich trug und der sich offensichtlich ohne Aufenthaltsgenehmigung in der BRD befand, handelt es sich vermutlich um einen tragischen Unglücksfall, der durch die Nervosität zweier Beamter verursacht wurde." Beide (die Namen wurden nicht genannt) seien vom Dienst suspendiert.

Die anderen Teile der Zeitung las ich im Zug nach Berlin. Ich riss den Lokalteil heraus und stopfte den Rest der Zeitung in den Korb im Bistroabteil. Ich bestellte ein Bier. In Hannover stieg ich aus und studierte die Zeitungen aus Hannover, Bremen, Oldenburg. Alle hatten eine in etwa gleich lautende Kurznachricht, die nur Osnabrück und zwei Beamte nannte. Ich kaufte die *Hannoversche Zeitung* und riss die Kurznachricht raus, überflog die Seiten. Die Kinoanzeigen und das Nachtleben in und um Hannover. Ich bestellte ein weiteres Bier.

Um neun Uhr stand ich vor dem Club. Es war noch zu früh oder nichts los. Die Show begann erst um zehn. Ich verlangte nach Sonja und sie kam runter an die Bar. Ich gab ihr einen Prosecco aus, wir wurden uns schnell einig und gingen rauf.

Diese Nacht würde ich am liebsten völlig vergessen. Es war der Tiefpunkt meiner Geschichte. Ich war betrunken, verstört und wohl nicht ganz bei mir. Es war wie ein Alptraum und einzelne Bilder stehen mir immer noch im Kopf.

Es war eine Orgie mit viel Wodka, einer Kamera und einem weiteren Mädchen, namens Nikki. Wir spielten Harem. Ich sehe noch immer den Film von einem behaarten untersetzten Mann mit Turban (Handtuch?), der den Arm erhob und wilde Schreie nach Petrus ausstieß. Nikki, die sich übergeben musste. Und den Rückblick auf die beiden, die mit Turbanen vor dem Fernseher hockten wie zwei ägyptische Priesterinnen. Dazwischen nur Filmrisse, Blackouts, Bewusstlosigkeit. Es lässt sich nicht beschreiben.

Am nächsten Morgen brummte mir der Schädel. Ich stand auf, legte dreihundert Mark auf den roten Fernseher und zog die Tür leise hinter mir zu.

Es nieselte immer noch.

Im Hauptbahnhof war der Schalter schon geöffnet. Ich gab mein Ticket nach Berlin zurück und nahm ein neues nach Osnabrück. Auf der Bahnhofstoilette wusch ich mir das Gesicht und schaute in den Spiegel. Ich war unrasiert und trug tiefe Ringe unter den geröteten Augen. Der Anblick eines Monsters.

Peter Kapp kaufte sich einen Einweg-Rasierer mit Seife und ging zum städtischen Hallenbad, nahm eine Umkleidekabine und ging in der Unterhose zur Dusche. Dann rasierte er sich am Waschtisch. Er massierte sich das Gesicht ausführlich und watschelte nass und nackt zurück zur Kabine. Er zog sich an, warf Rasierer und Seife weg und ging in die Cafeteria, wo er einen Kaffee und später noch einen Espresso bestellte bis zehn Uhr blätterte er hilflos in den Zeitungen herum und suchte dann die Telefonkabine nahe der Kasse auf.

Er wählte die Nummer des LKA und ließ sich mit Kurt B., einem befreundeten Beamten, verbinden. B. wusste schon von dem Vorfall in Osnabrück und war bereit, sich mit Kapp zum Mittagessen zu treffen.

Als Kapp im Restaurant „Zum Welfen" eintraf, machte er einen leicht betrunkenen Eindruck. Die beiden hatten sich seit über einem Jahr nicht mehr gesehen, und die Begrüßung fiel deshalb entsprechend herzlich aus. Kapp bestellte ein kräftiges Bauernfrühstück, und nach einigen Worten zu New York verwickelte er B. sogleich in Fragen der Terrorfahndung in Niedersachsen. B. gab eher ausweichend Auskunft: Informationen zum allgemeinen Stand der Fahndungsmethoden, er verwies auf Verhaftungen in Frankfurt und München vor einigen Monaten. Für Niedersachsen gebe es keine konkreten Hinweise auf Zellen oder Netzwerke, geschweige denn für Osnabrück. Der Algerier, wenn er denn einer war, tauchte in keiner der Dateien auf. Vielleicht war er Student. Ja, es gebe eine Liste von Herkunftsländern und auch Kriterien, die einen Anfangsverdacht begründeten. Ja, die Liste könne er Kapp privat zukommen lassen, die Kriterien auch. Aber mehr wisse er nicht. Fahndung sei nicht seine Sache, und die laufenden Ermittlungen unterlägen dem Staatsschutz. Wenn er etwas über Osnabrück höre, das nicht der Geheimhaltung unterliege, könne er Kapp informieren. Kapp schien mit diesen Auskünften zufrieden zu sein. Sein Gesicht hellte sich auf.

„Eine Frage noch, Kurt. Kennst du einen Kollegen hier in Hannover mit Schmiss im Gesicht? Du weißt schon, so einer aus einer schlagenden Verbindung?"

„Hänschen Schmiss? Den kennt hier doch jeder. Der ist bei uns im LKA. Sein Name ist Dr. Winkler, Heinz Winkler. Hier nennen sie ihn auch Geheimrat Schmiss, wegen seiner Geheimratsecken. Er hält die Verbindung zum BND, soweit ich weiß. Alte Truppe."

Das Gespräch wendete sich dann den Problemen von Kapp zu. Der schilderte den Vorgang akribisch, betonte seine Enttäuschung über den PK-Anwärter und den Einsatzleiter, der ihn nicht in Schutz genommen habe, hielt sich aber bei der Bewertung des Schützen auffällig zurück.

Kurt beruhigte ihn.

„Das Schlimmste, das dir passieren kann, ist eine Frühpensionierung. Mehr ist da nicht drin, wenn überhaupt."

Kapp gab sich beruhigt.

Als Gespräch ging dann zu Privatem über, auf Kapps ehemalige Frau in Berlin, die Kurt noch von früher kannte, die Tochter in Kuba, B.s letzten Urlaub auf Borkum usw.

Die beiden zahlten getrennt und verabschiedeten sich nach ein paar hoffnungsvollen Worten vor dem Restaurant. P. musste zurück zum Dienst, Kapp verschwand in Richtung Fußgängerzone.

Um 17 Uhr war ich wieder in Osnabrück. Ich hatte noch eine Stunde in der Stadtbibliothek Hannover zu Algerien im Internet recherchiert. Die Liste der Herkunftsländer fand ich in meinen E-Mails, die Kriterien auch. Ich zog mir Geld aus dem Bankautomaten am Hauptbahnhof.

14.

Die *OZ* berichtete ein paar weitere Einzelheiten.

Die Aktentasche, die man bei dem Toten gefunden hatte, enthielt Heroin und eine Telefonnummer in Hamburg. Die Spur wies auf organisiertes Verbrechen hin. Der Mann war vielleicht ein Kurier, aber es gab keinen Hinweis auf eine Verbindung mit den Ereignissen in Osnabrück.

Er hatte wohl versucht, sich hinter dem Kindergarten mit lokalen Dealern zu treffen, aber nur ein Autofahrer war erschienen. Dieser Mann aus Brahmsche, ein Deutscher, wurde noch vernommen. Der Algerier war etwa 24 Jahre alt. Er trug gefütterte Kleidung, bis auf eine braune Wollmütze mit Rautenmuster (ein Foto der Mütze war eingefügt) nichts Besonderes. Die Polizei bittet die Bevölkerung um sachdienliche Hinweise, hieß es. Der Körper weise keine Tätowierungen auf, auch keine Spuren von Injektionen. Ein Zusammenhang mit der Tragödie in New York sei eher unwahrscheinlich.

Dann folgte der Kommentar:

GEZIELTER TODESSCHUSS?

Angesichts des allgemeinen Schreckens, den die Bilder vom 11. September weltweit ausgelöst haben, scheint der Vorfall in Osnabrück, bei dem ein Polizeianwärter einen Verdächtigen auf der Flucht erschossen hatte, eher Nebensache.

Aber da wir in einem Rechtsstaat leben, muss auch bei scheinbaren Nebensachen auf die Einhaltung der Gesetze geachtet werden. Bei aller Diskussion um angebliche Notwehr kann der Polizei nicht zugestanden werden, unbewaffnete Verdächtige auf der Straße niederzustrecken. Dass das Opfer ein Ausländer war, macht die Sache nur noch schlimmer. In Zeiten des Terrorismus steht auch der gute Ruf der deutschen Polizei auf dem Spiel. Wir müssen auf der lückenlosen Aufklärung des Vorfalls bestehen und auf der Bestrafung der Schuldigen (falls dies die Untersuchung so ergibt).

Erst als es dunkel wurde, verließ Kapp das Haus. Er stieg auf sein Rad, schwankte leicht, fasste sich aber mit steigender Geschwindigkeit. Die Haustürbeleuchtung und das Licht auf dem Dachboden blieben eingeschaltet. Man sah die vier erleuchteten Dachluken kurz unter dem First von fern. K. umfuhr die Kläranlage und nahm den Hase-Ufer-Weg.

Vor der Eiche lagen zwei Räder, aneinander gekettet, die Besitzer wohl im hohen Gras dahinter. Aus dem hellen Kegel seines Fahrradlichtes hoppelten nur wenig erschreckt ein paar Kaninchen. Es wurde kühler.

Kapp hielt auf der Brücke an und öffnete den Reißverschluss an seiner Jacke. Er hob eine flache Flasche bis zum Hals und trank sie etwa zur Hälfte. Er wechselte vom Hafen zum Stichkanal und nahm den linken Uferweg stadtauswärts.

Etwa zwanzig Minuten später passierte er die zweite Schleuse, leerte die grüne Flasche fast ganz und fuhr weiter in Richtung Halen. Die Wege wurden breiter. Zwei Kilometer später stürzte Kapp vom Rad und blieb regungslos am Wegrand liegen, ein Bein unter dem Rad. Er drehte sich ein wenig, schaute hoch in die Baumkronen, und fast unmittelbar darauf fing er an zu schnarchen. Neben ihm verliefen Bahngleise, hinter ihnen lag ein Truppenübungsplatz. Die Nacht war ruhig, niemand kam vorbei. Ab und zu schaute der Mond kurz durch die Waldkiefern. Gegen Mitternacht klarte es auf, der herbstliche Sternenhimmel öffnete sich zwischen den Bäumen an beiden Seiten der Straße.

Kapp richtete sich plötzlich auf, schob das Rad von seinem Bein und stand auf. Er streckte sich, massierte sein Knie und bewegte die Halswirbel mehrfach. Dann schaute er hoch. Fast fünf Minuten lang blickte er in den funkelnden Sternenhimmel, ohne sich zu bewegen. Dann erst beugte er sich zum Rad, hob es auf und versuchte wieder aufzusteigen. Beim dritten Mal gelang es, und er fuhr weiter nach Nordwesten. Das Licht am Rad funktionierte nicht mehr.

Bei der nächsten Möglichkeit nahm Kapp den Sandweg nach rechts Richtung Kanal. Im Wald war es dunkel, Kapp fuhr ohne Sicht weiter. Als das Rad immer häufiger im Sand schlingerte und einsackte, stieg er ab und schob. Er wäre beinahe wieder gefallen.

Es blieb ruhig, nur gelegentlich hörte er ein Geräusch von einem Tier im Wald. Der Weg gabelte sich, Kapp schien es im Dunkel nicht zu merken. Nach zwanzig Minuten hatte er sich hoffnungslos verirrt. Er blieb stehen und versuchte, sich an Spuren, Geräuschen oder Lichtern zu orientieren. Nichts war zu hören, nicht einmal das ewige Rauschen der Autobahn. Der Mond stand tiefer als vor dem Sturz und warf kaum noch Licht durch die Kiefern. Kapp öffnete seine Jacke und nahm die flache Flasche. Er schüttelte sie, drehte sie um, und warf sie auf die Böschung am Wegrand.

Es war schon nach eins, als Kapp den Waldrand in der Nähe des Kanals erreichte. Die Nacht blieb weiter klar, der Mond warf ein schwaches Licht über die Wiese vor ihm. Die Sterne glichen Bienenschwärmen. In der Ferne lagen einige Kühe, vor ihm, in etwa fünfzig Meter Entfernung, brannte ein kleines Lagerfeuer und erleuchtete einen Kreis jugendlicher Gestalten. Hinter ihnen sah er die Umrisse zweier Zelte. Es war der Schimmer des Feuers, der Kapp aus dem Wald geführt hatte. Die Jugendlichen unterhielten sich leise.

Kapp machte sich durch Klingeln bemerkbar und ging langsam auf sie zu. Zwei Jugendliche erhoben sich, die anderen schauten ihn an. Als er den Lichtkreis des niedrigen Feuers fast erreicht hatte, zog Kapp den Reißverschluss auf seiner Brust bis zum Anschlag hinunter. Er trat in den Kreis.

Es waren vier Mädchen und drei Jungen im Alter von zehn bis dreizehn Jahren. Ein Junge war vielleicht etwas älter. Sie alle trugen Uniform, graue Hemden und ein Halstuch, das ein geflochtener Lederring am Hals zusammenhielt. Pfadfinder. Sie blickten ihn zurückhaltend und erwartungsvoll an.

Kapp erklärte sein Auftauchen. Er habe sich verirrt, sei gestürzt, das Licht sei ausgefallen und er habe den Schein ihres Feuers gesehen. Der ältere Junge ergriff das Wort.

Sie waren eine Pfadfindergruppe aus Hollage auf einem langen Stammeswochenende und sie hatten die Erlaubnis des Bauern Massin, hier auf dieser Wiese zu zelten und Feuer zu machen.

Ein jüngeres Mädchen sagte: „Das ist mein Vater", und lud Kapp ein, bei ihnen Platz zu nehmen.

Alle setzten sich ums Feuer. Am Rande eines ausgeglühten Scheites stand ein schwarzer Teekessel und die Massintochter bot Kapp etwas Tee an. Er stellte sich als Peter vor, während er den warmen Metallbecher zwischen den Händen hielt. Die Kinder schienen keine Angst vor ihm zu haben, das Gemeinschaftsgefühl gab ihnen Mut; Mädchen und Jungen gleichermaßen. Er bot ihnen das „du" an.

Bis auf den Älteren waren sie alle Wölflinge und Jufis, nur Niels war bereits ein richtiger Pfadfinder und Stammesführer. Er bot Peter Zucker zum Tee an. Sie waren gerade dabei gewesen, sich Geistergeschichten zu erzählen, um sich wach zu halten, als Kapp dazu kam. Peter machte es sich bequem. Er liebe Geistergeschichten, sagte er, und vielleicht könne er die eine oder andere von ihren Geschichten in seinen ersten Roman mit einbauen.

„Du schreibst einen Roman? Ist es denn ein Gruselroman?", fragte die kleine Massin.

„Nein, es ist ein Kriminalroman, an dem ich schreibe. Da gibt es aber auch gruselige Stellen drin."

Das beflügelte die Kinder, machte sogar die Kleinste, die bisher noch nichts gesagt hatte, wieder ganz wach. Es war ihre Erzählung gewesen, als er plötzlich aufgetaucht war. Und nun fuhr Adelheid fort.

ADELHEIDS GESCHICHTE

Dies war eine wahre Geschichte, ihr Onkel hatte sie ihr erzählt. Es ging um ein Mädchen, das nach der Disko immer per Anhalter fuhr, obwohl die Mutter ihr das ganz streng verboten hatte und ihr immer Geld für ein Taxi mitgegeben hatte. Einmal stieg sie um drei Uhr morgens in ein Auto mit drei Jungs. Die machten ihre Späße mit ihr und fuhren sie im Dunkeln herum. Dann sagen sie ihr, sie solle das nie wieder tun, in ein Auto mit mehreren Männern steigen. Das Mädchen tat es trotzdem weiter. Und eine Nacht im September war sie verschwunden. Tage später wurde ihre Leiche auf einem Autobahnparkplatz gefunden. Sie war erstochen worden. Und seitdem stand oft spät nachts ein bleiches Mädchen am Fürstenauer Weg und versuchte, in die Stadt mitgenommen zu werden. Aber keiner hielt an. Alle wussten, sie war der Geist des getöteten Mädchens, und sie hatten Angst vor ihr. „Einige sagen sogar, sie sei ein richtiger Vampir geworden", schloss Adelheid ihre Geschichte.

Die anderen Kinder am Feuer waren beeindruckt, nur Niels meldete Zweifel an. Die Geschichte sei ganz woanders passiert, meinte er. Adelheid verteidigte sich. So was komme öfters vor. Ihr Onkel arbeitete bei Dunkelmann, und die Lastwagenfahrer dort haben oft auch solche Geschichten von Vampiren auf den Parkplätzen der Autobahn erlebt.

Das Feuer war runtergebrannt. Es wurde kühl. Peter hatte sich auf die Seite gelegt, um beim Zuhören die Sterne besser zu sehen, als Niels und Christian vorschlugen, etwas Holz aus dem Wald zu holen. Das Wäldchen gehörte ebenfalls dem Bauer Massin. Peter bot sich an, doch sie nahmen Maria als Verstärkung mit, und Kapp blieb mit Olaf und Franzi zurück.

„Die anderen kennen die Geschichte schon, aber wenn Sie wollen, erzähle ich sie Ihnen noch mal", bot Franzi an.

FRANZIS GESCHICHTE

Auch ihre war eine Geistergeschichte. Es ging um eine Ertrunkene im Rubbenbruchsee. Die junge Frau hatte auf der verbotenen Seite des Sees gebadet, da wo der Sand oft nachgab und in die Tiefe rutschte. Sie auf diese Weise mit dem Ufer ins Wasser gestürzt. Es war eine helle Mondnacht, aber ihre Freunde konnten sie nicht mehr retten. Erst die Taucher der Feuerwehr fanden sie erst am nächsten Tag weit vom Ufer an einer besonders tiefen Stelle. Der Sand hatte sie nach unten gezogen. Sie liegt auf dem Hasetorfriedhof begraben. Doch an stillen Mondabenden kann man oft ihre Stimme über dem Rubbenbruchsee hören. Sie klagt leise „Das Grab drückt mich", und da, wo die Stimme herkommt, kräuselt das Wasser sich und bildet Kreise.

Franzi gefiel die Geschichte, und sie schmückte sie mit vielen Details aus. Olaf schauderte es, und Peter zeigte sich sehr beeindruckt. Er kenne auch so eine Geschichte, die er erzählen würde, wenn die anderen vom Holzholen zurück seien.

Stille trat ein, die Mondnacht wirkte auf alle ein. Adelheid war eingeschlafen. Franzi und Beate brachten sie ins das größere Zelt. Die beiden waren gar nicht müde, und sie wollten Peters Geschichte noch hören. Die Sterne schwärmten weiter wie Bienen. Der Große Wagen drehte langsam sein Rad.

Zehn Minuten später kehrten Niels und Maria mit den trockenen Ästen zurück.

Peter ließ Maria den Vortritt.

Das Feuer begann wieder zu flackern, als Maria begann:

MARIAS GESCHICHTE

Die Geschichte handelte von einem Papierglätter in einer Lumpenmühle.

„Das heißt Feldmühle", warf Franzi ein.

„Ist doch gleich. Erzähl weiter!"

Der unglückliche Mann, er hatte drei Kinder, war so müde

während der Nachtschicht, dass er in einen riesigen Bottich voll weißer Flüssigkeit fiel. Aus dem weißen Brei wird Papier hergestellt, und ein großer Arm aus Metall dreht den ganzen Brei andauernd um, bis alle Klumpen daraus verschwunden sind. Der arme Mann wurde untergerührt, und da niemand den Unfall gesehen hatte, wurde die Maschine erst am Morgen darauf abgestellt.

Das Unglaubliche an der Geschichte war, dass von dem Mann nichts mehr übrig war, er war vollständig in den Brei eingerührt worden.

„Stellt euch vor, ihr lest ein Buch, und in die Seiten ist ein Mann eingerührt worden!", unterstrich Maria. Die Kinder erstarrten.

„Bis heute gehen die Arbeiter nicht gerne nachts an der Schreddermühle vorbei. Und mehr als ein Arbeiter schwört, er habe nachts schon mal im Lager zwischen den Papierrollen einen ganz weißen Mann gesehen. Alles an ihm war weiß wie aus Papier, auch das Gesicht und die Augen."

Selbst Peter zeigte sich beeindruckt und wollte wissen, wo Maria die Geschichte her hatte.

Der Vater ihrer besten Freundin habe mal in so einer Fabrik gearbeitet. Aber jetzt sei ja er dran zu erzählen.

Der Mond war am Horizont verschwunden, und es war spät geworden. Olaf und Christian schliefen bereits am Feuer. Niels legte einige Äste nach und die vier baten ihn, jetzt seine Geschichte zu erzählen. Peter erzählte die Geschichte vom ertrunkenen englischen Soldaten unterm Eis.

PETERS GESCHICHTE

„Dies ist eine wahre Geschichte. Sie spielt am Ende des letzten Weltkrieges hier in Osnabrück. Das war 1945 am Kanal. Der Winter war sehr streng, der Krieg war schon verloren für Deutschland, und die Engländer kamen am Kanal lang in die Stadt Osnabrück hinein."

(In Wahrheit war dies eine alte Anglergeschichte von der Hase.) Sie handelte von einem ertrunkenen englischen Soldaten, der 1945 im Hafen unters Eis geraten war und dessen Teile nach und nach bei Tauwetter in Osnabrück, Bramsche, Ostercappeln und Bohmte gefunden worden wurde.

„Ein Arm hier, ein Bein dort, der Kopf an der Kreuzung der Kanäle in Bramsche und ein ganz anderer Teil ganz in der Nähe, wo das Zelt steht."

Die Kinder drehten sich zur Hase um.

„Man hatte die Teile einzeln an verschiedenen Friedhöfen beerdigt, ohne sie jemals wieder zusammenzuführen. Friedhofswächter wollen beobachtet haben, dass in Neumondnächten über den Gräbern der Teile ein flackerndes kleines Licht wie eine Kerze leuchtete, das bei Morgengrauen erlosch."

„Wie hieß denn der Soldat?", frage Beate.

„Sergeant Merry, das heißt auf Deutsch ,Lustig'."

„Weiß ich", sagte Niels. „Außerdem glaube ich die Geschichte nicht. Man kann doch auf Friedhöfen keine einzelnen Teile beerdigen. Das würden die nie erlauben."

„Ich trau der Geschichte auch nicht, aber sie hat viele Anhänger."

„Geister können manchmal auch Gutes tun."

Alle schliefen fast...

Es war feuchter geworden. In der Ferne standen zwei Kühe kniehoch im Nebel. Peter zog den Reißverschluss bis zur Brust hoch und lehnte sich auf einen Arm und schaute in die Glut. Maria ging ins Zelt und sagte Gute Nacht. Niels, Christian und Olaf blieben am Feuer liegen. Niels hatte sie mit den Schlafsäcken aus dem Zelt zugedeckt, weil sie während Peters Erzählung beide eingeschlafen waren. Niels lud Kapp ein, auch am Feuer zu schlafen.

Das Rad brauche er nicht abzuschließen. Sie würden abwechselnd Wache halten. Peter schlief mit einem Lächeln ein.

Am nächsten Morgen fand K. einen seltsamen Brief vor zu Hause.

Lieber Herr P. Kapp,
Sie werden sich nicht mehr an mich erinnern, aber ich war mit Ihrer Mutter befreundet und Sie waren noch sehr klein, so elf bis zwölf Jahre, als wir uns das letzte Mal sahen. Sie hatten die Haare immer extrem kurz geschnitten und hatten eine Narbe an der Schulter, von einem Sturz vom Rad, glaube ich.
Ich hätte vielleicht was für Sie, was Sie interessiert, mag das aber nicht am Telefon besprechen. Vielleicht könnten Sie am Samstagabend mal bei uns auf der Petrusallee vorbeikommen? Dann könnte ich Ihnen alles erzählen. Nur so viel, es hängt mit dem Hafen zusammen.
Bitte rufen Sie nicht an, kommen Sie einfach vorbei, so nach neun. Und erschrecken Sie nicht, ich bin eine ganz alte Frau geworden.

Mit freundlichem Gruß
Ihre Grete Leber

Ich konnte mich an keine Grete erinnern, aber Mutter hatte viele Freundinnen in Osnabrück. Sie trafen sich zum Tee oder zum Stricken, und das mit dem Sturz stimmte. Natürlich würde P. hingehen.
P. hatte ja sonst nichts zu tun.

15.

Peter K. hatte den ganzen Tag mit seinem Archiv gearbeitet, einen neuen Hefter zur Turnerstraße angelegt. Zwei Tage lang versuchte er, seine Erlebnisse seit dem 11. September aufzuschreiben. Er legte immer neue Versionen an, verwarf sie oder verknüpfte sie mit seinen früheren Aufzeichnungen. Es gelang nicht. Er stellte verschiedene Dokumente zusammen. Er schrieb sie um als Erfahrungsbericht. Er tat es in Form eines Krimis mit offenen Spuren und Verdächtigen. Er breitete alle seine Texte auf der Arbeitsplatte aus und verschob sie. Nichts passte so recht zusammen. Er erhob sich, rollte eine neue Tapete aus und heftete sie über das alte Diagramm vom August. Er hatte so etwas noch nie erlebt. Er ersetzte die Namen oder kürzte sie ab. Dann kreiste er sie wieder ein, aber bald glich die neue Zeichnung der alten: die Linien überschnitten sich zu oft oder liefen ins Leere. Die Zeichen deckten sich nicht mit dem, was er selbst erlebt hatte.

Peter nahm den neuen Aktenhefter und trug ihn runter in die Küche. Er machte sich einen Tee. Obenauf lag ein Flugblatt der Liberalen Hochschulgruppe, das ihm am Tag zuvor jemand anonym in den Briefkasten geworfen hatte.

WAS IST LOS BEI UNSERER POLIZEI?

Polizeianwärter erschießt unbewaffneten
Ausländer in Osnabrück
Verantwortlicher Polizeikommissar vom Dienst suspendiert

In den frühen Morgenstunden des vorgestrigen Tages umstellte ein Sonderkommando der hiesigen Polizei ein Grundstück (ehemals stand dort das Wohnheim für Asylanten) in der Turnerstaße, Nähe Vitischanze, auf dem sich nach zuverlässigen

Informationen ein gefährlicher Ausländer versteckt haben sollte.

Als dieser, vermutlich ein Algerier, die Polizeisperre durchbrechen wollte, richtete ein Polizeikommissar-Anwärter die Pistole auf den Flüchtenden und schoss dreimal auf ihn. Der erste Schuss traf den Mann am Halsansatz, zerriss eine lebenswichtige Ader. Der zweite Schuss traf ihn in den Unterleib. Der dritte Schuss verfehlte sein Ziel. Der ausbildende Polizeikommissar neben ihm, ein erfahrener Beamter mit über 30 Dienstjahren, konnte die tödlichen Schüsse nicht verhindern. Das Opfer verblutete, noch ehe ein Krankenwagen eintraf. Über die näheren Gründe der Aktion, die von der Staatsanwaltschaft Osnabrück angeordnet war, ist Genaueres nicht zu erfahren. Es heißt, es war eine Drogenfahndung.

Ein Sonderkommando, um eine einzelne Person festzunehmen? Einen Durchreisenden?

Die Polizei wollte den Ergebnissen nicht vorgreifen, kündigte aber baldige Aufklärung an.

Nur soviel steht fest, die beiden Beamten, besser der Beamte und der Beamtenanwärter, sind mit sofortiger Wirkung bis auf weiteres vom Dienst suspendiert und mussten ihre Dienstwaffen abgeben.

Dabei kann es aber nicht bleiben. Wieso werden Anfänger bei solchen Aktionen eingesetzt? Und wieso kriegen sie geladene Pistolen in die Hand? Welche Ausbildung an der Waffe bekommen diese Anwärter denn? Sitzt die Pistole etwa bei Ausländerfahndung etwas lockerer als bei anderen Flüchtenden?

Die Öffentlichkeit hat ein Recht auf Antworten. Wir verlangen lückenlose Aufklärung der Umstände.

V. i. S. d. P. A. Pasenow, Liberale Hochschulgruppe

Direkt darunter lag der Kommentar aus der *OZ* vom Vortag, einzelne Passagen waren von P.K. rot unterstrichen worden.

Kapp machte sich noch einen Tee und las noch einmal am Küchenfenster:

Auf der gestrigen Pressekonferenz zu den <u>Vorfällen</u> auf der Turnerstraße (wir berichteten) verlas ein Sprecher der Polizeiinspektion Stadt folgende Stellungnahme:

Die Identität des <u>Verdächtigen</u>, der in Osnabrück vorgestern <u>auf der Flucht</u> erschossen wurde, ist noch nicht abschließend geklärt. Es handelt sich vermutlich um einen Algerier namens Ibrahim B., der nach Ablehnung seines <u>Asylgesuchs</u> durch deutsche Behörden untergetaucht war und sich <u>illegal</u> in Deutschland aufhielt. Das Landeskriminalamt Hannover, das sich eingeschaltet hat, und die Polizei in Osnabrück verhängten wegen der <u>politischen</u> <u>Begleitumstände</u> eine Nachrichtensperre über den <u>Vorfall</u>. Die Untersuchung zu den beiden Beamten, die in die <u>Tötung</u> des Algeriers verwickelt waren, bleibt davon unberührt. Auch hat die Kriminalhauptkommissarin Maria Schwarz-Döring, die für die Ausbildung von zukünftigen Polizisten zuständig ist, angekündigt, sie werde ein Gutachten über die Belastbarkeit von Polizeianwärtern anfordern. Sie sagte wörtlich „Ein solcher <u>Vorfall</u> darf sich nicht wiederholen."

Von den Nachbarn auf der Turnerstraße war nur in Erfahrung zu bringen, dass das umstellte Grundstück schon öfters Durchreisenden, die nur eine Nacht dort verbringen wollen, gedient hat. Den Algerier hatte vorher niemand gesehen. Auch haben sich auf den Aufruf der Polizei bisher noch keine Bürger am Telefon gemeldet, die Auskünfte zu dem <u>mutmaßlichen Opfer</u> Ibrahim B. geben könnten.

Über die Ausbildung bei der Polizei werden wir demnächst hier ausführlich berichten.

Auch dieser Ausschnitt landete im Archiv unter „Turner." Um fünf kam Lukas vorbei. Kapp fuhr ihn auf der Vespa dreimal die Petrusallee rauf und runter. Um sechs Uhr rief er das Angelika-Krankenhaus an. Dr. Freudenberg hatte Nachtdienst.

K. warf den Roller an und schaltete einen Gang hoch. Bis zum Krankenhaus brauchte er fünf Minute. Doch der Alkohol lag ihm schwer in den Knochen, Er hatte Kopfschmerzen. Die frische Luft würde ihm gut tun. Er stellte den Roller wieder ab und ging zu Fuß los. Er hatte ja Zeit.

Es war eine ruhige Nacht auf der Inneren Abteilung im Angelika-Krankenhaus. Gegen zehn Uhr erschien Peter K. bei Dr. Hartmut Freudenberg. Sie hatten bis 1964 zusammen das Anna Gymnasium besucht, dann war K. abgegangen.
Im Flur vor dem Arztzimmer fing ihn die Nachtschwester ab.
„Also Sie auch hier!?"
„Wieso?"
„Na, Sie sehen gar nicht gut um die Nase aus. Wie der Dr. Klaus, als ich ihn zum letzten Mal sah. Er sagte, 'Ich habe ein Gesundheitsproblem.' Danach habe ich ihn nie wieder gesehen."
„Das könnte Ihnen bei mir auch leicht passieren."
Kapp klopfte an und trat schnell ein, bevor die Schwester etwas erwidern konnte.
Dr. Freudenberg hatte ihn schon erwartet und kam ihm entgegen.
„Na, du siehst ja schlimm aus, Peter. Brauchst du Hilfe?"
„Nein, danke ich komme schon zurecht. Nur eine Erkältung im Anmarsch."
„Hm. Jetzt geht mir ein Licht auf. Der Peter K. aus der Zeitung, das bist du!?"
„Du hast es erkannt, Hartmut."
„Wie konnte so was geschehen? Hast du denn nicht aufgepasst?"
„Wer konnte das ahnen. Der Anwärter war erst kurz bei mir, er ist irgendwie durchgeknallt."
„Einfach so? Das hat doch Vorzeichen oder nicht? Komm, setz dich. Erzähl mal etwas mehr über ihn."
„Also er heißt Hermann. Blond, sportlich. Interessiert sich für Autos, Flugzeuge und Waffen."
Kapp zog sich die Jacke aus und hängte sie über die Stuhllehne. Er zog eine grüne Flasche heraus und stellte sie unter den Stuhl,

nahe der Wand, wo sie nicht zu sehen war.

„Komm, ich mach dir einen Lindenblütentee. Du warst doch nicht etwa im Dienst betrunken?"

„Nein, ich habe erst nach der Suspendierung wieder angefangen zu trinken. Ich krieg es schon wieder in den Griff, langsam aber stetig."

„Hm. Du kennst ja den Witz mit der grünen Flasche."

„Aber in letzter Zeit passieren zu viele sonderbare Dinge."

„Sonderbar?"

Kapp erzählte von seinen Turbulenzen. Mit dem Archiv. Und mit dem Roman. Schon im Mai hatte er sich an einem Krimi versucht – mit einigen Fehlstarts. Im Netz entstand ein kollektiver Krimi mit Lokalkolorit aus GM Hütte. Da hatte Kapp einen Kommissar Weißherbst für Osnabrück konzipiert, aber wieder verworfen.

Dann passierte die Sache mit dem Teich.

Kapp machte eine komische Geschichte daraus. Hartmut kam sie bekannt vor.

Dann erzählte er von den Aufzeichnungen zum Hafenmord seit dem Auffinden des abgehackten Arms. Überall fehlten Zusammenhänge.

„Ein trockener Fischer und ein nasser Jäger sind ein trauriger Anblick", scherzte der Arzt.

Dann kamen die Einbrüche und Diebstähle aus den Archiven.

„Du wirst doch nicht paranoid?", fragte Hartmut.

„So schlimm ist es noch nicht."

„Nun ja, wenn du ärztliche Beratung brauchst, komm zu mir."

„Deshalb bin ich ja hier."

Kapp zog das Flugblatt der liberalen Hochschulgruppe heraus und reichte es Dr. Freudenberg herüber.

„Da stehen ärztliche Details aus dem Obduktionsbericht drin, die nicht in der Zeitung waren. Wie kommen die an solche Details wie das mit der Halsschlagader? Kannst du rausfinden, wer den Obduktionsbericht gemacht hat?"

„Ich kann es versuchen. Vielleicht sind es Medizinstudenten."

„Daran hab ich auch schon gedacht. Aber die Uni Osnabrück hat keine Med.Fak."

„Was wird eigentlich aus dem Arm?"

„Der wird verbrannt. Du weißt ja, die Asche der Barbaren."

Kapp griff zur Flasche. Er blickte auf Dr. Freudenbergs Schreibtisch. „Was liest du denn da?"

„Schau es dir doch mal an!"

Kapp zog sich das Taschenbuch herüber: *Menschliches, Allzumenschliches* stand drauf. Er schob es zurück.

„Dann ist da noch was."

Und Peter erzählte ihm die Sache mit den Belgiern. Das mit Reinhold und den Lastern. Und das führte endlich auch zu Sonja. Es wurde eine lange Geschichte, fast wie eine Beichte.

Peter akzeptierte endlich einen Tee.

Der Arzt schenkte ihm eine Tasse ein.

„Auch bei mir geschehen sonderbare Dinge. Du weißt doch, dass ich mit Erwin T. befreundet bin, dem Richter?"

„Kann mich dunkel erinnern."

„Ist auch egal. Wir spielen zweimal im Monat Karten zusammen."

„Er kennt sich mit Grafitti aus."

„Seit wann interessierst du dich denn für Grafitti? Bist du Kunstkenner geworden?"

„Nein, seit dem Mord im Hafen lässt mich das nicht mehr los. Auf dem Golf neben dem Tatort war frisch ein Graffiti aufgesprüht. *TdC*."

„Das kann alles Mögliche bedeuten."

„*Tod den Christen!*"

„*Tod der Camorra!*"

„*Trau dem Clown!*"

„*Teilhard de Chardin.*"

„*Todo debajo control.*"

„Seit wann kannst du denn Spanisch? – *Trajektorien des Chaos.*"

Sie spielten noch etwas weiter mit den Abkürzungen. Auch chemische Verbindungen kamen vor. TDG.

„Vielleicht auch TCDD. Das war das Dioxin in Seveso."

Draußen auf dem Innenhof hörten sie laut einen Helikopter landen.

„Was ist los? Du bist plötzlich so rot im Gesicht?"

„Mir ist gerade was eingefallen. Aber du wolltest mir eigentlich was über den Richter T. erzählen."

„Gut. Das bleibt aber unter uns. Versprochen?"

„Klar."

Nach dem Kartenspiel hatten Dr. Freudenberg und der Richter noch auf ein Bier am Tresen gesessen und über den Hafenmord gesprochen. Und dabei hatte der Richter Folgendes erzählt. Die Hannoveraner hätten den BND hinzugezogen, und der hatte sofort den Fall nach allen Seiten abgeschirmt. Die Hannoveraner vermuteten, dass irgendwelche Geheimdienste in den Fall verwickelt seien. Insbesondere der italienische. Luciano sei vielleicht ein eingeschleuster Agent gewesen, der einem Plutoniumschmuggel auf die Spur kommen sollte. Oder er sei direkt in das Geschäft verwickelt gewesen. Vielleicht auch beides.

„Du erinnerst dich doch noch an den Plutoniumskandal von 1995?"

„1994. Ich hab einen ganzen Ordner darüber im Archiv gehabt. Mit dem *Spiegel*-Artikel darüber."

„Richtig. "Operation Hades"." Der BND müsste also alles Interesse daran haben, dass sich so etwas nicht wiederholt. Und den Verdacht, dass das Material aus Russland stammt, haben sie immer noch nicht aufgegeben."

„Das hat dir der Richter gesagt?"

„Sind auch nur Vermutungen, Peter, von Staatsanwälten aus Hannover."

„Mein Archiv legt etwas anderes näher. Es sind in diesem Jahr Plutoniumreste aus Lingen und Stade verschwunden. Du weißt, die müssen alle ihre Brennstäbe laut Atomwaffensperrvertrag an die USA abliefern."

„Ich dachte, die kommen nach Gorleben? Und du meinst, die hätte jemand über den Osnabrücker Hafen rausschmuggeln wollen?"

„Die Idee ist mir in der Tat vor ein paar Tagen gekommen. Und das, was du mir von dem Italiener erzählst – ich nenne ihn Lucky – passt eigentlich ganz gut dazu."

„Na, Lucky ist gut! Statt Rafa. „Operation Pluto 2001", wie? Du mit deinem Tapetenspleen! Hast du das schon jemandem erzählt?"

„Nein, ich habe ja sozusagen nichts in der Hand."

„Bist arm dran, nicht?"

„Hmm."

„Immer noch besser als Arm ab."

Dr. Freudenberg wurde in die Notaufnahme gerufen, der gerade eingelieferte Patient aus dem Helikopter litt an Atemnot.

Kapp blätterte in *Menschliches, Allzumenschliches*, nippte an seinem lauwarmen Tee. Er stand auf und goss den Rest aus der grünen Flasche ins Waschbecken. Er spülte hinterher und entsorgte die Flasche in den Papierkorb.

Dann stand er wieder auf und nahm die Flasche heraus und steckte sie in die Innentasche seiner Lederjacke.

Sein Kopf sank auf die Brust.

„Es hat etwas länger gedauert. Der Patient wurde zu spät eingeliefert. Er wird es wohl nicht bis zum Morgen schaffen. – Tut mir leid, wir müssen das hier abbrechen. – Den Nietzsche kannst du behalten. Hilft vielleicht bei der Suche nach der Wahrheit."

Hartmut lachte und packte ein paar Medikamente zusammen. „Aus meinem IG-Farma-Schrank", sagte er. Und:

„Ich bring dich noch raus."

Vor der Tür verabschiedeten sie sich. Es regnete leicht.

„Ich glaube, ich habe alles falsch gemacht, Hartmut."

„Wer sich immer irrt, hat mehr Recht als andere", erwiderte er. Er hatte immer solche Sprüche drauf.
„Und vergiss nicht: FdG!"
„Und was soll das wieder heißen?"
„Folge dem Geld!"

Peter K. trat seinen langen Heimweg durch den Regen an. Er entsorgte die Flasche am Rissmüllerplatz. Dann besorgte er sich eine neue an der blauen Tankstelle.

16.

„Geben Sie mir die Hand, lieber Herr Kapp", sagte Frau Leber. „Es ist etwas dunkel hier am Treppenbereich." Es war schon spät, und ich war ihrer Aufforderung gefolgt, erst nach neun zu kommen.

„Kommen Sie rein, kommen Sie! Ach, was für schöne Blumen, das wäre doch nicht nötig gewesen. – Wollen Sie ablegen?" Sie schloss die grüne Haustür hinter mir. Ihre Augen funkelten in einem sehr runzligen Gesicht, aus dem eine hakenförmige Nase hervorsprang. Die Mundpartie war stark eingefallen, als ob sie keine Zähne hätte. Sie bat mich in die gute Stube.

Auch die mutete alt an, voll gestellt mit Erinnerungsstücken, Fotos, Nippes, Häkeldeckchen über dem Sofa und auf den Armlehnen der Sessel, daneben eine Stehlampe mit Troddeln. Der einzige Gegenstand, der nicht in diese gemütlich anheimelnde Szenerie passte, war ein Computer in der Ecke hinter der Wohnzimmertür. Wenn Grete die Tür ganz weit öffnete, konnte man ihn nicht sehen. Er war eingeschaltet, und auf dem Monitor sah man ein aufgelegtes Kartenspiel.

„Sie spielen am Computer?", fragte ich etwas erstaunt.

„Den hat mir mein Neffe geschenkt. Ist ein älteres Modell, aber zum Kartenspielen reicht er noch. Die Abende hier sind einsam, und wenn mein Neffe nicht da ist, lebe ich hier ganz allein. Und ich finde Patience-Legen oder Hearts-Spielen interessanter als Kreuzworträtsel. Nichts gegen Kreuzwörter. Aber mit den Spielen und lustigen Streichen der Jugend ist nichts mehr." Sie strich sich über ihr graues Taftkleid.

Sie sah mich prüfend an. „Möchten Sie ein Bier?"

„Ja, gerne." Ich machte es mir bequem. Durch die offene Tür zum Flur sah ich das schwarze Telefon mit Wählscheibe unter dem Spiegel an der Wand.

Sie kam zurück und schenkte uns beiden ein.

„Es ist lange her. Sie können sich sicher nicht mehr an mich erinnern?"

„Mutter ging immer zu diesen Teetreffen oder zum Stricken. Aber Sie haben Recht, Frau Leber, an Gesichter kann ich mich nicht mehr erinnern. Meistens war ich ungeduldig, wenn ich mitkommen musste, und wollte weg zum Sportplatz. Aber hier im Haus war ich nie, oder?"

„Bitte nennen Sie mich Gretel. Das hat Ihre Mutter auch immer getan, obwohl ich älter war als sie. – Nein, ich hab Sie in der alten Wohnung Ihrer Mutter an der Bremer Landstraße gesehen, nicht hier."

„Haben Sie meine Mutter gut gekannt, Gretel?"

„Zunächst schon, dann haben wir uns ganz aus den Augen verloren. Lebt sie noch?"

„Nein, sie ist vor zehn Jahren gestorben. Sie war zweiundsechzig."

„Raten Sie mal, wie alt ich bin?"

„Achtundsechzig?", fragte ich höflich.

Sie lachte. „Sechsundsiebzig!" Wir tranken auf ihre Gesundheit.

„Nun, Sie wollen doch sicher wissen, was ich im Brief angedeutet habe."

Ich nickte.

„Haben Sie denn etwas Zeit oder müssen Sie gleich wieder los?"

„Ich habe alle Zeit in der Welt, Gretel. Ich bin arbeitslos."

„Was denn, sind Sie nicht bei der Polizei? Das sind doch Beamte!"

„Ich bin vom Dienst suspendiert. Wegen der Geschichte an der Turnerstraße. Sie haben es ja sicher in der Zeitung gelesen."

Ich blickte auf den Stoß alter Zeitungen neben dem Sofa.

„Dann ist es also doch wahr. Gerüchteweise habe ich davon gehört. - Sie dürfen nicht darüber sprechen, also frage ich Sie gar nicht erst."

Sie setzte sich gerade hin und sah mir fest in die Augen.

„Was ich für Sie habe ist ein Auftrag. Ich werde Sie auch dafür bezahlen. Das dürfen Sie doch annehmen oder nicht?"

„Solange es nicht die Arbeit der Polizei wäre ..."

„Nein, nein, da machen Sie sich mal keine Sorgen. Vielleicht hören Sie mich erstmal an, und dann sagen Sie mir, ob Sie es für mich machen können. Stört es Sie, wenn ich dabei stricke?" Sie holte hinter dem Stoß Zeitungen das Strickzeug hervor. Etwas Graues, das vielleicht mal ein Pullover werden würde. „Für meinen Neffen, der sitzt oben in seinem Zimmer."

Was sie mir erzählte, kam weitläufig her. Sie sprang von einer Person und Zeit zu anderen, aber der rote Faden ging etwa so. Wie wir war sie nach dem Krieg aus dem Osten hierher geflohen, etwas früher, schon 1945. Sie kam aus Ostpreußen aus der Landwirtschaft, die sie richtig gelernt hatte, und ihr Mann war in russischer Gefangenschaft. Auf der Flucht konnte sie nur zwei Koffer mitnehmen, einen hatte sie in Berlin bei einer Schwester ihres Mannes gelassen. Erst war sie in ein Flüchtlingsheim eingewiesen worden. 1947 hatte die Stadt ihr dies Häuschen an der Petrusallee angeboten.

„Die Gegend hieß damals noch die ‚Schweinebucht', weil hier vor allem die Schweine frei rumliefen." Sie lachte fröhlich.

Zwei Jahre später stand plötzlich ihr Mann vor der Küche, ein Fremder fast. Er fand Arbeit als Lastwagenfahrer am Hafen, dann kaufte er sich selbst einen Lkw, und zwei Jahre später wurde ihre Tochter geboren. Lehrerin in Bielefeld, geschieden, keine Kinder. Sie hatten wenig Kontakt. Vor zehn Jahren war ihr Mann gestorben, fünf Jahre darauf dessen Schwester Elisabeth in Berlin. Bei der Beerdigung hatte sie ihren Neffen kennengelernt, Kasimir, unehelicher Sohn eben jener Schwester. Er hatte mit vierzig noch immer bei ihr gewohnt, danach die Wohnung in Schöneberg geerbt, sie aber dann verkauft. Er fühlte sich einsam in Neukölln, und wohnte mehr und mehr bei Grete, die ebenfalls alleine in ihrem Haus lebte.

Kasimir verkaufte irgendwelche Computerteile, er reiste viel, aber er hielt sich ein Zimmer bei Grete und leistete ihr Gesellschaft, wenn ihm danach war. Er hatte nie geheiratet, war ein Eigenbrötler und brachte die meiste Zeit vor dem Computer zu. Ab und zu blieb er einen ganzen Abend und redete mit ihr über die Vergangenheit.

Sie stand auf und holte ein zweites Bier. Offensichtlich mochte sie ihren Neffen. Ich schenkte uns ein.

Vor ein, zwei Jahren hatte er ihr dann Folgendes erzählt. Bei seiner Mutter Elisabeth sei eines Tages Gretes Mann aufgetaucht zusammen mit einem Freund, und sie hätten nach dem Koffer gefragt, den sie 1945 dort aufbewahren sollte. Sie hätten sehr geheimnisvoll getan, den Koffer im Keller gefunden und Elisabeth zum Stillschweigen verpflichtet. Kurz vor ihrem Tode hätte sie Kasimir aber noch gesagt, da seien wichtige Papiere aus dem Kriege drin gewesen, und sie wollten das in Osnabrück vergraben, bevor es in falsche Hände geriete.

Grete selbst erinnerte sich daran, wie ihr Mann Werner von einem Kriegskameraden in Berlin gesprochen hatte, den er etwa um diese Zeit treffen sollte und der ihm während des Krieges eine Blechdose mit wichtigen Papieren anvertraut hatte. Die Dose hatte er zu den Papieren im Koffer gepackt, der noch bei Elisabeth stand. Werner wollte nie bis über diese Papiere zu reden, und Grete hatte den Eindruck, er fürchte sich vor dem ehemaligen Kriegskameraden. Vielleicht wurde er sogar von ihm erpresst. Auf jeden Fall wollte sie gern wissen, ob dieser Mann, dessen Nachnamen sie nicht kannte, noch lebt. Alles was sie von ihm hatte, war ein Foto zusammen mit Werner, 1943 an der Ostfront.

Sie reichte mir das Foto rüber. Zwei Männer in Uniform, der eine schien ranghöher als der andere, wohl ein Unteroffizier. Er hatte den Arm um die Schulter des anderen gelegt, der sich auf ein Motorrad stützte.

„Welcher von den beiden ist Werner?", fragte ich. Sie zeigte auf den Mann am Motorrad. Auf der Rückseite hatte jemand notiert „Mit Otto, Juli 1943, vor Kursk."

„Könnten Sie nicht versuchen, etwas über diesen Otto für mich rauszufinden?"

„Was wollen Sie denn wissen? Ob er noch lebt oder wo er jetzt ist?"

„Ich glaube, er lebt noch. Vielleicht in Berlin. Ich kann Ihnen die ehemalige Adresse der Wohnung in Schöneberg geben. Otto hat Elisabeth auch noch einmal im Altersheim besucht, wo sie die letzten Monate verbrachte."

„Warum kann Kasimir nicht für Sie diesen Auftrag übernehmen?"

„Das habe ich ihn schon gefragt. Aber Sie kennen Kasimir nicht."

Sie stand auf und ging in den Flur.

„Kasimir? Kannst du bitte einmal kurz runter kommen? Herr Kapp ist hier."

Es war eine krause Geschichte. Ich wusste nicht so recht, was ich damit anfangen sollte. Jemand kam die Holztreppe herunter. Kasimir kam in das Wohnzimmer, leicht gebückt, gefolgt von Grete, die uns vorstellte.

Kasimir Leber war groß, etwa eins neunzig, schwarze Haare, die in ein extrem bleiches Gesicht fielen, über buschige Augenbrauen, darunter sehr müde Augen mit Schatten. Seine Hand war weich, wie überhaupt sein Körper eine gewisse Schlaffheit ausdrückte, wie von jemandem, der nie Sport getrieben hatte. Er war fast ganz in Schwarz gekleidet: Lederhosen, Lederweste, darunter ein graues Hemd, die Ärmel leicht aufgekrempelt. Er setzte sich und musterte mich misstrauisch.

„Gretel hat Ihnen alles erzählt?"

„Viel ist es ja nicht. Wie soll ich nur den Bekannten Ihres Onkels finden? Hat Ihnen Ihre Mutter nicht mehr über die beiden erzählt?"

„Nein, nur dass der Mann mit norddeutschem Akzent sprach. Er kam wohl aus Hamburg oder Kiel. Genaues wusste sie auch nicht."

„Wo hat Ihr Mann denn gedient, Gretel? Bei der Kavallerie?"

„Nein, er war bei der Infanterie. Melder. Kradfahrer, wenn Sie wissen, was ich meine."

„Hm, das ist nicht gerade viel. Ich kann Ihnen nicht versprechen, dass ich den Mann finde, Gretel. Es liegt alles sehr weit zurück. Was wollen Sie wirklich, den Koffer oder den Mann loswerden?"

„Hm. Ich weiß ja gar nicht, ob er noch lebt."

„Aber er hat Mutter doch noch mal kurz vor ihrem Tode im Altersheim besucht."

„Warum vergessen Sie ihn nicht einfach, Gretel?"

„Ich möchte etwas mehr über meinen Mann im Krieg rausfinden, bevor ich sterbe. Ich bezahle Sie auch. Ich lebe von der Rente, aber wenn Sie den Mann ausfündig (sie sagte 'ausfündig') machen, zahle ich Ihnen fünfhundert Mark, wenn er noch lebt oder sein Sohn, und Sie bringen ihn mir, noch mal fünfhundert. Dann sehen wir weiter. Was meinen Sie?"

Beide sahen mich prüfend an, Grete eher mit flehendem Ausdruck.

„Wie gesagt, ich kann nichts versprechen, aber ich versuche es. Haben Sie noch ein Soldbuch Ihres Mannes oder irgendwelche Militärpapiere?"

„Leider nein, er kam hier ohne alles Gepäck an. Ich seh' ihn noch vor dem Küchenfenster stehen. Den Augenblick vergesse ich nie."

„Ich brauche die Adresse des Altersheims."

„Kasimir gibt sie Ihnen."

Sie stand auf, um noch ein Bier zu holen. Es war zehn Uhr geworden.

„Sie handeln mit Computerteilen, Herr Leber?", fragte ich, um Konversation zu machen.

Er sah mich misstrauisch an.

„Hat Ihnen meine Tante das erzählt?"

Ich nickte.

„Es ist eher Software. Ich entwickle Programme und baue die bei Kunden auf Bestellung ein."

„Oh, vielleicht können Sie mir mit meinem PC mal helfen. Ich bin eher Anfänger und komme mit vielem nicht zurecht. Es reicht gerade für E-Mails und erste Ausflüge ins Netz. Mir passieren aber immer die seltsamsten Dinge."

„Zum Beispiel?" Sein Interesse schien geweckt. Er beugte sich vor.

„Oft verschwindet eine Seite nach einer Minute oder eine Nachricht taucht auf wie 'Sie sind nicht berechtigt' oder ‚Eine Schutzverletzung ist eingetreten, das Programm wird geschlossen'."

Er schnaubte verächtlich.

Grete kam mit einem neuen Bier, um den Abschluss zu begießen. Sie hatte sich Zeit genommen und ein Glas für Kasimir mitgebracht.

Wir stießen an.

„Auf Otto!", sagte Kasimir.

Es klang halb ernst, halb spöttisch. Grete sah ihn von der Seite an.

Ich stand auf, bedankte mich und ging zum Flur.

Vor dem Spiegel blieb ich stehen. „Ich rufe Sie dann an, wenn ich etwas habe."

„Bitte nicht anrufen", sagte Grete. „Das Telefon ist nicht sicher. Kommen Sie lieber persönlich vorbei."

„Wieso nicht sicher?" Ich blickte zu Kasimir.

„Mein Neffe sagt mir, das Telefon würde vielleicht abgehört."

„Abgehört? Von wem?", fragte ich Kasimir.

„Von der Polizei? Geheimdienst? Illegalen?"

„Sie wissen genau wie ich, dass die Polizei nicht ohne richterliche Genehmigung abhören kann."

„Ich will meine Tante nicht weiter beunruhigen, aber seit letzter Woche gelten vielleicht neue Regeln."

Er blickte zur Tür.

„Ich bring Sie noch raus. Es ist dunkel auf der Treppe."

Grete sah uns gerührt nach.

Von der Tür begleitete mich Kasimir bis an die Hecke. Hinter ihr stand ein Auto, aufgebockt, ohne Räder. Es schien eher Schrott. Kasimir zeigte auf ein Haus nebenan, halb hinter den Bäumen verdeckt. Da war noch Licht.

„Da wohnt unser Nachbar, der Karpfen. So nennen wir ihn, eigentlich heißt er Polikarp."

„Und was hat der mit dem Telefon zu tun?"

„Weiß ich nicht genau. Aber der Karpfen behauptet, er höre Nachtigallen so gern. Deshalb hat er an seinem Fenster oben, da hinter dem Ast, wo noch Licht ist, ein Richtmikrofon angebracht. – Wissen Sie, was so ein Ding kostet?"

„Keine Ahnung."

„Die sind sündhaft teuer, wenn sie wetterfest sein sollen. Auch nicht leicht zu bekommen. Manche sind nicht einmal für den privaten Gebrauch freigegeben. Polikarp hat früher bei der Interkom gearbeitet."

„Na toll! Man ist seiner eigenen Haut nicht mehr sicher, meinen Sie?", spottete ich.

„Wissen Sie was, geben Sie mir mal Ihre Mail-Adresse, und ich schicke Ihnen ein Programm, mit dem Sie Ihren PC sicherer machen können." Er zog einen kleinen elektronischen Adressenspeicher aus der Brusttasche seines schwarzen Hemdes, und ich buchstabierte ihm meine Adresse.

„Meine Tante mag sie. Sie trinkt sonst nie Bier, geschweige denn zwei."

„Sie war mit meiner Mutter befreundet."

„Ja, sie hat viele Freundinnen und ein fabelhaftes Gedächtnis. – Na ja, wenn Sie mich mal brauchen, hier ist meine Karte."

Ich steckte sie ein, es war zu dunkel, um sie zu entziffern, dankte und schwang mich auf das Rad, das an der Hecke neben dem aufgebockten SAAB lehnte.

Eine Stunde später warf ich meinen Computer an, und da stand die Mail von Kasimir. Er beschrieb, wie ich das beigefügte Programm *Firezone 2* installieren konnte. Er unterschrieb mit Case. Ich folgte den Instruktionen des Installationsprogramms und musste anschließend den PC neu starten.

Das Programm hatte sich mit einem Feuersymbol auf dem Desktop installiert. Ich las die Beschreibung. Das Programm versprach, mich vor Viren und Angriffen aus dem Netz zu schützen. Ich schloss das Programm.

Plötzlich wuchs das Symbol sich zu einem Feuerkreis aus, der sich rasch über den gesamten Desktop ausbreitete. Bevor ich den PC ausschalten konnte, erschien in dem Kreis eine Teufelsfratze mit Hörnern, Spitzbart und langen schwarzen Haaren. Eine Sprechblase legte sich über den Feuerkreis und die folgende Botschaft erschien, Buchstabe nach Buchstabe, als würden sie gerade eingegeben:

„Ihr PC ist total verseucht, Peter! Ausschalten hilft da auch nicht weiter. Am besten ich komme gleich vorbei. Case"

Ich war stocksauer. Es war elf Uhr zwanzig. Ich räumte meine Arbeitsplatte frei. Dann nahm ich die Tapete von der Pinnwand. Zehn Minuten später klingelte es und ich machte auf.

„Nenn mich Case. Kann ich reinkommen?"

Er hatte sich ein schwarzes Cape übergeworfen und sah wirklich wie der Teufel auf der Festplatte aus. Ich ließ ihn ein und nahm ihn mit rauf ins Arbeitszimmer.

Case warf keinen Blick auf die Regale, warf sein Cape über die zusammengerollten Tapeten und setzte sich an meinen PC. Er zog eine Diskette aus seiner schwarzen Lederweste und schob sie ein, ohne mich weiter zu beachten.

„Sollten wir nicht erst mal reden, bevor du dich an meinen Computer machst? Was hat dein Teufel auf meinem Desktop zu schaffen?"

Case schaute überrascht auf, ich hatte ihn aus Gedanken gerissen, die ihn ganz beschäftigten. Aber er drehte sich mit dem Stuhl mir zu. Geduldig erklärte er, dass er das Schutzprogramm frisiert hatte, so dass es ihm eine Rückmeldung schicken würde, wenn es irgendwas auf meiner Festplatte fände. Das Programm hatte ihm nicht nur eine Reihe von Viren, sondern auch ein verstecktes Spionageprogramm PEER gemeldet, über das meine Daten auf dem PC von außen zugänglich gemacht werden. Jedes

Mal wenn ich eine Mail schickte oder ins Netz ging, meldete das Programm beides an eine Adresse im Netz: wem ich schrieb (auch was?) und was ich im Netz recherchierte. Er würde nichts an meinem PC verändern, aber rausfinden, an welche Adresse das Spionageprogramm meine Daten meldete.

Ich nickte wortlos, setzte mich auf die kaputte Bettcouch, auf der früher Tula geschlafen hatte, und schaltete die Leselampe ein. Was hatte ich alles in den letzten zwei Tagen im Netz recherchiert? Wem hatte ich geschrieben?

Case probierte über eine halbe Stunde, die Adresse zu lokalisieren. Vergebens. Endlich drehte er sich um.

„Das ist schweres EIS. Das sind keine Amateure. Mit meiner normalen Software komm ich da nicht rein."

„Was ist ‚EIS'?"

„Sicherheitssoftware, die den Server, der dich ausspäht, gegen Angriffe absichert. Ich kann da rein, aber da brauch ich ganz spezielle Software und mindestens drei Tage."

„Bist du ein Hacker?"

Er sah mich prüfend an, etwa so wie seine Tante.

„Na, was denkst du? – Bist du von der Polizei?"

„Nicht mehr ganz."

„Siehst du, so geht es mir auch. Ich war Hacker, jetzt bin ich es nicht mehr ganz. Aber manchmal helfe ich Leuten damit."

„Warum?"

„Ich will keinen Kies von dir. Sagen wir einfach, das Eis interessiert mich. Wenn wir das PEER entfernen, merken die an dem anderen Ende, dass sie entdeckt worden sind. Willst du das?"

„Was wäre die Alternative?"

„Du suchst für ein paar Tage mal nicht im Netz und schreibst keine Briefe. Zumindest nicht auf deinem PC. Oder machst nur ganz unschuldige Sachen. Ist bei dir kürzlich mal eingebrochen worden?"

„Ja – oh, ich verstehe."

„Das Programm muss persönlich vor Ort installiert werden. Ich konnte den Teufel nur durch PEER bei dir einschleusen.

Und durch mein Programm, das du installiert hast. Installiere nie Software, die du per E-Mail bekommst. Öffne nicht einmal den Anhang, wenn du den Absender nicht kennst. – Was willst du tun?"

„Ich weiß nicht."

Er lächelte zum ersten Mal.

„Meine E-Mail Adresse ist verschlüsselt. Sie kriegen also die Mail, wenn sie sie nicht schon haben. Aber nicht meine Adresse. Am besten wir löschen sie, ohne ins Netz zu gehen, Ok?" Er hatte sich schon umgedreht und fing an zu löschen.

„Wenn du Daten auf dem Rechner hast, die sie nicht sehen sollen, speichere sie besser auf Diskette und lösche sie vom Rechner. Kannst du so etwas?"

„Na hör mal, ich bin doch nicht blöd!"

Es war Mitternacht, wir verabschiedeten uns. Ich würde den PC anlassen, und Case würde von zu Hause versuchen, das PEER auszumachen oder zu verändern. Keine E-Mails mehr von ihm, bis er das Eis geknackt hatte. Der Teufel und der Feuerkreis waren verschwunden, nur das kleine Symbol von „Firezone 2" leuchtete noch auf dem Bildschirm.

Ich zog seine Karte aus der Tasche:

Kasimir Leber
Programmierer
PC – Netzwerke – Internet

Darunter handschriftlich eine seltsam lange Telefonnummer und seine Mail-Adresse. Kein Ort, keine Straße, nur das Firezone-Symbol in schwarz-weiß. Ich ging rauf und rief die Nummer an. Die Verbindung wechselte ein paar Mal die Linie – es knackte jedes Mal – und dann meldete sich Case.

„Ist was, Peter?"

„Wollte nur sehen, ob die Nummer auch funktioniert. Woher weißt du, dass ich es bin?"

„Das sagt mir mein Computer. Diese Nummer haben nicht

viele. Es ist ein Mobiltelefon, das ich immer bei mir habe und das über meinen PC geschaltet wird. Der prüft, ob er den Anruf weiterleitet. Deine Nummer hatte ich schon gespeichert, bevor ich rüber kam."

„Du wirst mir immer unheimlicher. Ich ruf dich nur in Notfällen an. Gute Nacht."

„Gute Nacht. Und lass ihn an. Ich bin schon drin."

17.

Kapp verbrachte die nächsten Tage meist zu Hause. Zum Kegeln ging er nicht mehr. Lukas kam fast jeden Nachmittag vorbei. Es gab für Kapp viel zu lernen. Täglich bis zu sechs Stunden am PC. Langsam gewann er die Kontrolle über die Software und lernte komplexere Suchen im Netz. Erstaunlich, was man da so alles findet. Manches in seinem Archiv war schon überholt.

Case hatte ein oder zweimal vorbei geschaut, die Festplatte ausgewechselt und neue Software aufgespielt. Der PC war jetzt einigermaßen sicher. Er installierte zusätzlich ein Programm, das Kapp mit ihm über eine sichere Leitung verband. Er riet Peter, nichts Wichtiges mehr über E-Mail zu verschicken.

Am Tag darauf erschien er wieder mit Neuigkeiten. Lukas war gerade da. Die alte Festplatte hatte früher Achenwall gehört und nicht alles war erfolgreich gelöscht worden. Achenwall hatte die wichtigsten Schlüssel für seine INPOL-Abfragen auf dem PC gespeichert. Das würde Case bei eigenen Abfragen helfen. An einem der nächsten Abende würde er ihn ins Hacken einführen. Kapp wollte immer noch ins SIS und nach Lucky schauen. Kasimir meinte, das sei kein Problem, das System sei veraltet und bei INPOL, wenn nötig, käme er jetzt spielend rein. Andererseits ging es nicht weiter mit der Adresse, die Kapps Daten am PC ausspionierte.

„Das sind Profis. Vielleicht ein Geheimdienst. Aber die kriege ich noch, verlass dich drauf."

Lukas blickte bewundernd zu Leber auf.

Die Presse hatte aufgehört, über die Erschießung von Ibrahim B. auf der Turnerstraße zu berichten. Kapp bestellte die *OZ* einfach ab. Er erhielt dafür seltsame Post vom Armanenorden. *Irminsul* hieß ihr Blatt und enthielt eine Aufforderung zu abonnieren. Irgendeine neuheidnische Gruppe mit rechtslastigen Thesen. Kapp recherchierte über diese Leute kurz im Netz und warf das Heftchen weg.

Es war ein heißer Freitag. Kapp nahm den Zug um 14 Uhr nach Berlin, ohne Umsteigen in Hannover. Er saß am Fenster. Die Sonne brannte durchs Fenster; er sah Industriehallen und die Hase an sich vorbei rauschen. Sein Kopf fiel mehrfach hinunter, während sie Brücken unterkreuzten. Als der Zug die Porta Westfalica passierte, schlief er längst. Der Schaffner weckte ihn kurz vor Minden zur Fahrkartenkontrolle.

„Sagen Sie mal, kennen wir uns nicht irgendwoher, höh?"

„Mensch, Horst, was machst du denn hier? Träume ich oder bist du Schaffner geworden?"

„Du weißt ja, das Leben in vollen Zügen genießen. Wie lange ist das her?"

Die beiden waren zusammen zur Grundschule gegangen, die Väter kannten sich. Horst Krämer wohnte immer noch in Berlin; er lud Peter K. nach Feierabend auf ein Bierchen ein. Sie verabredeten sich um acht Uhr am Bahnhof Zoo. Horst musste weiter, er war im Dienst.

Kapp zog sein Buch von Nietzsche heraus und las bis Berlin ohne Unterbrechung. Am Bahnhof Zoo nahm er den Bus bis Alexanderplatz, um Berlin von oben zu sehen, stieg dann in die U-Bahn bis Samariterstraße. Zielstrebig ging er zur Kirche hoch, bog rechts ab und klingelte an dem gelben Haus hinter der Kurve. Niemand öffnete. Nach mehrmaligem Läuten öffnete eine Nachbarin das Fenster.

„Frau Stamo ist nicht da. Ist verreist. Sind Sie Herr Kapp?"

„Ja, wieso?"

„Sie hat für Sie ein Päckchen hinterlassen, das ich Ihnen geben soll. Sie kommt erst in zehn Tagen zurück. Sie hat Urlaub. Warten Sie einen Augenblick, ich mache Ihnen auf."

Sie kam mit einem Päckchen in der Hand an die Tür. Lore Stamo hatte ihn schon letzte Woche erwartet, aber es war wohl was dazwischen gekommen. Eine Frau Leber hatte angerufen und ihr erzählt, dass Herr Kapp nach Berlin kommen würde, um etwas über eine Familiengeschichte herauszufinden. In dem Päckchen seien Papiere seiner Eltern, die im Keller aufgetaucht waren. Sie gehörten ihm. Kapp dankte und verabschiedete sich.

Er setzte sich vor die Dönerstube an der Kirche und aß. Die Sonne brannte immer noch. Er trank ein Bier aus der Flasche, wischte sich die Hände ab und öffnete das Päckchen.

Oben auf lag ein Zettel von Lore, die kurz erklärte, sie sei ein paar Tage mit einer Freundin nach Rügen gefahren. Das nächste Mal, wenn er nach Berlin komme, solle er sich doch etwas früher anmelden. Darunter Briefe seiner Eltern, vergilbte Handzettel, ein alter Pass und drei Schulhefte seines Vaters. Die Handschrift war schwer zu entziffern. Er blätterte kurz und packte alles wieder ein.

Der türkische Bäcker kannte jemanden um die Ecke, der vermietete ein Zimmer für fünfzehn Mark. Das Zimmer ging zum Hinterhof raus, Parterre, ziemlich dunkel, aber sauber. Kapp bezahlte und wusch sich, sobald er allein war, das Gesicht. Als er ging, ließ er seinen Rollkoffer nebst Päckchen im Zimmer. Es blieben noch ein paar Stunden Zeit bis zum Treffen mit Horst.

Er schlenderte die Samariterstraße runter, kam an einem besetzten Haus vorbei, dessen Fenster im Parterre dick mit Plakaten und Flugblättern beklebt waren. Antifaschismus, Parties, Konzerte. Jemand in Schwarz saß auf dem Bürgersteig und redete mit sich selbst. Ein Passant hatte *TNC* über die Plakate gesprüht. Gegenüber lag ein Laden, der Spraydosen verkaufte.

Kapp erhielt von einem Mädchen im Eingang zur U-Bahn ein gebrauchtes Tagesticket. Es war viertel nach sechs.

Er fuhr zur Ringbahn und stieg in Schöneberg aus. Die Wohnung in der Eisenacher Straße war neu vermietet, kaum einer erinnerte sich an Elisabeth Leber. Die Mieterhöhungen hatten all die älteren Bewohner vertrieben. Und ihr Sohn war nach Neukölln gezogen. Frau Stoltz zeigte ihm den Keller. Den hatte sie leer übernommen. Von einem Koffer wusste sie nichts.

Das Telefonverzeichnis enthielt zu viele Lebers, um eine weitere Spur zu eröffnen. Blieb nur das Altersheim.

Er nahm er die Straßenbahn zur Eberswalder Straße. Von der Haltestelle waren es nur hundert Meter.

Im Heim erinnerte man sich an Elisabeth Leber. Sie war ein liebenswerter Gast gewesen, man zeigte ihm ihr ehemaliges Zimmer im ersten Stock. Schwester Agnes erinnerte sich sogar an die Besuche von Kasimir, die Beziehung zwischen Mutter und Sohn war zuletzt sehr eng geworden.

Sie führten auch eine Art Gästebuch, in dem die zu verständigenden Verwandten und Bekannten ihre Anschrift hinterlegen konnten. Tatsächlich stand etwas weiter unter Kasimirs Adresse in der Eisenacher Straße folgender Eintrag:

„Im Falle des Ablebens von Frau E. Leber bitte Nachricht an: Otto Forzeny, Tel. 030-4286 ****."

Frau Leber war hier verstorben, der Sohn hatte ihre Habseligkeiten mitgenommen. Niemand sonst war gekommen. Herr Forzeny war ganz sicher angerufen worden.

Kapp trug sich ins Gästebuch ein, hinterließ seine Telefonnummer in Osnabrück und bezog sich auf Frau Leber. Schwester Agnes begleitete ihn bis an die Tür.

Vor der Haltestelle gab es ein öffentliches Telefon, doch niemand antwortete unter der Forzeny-Nummer. Sie stand auch nicht im Telefonbuch. Es wurde langsam Zeit für das Treffen mit Horst. Kapp fuhr zum Bahnhof Zoo. Dort überflog er die Schlagzeilen des Tages.

Endlich war es so weit. Kapp kreuzte rüber zu MacDonald, wo er sich mit Horst verabredet hatte.

Der stand schon da und lotste ihn am Bahnstrang entlang zur Schleuse, wo sie im Biergarten einen Tisch mit Schirm fanden.

Kapp erläuterte kurz seine Situation. „Mensch, Peter, was machst du für Sachen!"

„Gar nichts mach ich. Der Junge ist einfach ausgerastet."

„Wenn es das mal nur ist. Vielleicht hat er ja was gegen Ausländer."

„Wie kommst du denn darauf?"

„Na ja, hier in Berlin haben wir jede Menge von Rechtsradikalen. Auch bei der Polizei. Von Sachsen wollen wir gar nicht erst reden. Habt ihr in Niedersachsen denn keine Probleme damit?"

„In Hannover schon, aber in Osnabrück haben wir davon bisher noch nicht viel gespürt."

„Euer LKA ist ja eher eine Lachnummer. Pass nur auf, ihr kriegt das auch noch."

Horst Krämer schilderte ihm kurz seine Familienverhältnisse: Frau, zwei Kinder im jugendlichen Alter. Und sein Vater lebte noch hoch betagt, etwas pflegebedürftig, und Horst machte zweimal wöchentlich einen Besuch bei ihm. Geistig sei er noch ganz helle, und er könne sich auch noch gut an Peters Vater erinnern, an die Zeit in Russland.

„Morgen fahre ich raus zu ihm. Willst du nicht mitkommen? Er wird sich freuen. Du hast ja eh nichts zu tun."

Kapp sagte zu. Er erwähnte den Auftrag von Frau Leber.

Sie bestellten noch zwei Halbe und wendeten sich der Gegenwart zu: der Regierung, dem kommenden Euro, dem internationalen Terrorismus. Krämer beschrieb die neuen Sicherheitsmaßnahmen an Bahnhöfen und in den Zügen, die kommende Videoüberwachung und den Bundesgrenzschutz. Kapp berichtete über die neuen Computerprogramme bei der Polizei, die die alten ablösen sollten, aber nicht recht funktionierten.

Beim dritten Bier begannen beide über das Internet zu diskutieren, seine Chancen und Gefahren, und bald waren sie bei Kinderpornografie und Jugendgewalt.

Gegen zehn Uhr trennten sie sich nach einer Verabredung für den nächsten Tag um neun am Ostkreuz. Krämer lebte in Lichtenfelde.

Kapp war noch nicht müde. Er wechselte mehrfach Bus, S-Bahn und U-Bahn. Dabei verpasste er die Samariterstraße und lief eine Station zurück. Vietnamesen am Eingang, die ganz öffentlich Zigaretten anboten. Schmuggelware. Die Kollegen hier besserten wohl ihr Gehalt auf, und die Bandenkriege waren vorbei. Überall gab es offene Getränkeläden, Jugendliche liefen die Straße hinunter mit offenen Bierflaschen in der Hand. Einer trug ein T-Shirt mit der Aufschrift „Christian Front Hardcore United". Der Name machte keinen Sinn. Kapp kaufte sich auch eine Flasche, ließ sie sich öffnen und folgte ihnen in Richtung Samariterkirche. Durch ein mit Ketten versperrtes Lager-Tor klangen Partygeräusche. Ein zusammengetretenes Fahrrad lag auf dem Gehweg. Kapp torkelte etwas.

Er setzte sich auf die knollige Wurzel der Trauerweide am Spielplatz hinter der Kirche und leerte den Rest der Flasche. Hier war alles still. Die Wohnung seiner Ex-Frau blieb dunkel. Es fing wieder an zu nieseln.

Fern leuchtete ein später Getränkemarkt.

Er stellte die leere Bierflasche vorsichtig unter den Abfallkorb an der Parkbank und ging auf sein Zimmer.

Kapp erwachte früh. Ein langer Blick in den Spiegel löste Grimassen aus. Er rasierte sich kalt, zog sich ein frisches Hemd an, etwas verknittert und warf einen Blick in die Kiste. Er griff sich ein Heft und blätterte. Im dritten Heft seines Vaters fand er einen Streuzettel, etwas vergilbt mit dem Text:

.

BERLINER ZUM KAMPF!
Rettet was uns noch verbleibt!
Rettet Berlin. Tod den Hitlerbanditen!
Unser das Leben, unser die Zukunft!

Er steckte den Zettel und das Heft in seine Jackentasche.

Draußen war es nasskalt, und Kapp ging auf einen Kaffee in die alte Eckkneipe seines Vaters am Ende der Samariterstraße.

Am Tresen stand eine Frau im Morgenmantel mit Kind auf dem Arm und schenkte Kaffee und Bier aus. Sie sah aus wie ein Mädchen aus seiner Grundschule, Kapp war sich aber nicht sicher. Eher sah die Zweijährige auf ihrem Arme dem Mädchen von damals ähnlich. Zwei übernächtigte Zecher saßen stumm an der Theke. Er aß eine weiche Schrippe mit Käse zum Kaffee, eine kalte Bulette hinterher.

Ein erneuter Anruf bei der Nummer von Forzeny blieb ohne Antwort.

Er nahm die Brücke über den ehemaligen Schlachthof zur S-Bahn, löste eine Tageskarte und fuhr zum Ostkreuz.

Krämer kam zehn Minuten zu spät, etwas mürrisch. Er schleppte einen schweren Koffer mit sich.

„Bettwäsche", sagte er.

Zusammen nahmen sie den Zug nach Grünau und schauten aus den Fenstern in die Schrebergärten.

In Grünau stiegen sie in die Straßenbahn, die nach einer kurzen Strecke in einen Wald abbog bis hin zur Regattastrecke, dann am Wasser entlang, am Strandbad vorbei, bis zur Haltestelle am Lübbenauer Weg. Das kleine Haus lag hinter hohen Fichten und einigen toten Birken. Krämer öffnete mit einem Schlüssel und ging voran.

Sein Vater saß in einem Sessel mit Blick auf die Straßenbahn. Er hielt eine Decke über den Knien und hatte sie kommen sehen. Hinter ihm hing das Bild einer Zigeunerin, deren Gesicht halb in Rot und halb in Grün gemalt war. Er wackelte leicht mit dem Kopf wie ein Chinese aus Porzellan, als er zu sprechen anfing.

„Wen hast du denn da mitgebracht?"

„Das ist der Sohn von Pauli. Er ist aus Osnabrück zu Besuch in Berlin, und ich dachte, ich bringe ihn mal vorbei."

„Pauli? Pawel Kapp? – Du musst Peter sein."

„Ja, guten Tag. Wie geht es Ihnen?"

„Na du siehst ja, wie soll es schon gehen, man wird halt alt."

„Wie alt?"

„Ich bin jetzt zweiundachtzig."

Horst machte sich inzwischen am Koffer zu schaffen, packte das Bettzeug ins Zimmer nebenan.

„Setz dich, mein Sohn. Was führt dich nach Berlin?"

Kapp erzählte ihm vom Auftrag der Frau Leber. Er zog das Foto von Werner Leber und Otto Forzeny heraus.

„Kennen Sie einen der beiden?"

Er nahm sich Zeit. „Nein, nie gesehen."

„Otto hat damals vielleicht in Neukölln gelebt. Vielleicht kennt ihn da noch jemand. Das Foto stammt aus der Gegend von Kursk."

Sein Kopf begann wieder zu wackeln.

„Es gibt alte Kameradschaften von Kursk-Kämpfern, vielleicht findest du dort was zu Otto. Eine gab es in Celle."

„Celle?"

„Ich kann mich noch gut an deinen Vater erinnern."

„Erzählen Sie mir etwas von ihm. Irgendetwas, bitte."

„Von Kursk? Von der Panzerschlacht?"

„Ja."

„Horst, leg eine der russischen Platten auf!"

„Welche?"

„Ist egal. Hört nur gut zu!"

Es war eine Tanzweise, gespielt auf einer Geige und einem Akkordeon. Sie begann ganz langsam, wurde dann schneller und steigerte sich zu einem furiosen Finale, um dann wieder ganz langsam einzusetzen.

An der passenden Stelle wackelte der Alte heftiger mit dem Kopf und rief „Schneller! Schneller!"

Horst ging in die Küche.

„Mach uns einen Kaffee!", rief sein Vater ihm nach.

„Also von Kursk. Dein Vater war bei den Partisanen, das weißt Du?"

„Ja."

„Er war bei den Minenlegern. Also er war auf Panzerdraisinen spezialisiert, hat er mir erzählt. Der Nachschub kam auf Zügen, und vor der Lok schoben sie immer eine Panzerdraisine her. Um die Minen abzufangen. Dein Vater baute spezielle Minen, die Draisine und Lok hochnahmen. Er war sehr beliebt deswegen.

Orel war ein wichtiger Knotenpunkt. Sein Trupp war auf die Linie von Brjansk nach Konotop spezialisiert. Sie lebten die meiste Zeit im Wald, einem Birkenwald bei Shisdra, hat er mir erzählt. Das muss 1943 gewesen sein.

Einmal waren sie alle in Smolenskoje, einem sicheren Dorf, um frische Nahrungsmittel zu holen. Es gab einen Zwischenfall auf der Dorfstraße. Die Bauern hatten sich einen Juden vorgenommen, einen Händler, der hatte einen kleinen Hund mitgehen lassen. Die Bauern wollten ihn erschlagen, da ist dein Vater dazwischen gegangen und hat ihm das Leben gerettet. Das hat er oft erzählt, und ich war damals tief beeindruckt. Obwohl, viel Mut gehörte nicht dazu, die Bauern waren unbewaffnet. Es waren harte Zeiten für alle damals. Der Mann wollte den Hund wahrscheinlich essen."

Kapp zog den Streuzettel heraus. „Können Sie damit was anfangen?"

„Die zirkulierten bei Kriegsende in Berlin, unmittelbar bevor die Russen und dein Vater nach Berlin kamen. Ich glaube, die kamen von den Kommunisten. Wo hast du das denn her?"

„Mein Vater hat es aufgehoben. Ich habe auch noch alte Briefe von ihm, die ich aber noch nicht gelesen habe."

„Die musst du mir vorlesen, wenn etwas über Berlin drinsteht. Damals hat er ja deine Mutter hier kennen gelernt. Dann musste er zurück nach Russland. Und dann kam er endgültig nach Berlin und blieb hier. Im Osten. Im Mai haben sie dann geheiratet. Ich war Trauzeuge. Deine Mutter war eine Trümmerfrau, ein bildhübsches Mädel. Der Pawel war ein Bär dagegen."

„Er ist viel zu früh gestorben. Ich war damals zu jung, um zuzuhören."

„Sie wohnten in Friedrichshain."

„Na ja, wir zogen andauernd um."

„Wie dein Vater zu sagen pflegte: 'Die Schnecke baut sich kein Haus, es wächst ihr aus dem Körper'."

Ich zuckte mit dem Schultern.

„Muss ich mir merken."

„Möchtest du einen Jägermeister zum Abschied?", fragte der Alte.

Kapp lehnte dankend ab und verabschiedete sich.

Vor der Tür schaute Horst Kapp kurz sorgenvoll ins Gesicht.

„Er ist halt etwas seltsam geworden. Sein einziger Freund, ein Getränkeladen-Besitzer besucht ihn am Wochenende, bringt eine Ladung Alkohol mit. Sie hören Musik und trinken. Sonst ist es sehr einsam um ihn, aber er will nicht aus dem Haus."

„Kann man ja gut verstehen. Du solltest mehr mit ihm reden."

Horst verabschiedete sich an der Haltestelle. Kapp wollte noch die Stätten seiner Kindheit besuchen und ein paar Stationen zurücklaufen. Sie versprachen sich bald ein neues Treffen.

Das Strandbad war geschlossen. Am Zaun hing eine Einladung zum „Inselfest." Die Badestellen waren unverändert, die Bäume etwas höher als früher. Ein paar Angler saßen auf umgestürzten Bäumen. Durch den Zaun schaute er über den Langen See. Es wurde kühl, und er hörte die nächste Straßenbahn hinter sich.

„Schöne Gegend hier", sagte er zu seinem Nachbarn in der Tram.

„Wenn Sie Laubenpieper mögen."

Abends beschloss er, einmal um Berlin zu fahren im Uhrzeigersinn. Hinter dem Ostkreuz kamen zwei Männer durch die Tür der Ringbahn. „Wir singen Ihnen ein Lied aus dem wunderschönen ukrainischen Land. Die Ukraine liegt zwischen Russland und ..." Der Zug fuhr an, und der mit der Gitarre begann zu singen. Er sang herzzerreißend, und an bestimmten Stellen sang der zweite mit. Peter kannte die Melodie irgendwoher, konnte sich aber nicht mehr erinnern. Er gab ihnen eine Münze und fragte sie nach dem Titel. Das Lied hieß „Untergehen wie die Sonne." Sie stiegen aus.

Ein blaues Allianz-Gebäude, graue Werkstätten und Gleisanlagen, der Flughafen Tempelhof, die roten Augen des Tankgerüstes bei Schöneberg, Helle am Funkturm, gelbe Lichter im Kanal. Und überall das Blau-Weiß-Gelb der Tankstellen.

Bei Gesundbrunnen war Schluss. Sie hatten den Ring um

Berlin noch nicht wieder geschlossen. Er nahm den nächsten Zug zurück. Ein Bus fuhr unter der Brücke durch. Er trug die Aufschrift „Heiter kommt weiter." Ab da wurde es wieder vertrauter: Alleen, Grafitti, enge Hinterhöfe und beleuchtete Straßenbahnen.

An der Storkower Straße stieg er aus, ging über die Brücke in den langen Tunnel, der über die Schlachthöfe führte. Er fand in einer Nebenstraße ein kleines Antiquariat und stöberte eine Zeitlang in den Büchern. Ein vergilbtes Abkürzungslexikon enthielt den Eintrag „top dead center." Klang wie ein Krimi. Er las in einem Buch aus DDR-Zeiten über braune Netzwerke unter Juristen in Kiel und Celle. Es war voller Namen. Er kaufte es.

Ein erneuter Anruf bei Forzeny brachte einen kleinen Erfolg. Forzeny lebte nicht mehr dort, er war vor zwei Jahren nach Niedersachsen gezogen in die Nähe von Hannover, ohne eine Adresse zu hinterlassen.

„Können Sie sich noch an die Stadt erinnern, in die er gezogen ist?"

Die Frau zögerte einen Augenblick. Dann sagte sie: „Ich glaube es war Nienburg oder ein noch kleinerer Ort in der Nähe von Nienburg. Ich kann mich aber auch irren, es ist so lange her. Am Anfang kamen viele Anrufe für ihn, dann habe ich seine neue Nummer weggeschmissen. Tut mir leid."

Peter dankte und legte auf.

Die Post hatte keine Telefonbücher aus Niedersachsen, aber der Afrikaner im Internet-Cafe nebenan verhalf ihm zu einem Online-Verzeichnis: Es gab keinen Otto Forzeny in Nienburg, Minden oder Stolzenau. Als er den Namen in die allgemeine Suchmaske eingab, kam kein Eintrag.

Die Suchmaschine fragte: „Meinten Sie ‚Otto Skorzeny'?"

Auf der Frankfurter Allee kaufte Peter eine frankierte Postkarte vom Fernsehturm und adressierte sie an Sonja im *Pigalle*, Hannover. Der Text war ein Satz, den er im Antiquariat in einem Kurzgeschichtenband gelesen hatte:

„Der Gedanke, mir helfen zu wollen, ist eine Krankheit und muss im Bett geheilt werden."

Auf der Rückfahrt mit dem Zug fing er an, zum fünften Mal die Geschichte mit der Turnerstraße aufzuzeichnen.

18.

Ich schlief bis Montagmorgen durch. Es war spät geworden mit Heiko und Franz in der X-Bar.

Jemand hatte während meiner Abwesenheit mit silbergrauer Farbe auf die Tür an der Veranda gesprüht: „Ein ungebetener Gast ist schlimmer als ein Tatar." Ich brauchte zwei Stunden, das Zeug wieder runter zu bekommen.

Tina streikte seit Wochen wegen einer Bemerkung, die ich über die Einbrüche gemacht hatte.

Ich brühte mir einen Kaffee und öffnete die Post. Rechnungen. Eine Postkarte aus Kuba mit einem Glückwunsch zum Geburtstag. Eine Einladung der Irminsul-Stiftung zu einem Wochenende nordischer Sammlung in Bremen. Die Stadtwerke wollen Wartungsarbeiten an dem Gaszähler in der Küche durchführen. Das RE-Watt Kartell erhöhte zum Jahresende wieder die Strompreise.

Dann der Brief aus Hannover mit der Aufforderung, einen weiteren ausführlicheren Bericht über den Vorfall auf der Turnerstraße anzufertigen, darin auch alles, was mir bei der Ausbildung von Schell vorher aufgefallen war.

Jemand hatte dreimal angerufen, aber nichts auf den AB gesprochen, sondern wieder aufgehängt.

Ich rief in Hannover an. Sonja war seit Tagen nicht mehr aufgetaucht. Kein Mensch wusste, wo sie steckte. Ich fragte nach Nikki. Die hatte bei einem Kunden einen hysterischen Anfall bekommen und war sofort ins dortige Landeskrankenhaus eingeliefert worden. Sie habe Hausverbot und komme nicht mehr zurück. Ich verabredete einen Termin mit den Stadtwerken für den nächsten Tag.

Kurz darauf rief Hermann Schell an. Er fragte nach, ob wir uns nicht treffen könnten. Auch er war aufgefordert worden, einen weiteren ausführlichen Bericht zu schreiben. Ich lehnte ab, das sei keine gute Idee. Hannover könne uns vorhalten, die beiden Berichte aufeinander abgestimmt zu haben. Und ich beruhigte ihn, ich würde mich in der Beurteilung seiner Ausbildung zurückhalten. Er schien erleichtert und hängt kurz danach auf.

Ein Disziplinarverfahren konnte frühestens im Dezember eröffnet werden. Wenn überhaupt.

Dann kam Lukas auf seinem silbernen Hermes-Rad vorbei. Er hatte eine Nachricht von Case dabei.

„Was machst du denn mit der Sprühdose auf deinem Gepäckträger?"

„Hat mir Case geschenkt."

„Hm. Mach mir keinen Unsinn damit, hörst du?"

Case wollte sich mit mir auf ein Eis treffen. Um elf.

Eine Stunde später saßen wir bei Fontana in der Bierstraße. Die Sonne schien, aber drinnen in der Ecke hinter dem Tresen konnten wir ungestört reden.

Case hatte zwei neue Spuren entdeckt. Der Eintrag zu Lucky im SIS enthielt eine Unmenge von italienischen und französischen Vereinen, denen er angehört hatte. Auch einen verschlüsselten Hinweis auf Brüssel. Entweder Lucky liebte Vereine oder er nutzte sie als Deckadressen. Dann kam der Hammer.

Das LKA hatte eine Akte über mich angelegt. Darin stand der Verdacht, ich gehöre zu einem Kinderpornografie-Ring. Überwachung wurde empfohlen. Das PEER kam von dort. Case konnte die Akte wahrscheinlich löschen, aber das würde nur noch mehr auffallen. Er schob mir eine Diskette über den Tisch.

„Da steht alles drin. Besser nicht auf deinem Computer speichern. Du wirst weiter überwacht, und ich kann nicht mehr garantieren, dass deine Festplatte dicht bleibt. Vielleicht gibt es sogar eine versteckte Kamera irgendwo im Haus. Du musst vorsichtig sein. Selbst unsere Telefonleitung ist nicht mehr sicher."

Ich musste an die Horst und seinen Ausdruck „Lachnummer" denken. Dies klang gar nicht komisch.

„Es steht auch ein Vermerk darin, dass du ein auffälliges Interesse an Geheimdienstfragen und Terrorismus hast. Was soll das denn heißen?"

„Ich weiß nicht. Die müssen in meinem Archiv gewühlt haben. Vielleicht die Gehlen-Akte. Und seit der Sache mit dem Mord an der Raststätte haben die mich ganz besonders im Visier."

Ich erzählte ihm von dem Einbruch und den fehlenden Unterlagen.

„Da hast du deiner Tina aber Unrecht getan."

Ich blieb stumm.

„Noch was, dein Hamlet – wie hieß er noch?"

„Reinhold Kannegießer."

„Also doch. Der steht im NADIS. Alles eher harmlos. War mal beim SDS. Sein Ausleihverhalten in der Bibliothek, seine Arbeit im Staatsarchiv, seine Liste von Jobs. Hat eine Zeitlang für einen Werkschutz bei einer Spedition in Münster gearbeitet."

„Welcher?"

„Stand nicht drin. Ich kann ja noch mal rumschauen, wenn dich das interessiert."

Case machte mit mir ein Codewort aus für Anrufe und weitere Treffs. Wenn er einen Satz mit „So." beendete war der gelogen. Dann schob er mir ein gebrauchtes Taschenbuch über den Tisch.

„Das ist die Hackerbibel. Für dich. Zum Geburtstag. Herzlichen Glückwunsch!"

„Danke. Ich brauche etwas Zeit zum Nachdenken. Ich melde mich bald wieder", sagte ich beim Abschied.

Zurück zu Hause setzte ich mich auf die Terrasse hinter der Küche und blätterte in der Hackerfibel. Ich verstand kaum die Hälfte. Ich ging hoch und nahm die Hefte meines Vaters heraus.

Vater kam aus Bolchow, hieß Karpatschow. Er hatte immer behauptet, die Kapps seien aus Deutschland ausgewandert, sein Urgroßvater sei Amtsschreiber im Teutoburger Wald gewesen. Wahrscheinlich eine Erfindung von ihm.

Ich machte mir einen Kaffee und setzte mich wieder auf die Terrasse.

Das erste Heft mit Vaters schwerer Handschrift – etwas kindlich – enthielt Aufzeichnungen über seine Zeit im Krieg. Ich fing an zu lesen. Pawel hatte auf den Innendeckel des Heftes etwas gezeichnet: den Kursker Bogen. Die Einleitung erklärte die Frontlinie im Frühjahr 1943. Die Rote Armee hatte Kursk zurückerobert, war aber im Norden und Süden von deutschen Panzerverbänden bedroht. Beide Seiten füllten ihre Divisionen auf zur Entscheidungsschlacht im Sommer.

Pawel hielt sich in der Nähe von Bolchow versteckt. Er hatte sich den Partisanen angeschlossen. Das bedeutete zunächst viele nächtliche Wanderungen durch die Wälder und Schluchten der Gegend zum Auskundschaften feindlicher Truppenbewegungen. Es war klar, dass die Deutschen ihre Panzer südlich von Orel konzentrierten zum Vorstoß auf Kursk. Es waren viele neue Panzer vom Typ Tiger und Panther dabei. Auch eine neue Lafette namens Ferdinand spielte offensichtlich eine große Rolle. Sie merkten sich alles.

Pawel bewegte sich in einer kleinen Gruppe von jungen Männern, die sich seit ihrer Schulzeit aus Bolchow kannten. Sie waren meist unbewaffnet, trafen sich aber regelmäßig an wechselnden Orten mit bewaffneten Gruppen, darunter Jugendliche, nicht älter als achtzehn, mit Maschinenpistolen. Sie durften nichts aufschreiben, Zahlen und Panzertypen mussten auswendig gelernt und mündlich berichtet werden. Der lokale Partisanenführer hieß Kutosow und kam aus Shisdra. Hier ein kleiner Auszug:

Es war 3:00 morgens. Wir sammelten uns bei Spasskoje im Wald. Am Tage vorher waren zehn neue Focke-Wulfs 190 A und noch mal zehn Heinkel 129 in Orjol eingetroffen. Eine Gruppe war an der Suscha geschnappt worden. Die SS hatte die drei von ihnen zur Abschreckung am Dorfeingang aufgehängt, darunter einen Jungen von zwölf Jahren. Es gab mehrere SS-Divisionen bei Orjol und jeder, der sich in der Nähe der Flugbahn oder der Panzer aufhielt, wurde sofort verhaftet. Kutosow schilderte in kurzen Worten die Lage. Außer seiner Stimme war nichts zu hören. Wir hatten Posten aufgestellt. Dann die Aufgaben für die nächste Woche. Ich sollte mit Igor und Wassilij die Straße von Orjol nach Bolchow überwachen, jede Truppenbewegung melden, unser Kontakt war ein Bauer an der Oka. Wir hatten striktes Rauchverbot, aber die Bauern gaben uns etwas Brot, Kartoffeln und Wodka. Wir lagen nach der Besprechung in kleinen Gruppen zusammen, aßen, tranken und unterhielten uns im Flüsterton. Ich erinnere mich an das Mondlicht; es fiel schräg durch die Birken ein und spiegelte sich hier und da an einer Biegung des Baches, an dem wir lagen. Um 5:00 Uhr morgens trennten wir uns in kurzen Abständen voneinander. Es war das erste Mal, dass ich Kutosow gesehen hatte. Aber bei Tageslicht hätte ich ihn nicht wiedererkannt. Was wohl aus ihm geworden ist?

Die Sonne wanderte von der Terrasse weg. Ich legte die Hefte zusammen und brachte sie nach oben ins Schlafzimmer. Mein Vater hatte ein gutes Gedächtnis. Ich packte mir ein paar Stullen und zwei Kartons Apfelsaft ein. In meine Aktentasche steckte ich die Broschüre vom Augustaschacht und Reinholds Schrift gegen den Philosophen.

Ich radelte zur Kläranlage hinunter und nahm den Hase-Ufer-Weg. Es war ein wunderschöner Herbstnachmittag. Ich machte Rast an den Teichen und nahm mir die dickere Schrift vor. Es gelang mir nicht zu verstehen, was auf den ersten drei Seiten stand. Irgendwie hatte das alles mit Freud und Marx zu tun, mit Gespenstern und mit Spuren, die ins Unendliche liefen. So als ob man einen Fall nie abschließen könnte. Nietzsche kam auch vor.

Nur ein Satz machte Sinn für mich: „Mensch, es spukt in deinem Kopf."

Das klang wie ein Satz von Hartmut.

Ich schüttete etwas Saft in meinen Metallbecher. Eine Gruppe von fünf englischen Soldaten in violetten Trikots, am Haarschnitt leicht zu erkennen, trabte in Formation hinter meinem Rücken in Richtung Ruderclub. Sie grüßten freundlich mit „Hallo." Sie wirkten verloren.

Nach einem weiteren Becher schwang ich mich aufs Rad und folgte den Soldaten. An der Schleuse überquerte ich die Hase und schaute wieder auf die beiden Schleusenhäuser. Der Grill stand noch im Garten. In der Ferne wateten zwei Jungen vorsichtig ins Wasser. Leider hatte ich nie Schwimmen gelernt.

An der alten Eiche machte ich einen neuen Versuch mit den Gespenstern. Dort öffnete ich mein erstes Stullenpaket und blätterte schnell durch die Schrift. Es wurde nicht besser, eher schlimmer. Irgendwie ging es auch um den Tod als Grenzwert. Kein Wunder, dass Reinhold sein Studium nie abgeschlossen hatte.

Traurig steckte ich die Kopie wieder in die Tasche, nahm noch einen Schluck Apfelsaft und radelte weiter bis zur Eversburg, überquerte dort Hase und Kanal in Richtung Piesberg. Bald stand ich zwischen der Kiesfabrik und dem alten Steinbruch. Ich stieg ab und schob das Rad den Schwarzen Weg hinauf. An einer sonnigen Stelle mit Blick hinunter mache ich mir mein Lager. Es ging schon auf halb vier zu, und ich hatte noch immer Hunger. Ich aß einen Apfel und zog die kleinere Broschüre über den Augustaschacht hervor. Sie hatte etwas unter den Stullen gelitten, war dafür auch nur acht Seiten lang.

Ich faltete die Jacke zum Kopfkisten und fing an zu lesen. Kein Vergleich mit der Streitschrift. Alles war sehr klar und einfach geschrieben.

Während des Zweiten Weltkriegs hatten einige Betriebe in Osnabrück ihre Produktion auf Rüstung umgestellt. Das Stahlwerk von Glockner lieferte u. a. Munitionshülsen. Sehr bald mussten die eingezogenen Arbeiter durch Zwangsarbeiter ersetzt werden. Die meisten davon hießen „Ostarbeiter", ca. 63 %. Unter den fünf Millionen ausländischen Arbeitskräften insgesamt gab es viele Kriegsgefangene. Da nicht alle Zwangsarbeiter unbedingt die Rüstungsindustrie unterstützen wollten, richtete das Reichsarbeitsministerium so genannte Arbeitserziehungslager ein für Widerspenstige. Viele dieser AELs gehörten zu Firmen, die Einweisung erfolgte durch die Gestapo. In Ohrbeck und GM Hütte befand sich so ein Lager. Im so genannten Augustaschacht des Eisenhüttenwerks von Glockner waren viele dieser Häftlinge untergebracht. Die Gestapo versorgte bevorzugt kriegswichtige Betriebe wie Stahl- und Kohlewerke.

Auch am Piesberg arbeiteten bis zum Kriegsende über 2000 Gefangene. Schwerstarbeit bei Wassersuppe und Brot. In den Kiesgruben und Steinbrüchen. Andere Arbeiter wurden an Privatleute vermietet. Wer hier noch Widerstand leistete oder sein Soll nicht erfüllte, wurde direkt ins KZ Neuengamme eingeliefert. Die meisten überlebten das nicht. Auf dem Heger Friedhof liegen mindestens 57 der russischen Opfer begraben.

Ich wischte mir den Schweiß von der Stirn und öffnete einen neuen Karton. Ich suchte nach einem Verfasser. Die Schrift war von einer studentischen Gruppe zusammen mit Historikern erarbeitet worden. Die Nachforschungen der Gruppe liefen noch. Gegen Ende kamen die Vertreibung und Vernichtung der Juden in Osnabrück zur Sprache, angefangen von den Enteignung der jüdischen Läden in der Hasestraße und im Zentrum, von der Zerstörung der Synagoge am Heger-Tor-Wall bis hin zur Sammelstelle in der Turnhalle am Pottgraben, schließlich zur Deportation und Vernichtung in Auschwitz. Eher nebenbei wurde erwähnt, dass auch der Hafen dabei eine Rolle gespielt hatte. Hier liefen bereits 1942 Schiffe mit Möbeln vertriebener Juden aus Holland, Belgien und Frankreich ein, und die Versteigerung der Sachen erfolgte direkt an der Anlegestelle. Laut der Gruppe gab es sicher noch Gegenstände in Osnabrücker Haushalten, die aus diesen Versteigerungen stammten. An einer anderen Stelle wurde erwähnt, dass das ehemalige Polizeigefängnis, in dem die Gestapo auch ihre Verhöre durchführte, das Haus am Ende der Turnerstraße gewesen war.

Ich legte mir die Broschüre über das Gesicht und schloss die Augen. Nichts war zu hören, nur das ferne Summen der Stadt. So verging einige Zeit. Eine Familie kam zum Spaziergang den

Schwarzen Weg hoch. Ich setzte mich auf und grüßte.

Als sie vorbei waren, stand ich auf, ging hinüber zum Abhang der Kiesgrube und schaute auf die alte Gleisanlage. Wieder wischte ich mir den Schweiß von der Stirn. Die Sonne brannte auf den Steinbruch.

Ich packte meine sieben Sachen, nahm das Rad und fuhr runter zum Süberweg.

Dort stand ich auf der Brücke und schaute lange auf den Ladeverkehr vor der Brecheranlage. Die nassen Kieshaufen sickerten in den Graben am Schwarzen Weg. Früher wurde hier gesprengt. Mit Dynamit. Ich aß meinen letzten Apfel und stieg auf das Rad.

Ich fuhr runter zur alten Ladeanlage am Hafen. Die Schütten und zweiteiligen Loren rosteten vor sich hin. Ebenso die Gleise. Etwas weiter unten lag die Laderampe für die Lastwagen. Der Kran für die Schiffe im Piesberger Hafen leuchtete in der Herbstsonne.

Ich schloss das Rad an das Geländer vor dem Kran und verbrachte den Rest des Nachmittags zu Fuß auf dem Fabrikgelände. Schließlich setzte ich mich unter den Kran in eine der ausgemauerten Mulden.

Oben lag das Gesellschaftshaus. Daneben das Industriemuseum. Noch weiter oben der Haseschacht. Zwischen Piesberger Hafen und den Gebäuden liefen die Gleise.

Ich erinnerte mich an Anitas Broschüren. Die alte Steinkohlenzeche hatte bis 1898 einen eigenen Zechenbahnhof; die Kohlenwäsche lag neben Magazingebäude und Pferdestall. Das alles hatte viel Geld und Einfluss gekostet. Der Hafen blühte in Kriegszeiten. Dann wurde der Kohleabbau unrentabel. Jetzt organisierten Osnabrücker Dampflokfreunde jährlich ein Bergfest, und der Höhepunkt war eine Fahrt mit der alten Dampflok bis zum Hauptbahnhof.

Ich blieb unter dem Kran, bis es mir zu kühl wurde, und fuhr dann zurück. Lukas hatte mir ein Stück Torte von seiner Mutter auf den Tisch vor dem Küchenfenster gestellt.

Es blieb noch Zeit, aufzuräumen und einen generellen Hausputz zu machen. Ich durchsuchte den Boden, machte drei Stapel aus alten Zeitungen, stellte zehn Rollen von beschriebenen Tapeten daneben, und schleppte Zeug aus der Garage vors Haus zum Sperrmüll am nächsten Morgen. Es kam eine stattliche Menge an Stühlen, ein zerbrochenes Regal, zwei Stehlampen, eine alte Schreibmaschine, der kaputte Fernseher, ein Teppichläufer und viel Schrott zusammen. Gegen neun war ich fertig.

Grete rief an, beglückwünschte mich und lud mich zu sich ein, es gab Neuigkeiten bezüglich Otto. Dann rief noch Lore an, auch mit Glückwünschen. Ihre Stimme klang besorgt.

„Fang nicht wieder an zu trinken!"

Ich beruhigte sie und las ihr die Karte von Tula vor.

Dann ging ich rauf ins Arbeitszimmer.

Auf der Treppe hörte ich ein Geräusch vor dem Haus. Ich löschte das Licht und spähte durch die Dachluke auf die Straße. Zwei Männer mit schwarzen Kapuzen waren mit einem Pritschenwagen vorgefahren und luden Sachen aus meinem Sperrmüll auf. Die Stehlampe und die Schreibmaschine waren schon auf der Ladefläche.

Ich ging leise hinauf zum Flur, zog mir Turnschuhe und die schwarze Lederjacke an. Von der Terrasse aus schlich ich in die Garage und stieg auf mein Rad.

Als die beiden abfuhren, folgte ich ihnen in sicherem Abstand. Sie hatten es nicht eilig, fuhren durch die Natruper Straße stadteinwärts, hielten an fast jedem Müllhaufen und sichteten. Am Sedanplatz bekamen sie Konkurrenz. Ein alter Mann schob einen schwer beladenen Anhänger voll mit Sperrmüll vor sich her. Die drei unterhielten sich kurz, der Alte gestikulierte in Richtung Westerberg. Die beiden fuhren weiter stadteinwärts. Mehr und mehr Müllsammler tauchten aus den Nebenstraßen auf. Vor dem Altersheim kurz vor dem Ring hatte sich eine ganze Gruppe gebildet, die den Nachlass einer alten Dame unter sich aufteilte. Ich kettete mein Rad an den Zaun in der Nebenstraße und folgte den Sammlern in die Altstadt. Die beiden mit dem

Pritschenwagen verlor ich schnell aus den Augen. Auf den Bürgersteigen häuften sich Schrankreste, Matratzen, Stühle, Fernsehapparate, Sofagarnituren, Fahrräder. Und überall Sammler, die Dinge aufpackten oder wieder abpackten, wenn sie was Besseres entdeckt hatten. Ein Mann kam mir entgegen und schob zwei Fahrräder. Ein anderer hatte sein Rad so bepackt, dass er laufend Dinge vom Gepäckträger verlor.

Am Rathausmarkt gab es ein erregtes Gespräch.

Ein junger Mann hatte zwei Männer gestellt, Ausländer beide, die sich wohl für den Inhalt der Mülleimer hinter den Geschäften auf der Bierstraße interessiert hatten.

Er war von einer privaten Wach- und Schließgesellschaft und trug deren Initialen auf seiner schwarzen Jacke. An seiner Stimme erkannte ich ihn. Es war der Porsche-Fahrer vom Car-Freitag.

Ich mischte mich ein: „Was haben die beiden denn ausgefressen?"

Er musterte mich feindlich, dann erkannte er mich.

„Die haben sich verdächtig nahe an den Hintertüren der Optikergeschäfte zu schaffen gemacht. Und ich habe ihnen gesagt, sie sollen sich verdrücken."

Die beiden hatten genau dazu angesetzt, als ich auftauchte. Ich wartete einen Moment und dann sagte ich:

„Heute mal auf der anderen Seite des Gesetzes?"

„Ist ja nicht immer Freitag. Und Sie haben mal dienstfrei? Oder sammeln Sie auch?"

„Nein, mein Haus quillt jetzt schon über."

Ich erzählte ihm von den beiden Sammlern vor meiner Tür und wie ich ihnen gefolgt war.

„Ja, ja, arme Leute haben ihre Grillen."

„Wo haben Sie denn das aufgelesen?"

Er ließ sich nicht beirren.

„Das meiste ist eh Schrott und landet auf dem Flohmarkt. – Übrigens, Sie waren doch an Bleikisten, die man ins Auto einbauen kann, interessiert? Vor ein paar Wochen haben hier zwei Leute eine Bleikiste im Sperrmüll gefunden. Die wäre gut geeignet gewesen."

„Und wo ist die jetzt?"

„Die ist längst beim Schrotthändler gelandet. Für Blei zahlen die echt Kies."

„Bei welchem?"

„Das kommt darauf an. Ich kann mich ja mal umhören."

Er zog eine Visitenkarte mit einem Logo heraus und schrieb eine Handy-Nummer auf die Rückseite.

Ein Mann mit einer Schubkarre voller Radios und Videorekordern kam vorbei.

„Wo er die wohl alle her hat?"

„Da kommt schon was zusammen. Und der große Rest geht dann um drei Uhr morgens weg, wenn die richtigen Laster kommen."

„Solange alles friedlich bleibt."

Wir lachten und gaben uns die Hand.

Es war kurz vor Mitternacht. Ich drehte noch eine Runde durch die Nachbarschaft. Die Leute schliefen. Auf der Eversburger leuchteten die Schilder auf den Lagergebäuden von Siemens, Telecom, MAN und Maltrop: „Alles für die Oberfläche."

Ich würde eine neue Akte über Zwangsarbeit anlegen müssen. Reinholds Broschüre und die Streitschrift zum Thema Spuren gehörten beide hinein.

Statt ins Bett zu gehen, brühte ich mir einen starken Kaffee und ging nach oben.

Dort setzte ich mich an meine Arbeitsplatte und breitete meine Aufzeichnungen aus. Ich begann, die kompletten Ereignisse bis hin zur Turnerstraße umzuschreiben. Ich arbeitete fast die ganze Nacht. Ich würde den Roman wohl „Aufzeichnungen eines Wachtmeisters" nennen.

Am Mittwoch rief Kapp im LHK in Hannover an. Ja, eine Nicole Karatejew, Weißrussin, sei vor einer Woche eingeliefert worden. Eine Frau namens Sonja Sieber habe sie gebracht. Kapp meldete sich für einen Besuch am Nachmittag an.

Als er um vier dort eintraf, beschied ihm der dortige Stationsarzt jedoch, er könne Nicole nicht sehen. Sie stecke gerade in einer akuten Krise. Sie wolle auch niemanden sehen. Als Kapp drängte und sich dabei auswies, gab der Arzt zu verstehen, dass Nicole ganz am Anfang einer längeren Therapie stand. Es sehe so aus, als ob sie bereits als Kind misshandelt worden sei. Das brauche Zeit zum Heilen. Es tue ihm leid, er könne ihm auch in naher Zukunft keine Besuche in Aussicht stellen. Er bot ihm stattdessen die Telefonnummer von Frau Sieber, ihrer Freundin, an.

19.

Im Herbst mache ich meine eigenen Streifen per Rad. Manchmal nehme ich Lukas mit. Es ist ein Vergnügen, auf schmalem Wege zwischen gemähten Feldern hindurch zu fahren. Schwarze Vögel betreiben dort ihre Nachlese, die Wachteln schnarren in der Runde. Da ist der Wald. Schatten und Stille. Die langen, hängenden Zweige der Birken bewegen sich kaum. Die alte Eiche an der Hase steht wie ein Kämpe zwischen den letzten Mückenschwärmen. Der Wald wird zur Wildnis. Über den Wipfeln zieht ein Flugzeug nach Westen. Sonst Stille. Dann die Straße neben dem Truppenübungsplatz. Der Wind wird frischer, Blätter wirbeln vor dem Rad über den Asphalt. Wackum. Oder im Nebel früh gegen Westen. Ein kalter Herbsttag, fast Frühfrost. Der Vogel am Kanal verschwindet sofort in der weißlichen Dämmerung des unbewegten Nebels. Alles ist wach, und alles schweigt. In der Ferne ein Lastwagen am Piesberg. Schon näher am Hafen tauchen plötzlich die Kräne und Silos der Lager am anderen Ufer auf. Der Wind zerreißt den Vorhang vor einem Kahn voll Schrott, dann ist wieder alles verschleiert. Langsam erwärmt sich der Nebel. Weiter nördlich des Kanals kann man auf die Sonne warten, rittlings über dem Rad mit dem feuchten Lenker. Vergessen das Tal, die Gänse, die beackerten Hügel, die Wirtschaftsgebäude, jetzt zählt nur noch das Kommen der Sonne. Da ist es endlich, das grenzenlose, unübersehbare Moor.

Beim Weingroßhändler zieht jemand die Rollläden hoch. Auf der anderen Seite des Kanals schleppen einige Frauen ihre Mülleimer bis an die Straße. Es wird sieben Uhr, man hört den Verkehr von der Hansastraße. In einer halben Stunde würde es den ersten Unfall vor dem Autobahnzubringer geben.

In der Polizeiinspektion im Kollegienwall saß bereits ein Kollege am Computer und behielt die Bilder der Überwachungskameras im Auge. Auf den Polizeistationen Eversburg, Haste, Hellern, Nahne, Schinkel, Sutthausen, Voxtrup (wo sich die Hasen und Tauben gute Nacht sagen: letzter Einbruch 1984) und für die Bereitschaftspolizei in Lüstringen herrschte tiefe Ruhe, nur die Telefone waren durchgeschaltet. Auch die Autobahnpolizeistation würde die ganze Nacht besetzt und in Bereitschaft sein, so wie die beiden Wachen in Osnabrück Stadt. Und dann wachte immer noch die Feuerwehr an ihren Computern in der Nobbenburger Straße. Es wurde viel gewacht und überwacht.

Keiner sah mich, als ich so um zehn Uhr abends durch das Nettetal radelte, an den Pferdeställen vorbei, über die Brücke und dann bei den Findlingen links zu Knollmeyers Mühle.

Ich hatte Grete von meiner vergeblichen Suche nach Otto in Berlin erzählt, das wenige, das ich über ihn herausgefunden hatte. Ihr war inzwischen eingefallen, dass ihr verstorbener Mann einmal erwähnt hatte, dass Otto mit dem ersten Mann von Julia Menge bekannt war. Das war keine gute Ehe gewesen, und Julia und Grete hatten sich zerstritten. Sie redeten seit Jahren nicht mehr miteinander.

Der Parkplatz war schon recht leer, aber es standen noch eine Reihe Räder an der Brücke. Ich kettete meins an und nahm am nächsten Tisch Platz mit Blick auf Theke und Zufahrt. Oben im Hauptgebäude brannten schon Lichter hinter den Fenstern. Die großen Bäume ließen kaum Sonne durch.

Es dauerte wie üblich, bis sich jemand an meinen Tisch fand – „Komme gleich, komme gleich" – um mir ein Bier zu bringen. Ein großes. Ich frage nach Julia. Die hatte sich eigentlich schon nach oben zurückgezogen, da wo die drei Fenster leuchteten, aber als Alfredo ihr sagte, ich säße an Tisch drei, kam sie dann doch runter.

„Bring uns noch eine Portion Pommes", sagte sie zu Alfredo und setzte sich.

„Na, was bringt dich denn hierher? Hast dich aber lange nicht mehr sehen lassen."

„Hatte viel zu tun. Aber jetzt habe ich mehr Zeit."

„Wieso?"

„Sie haben mich kaltgestellt. Liest du denn keine Zeitung?"

„Habe ich meist keine Zeit dafür. Aber Grete hat mir so etwas angedeutet."

„Ich denke, ihr redet nicht miteinander?"

„Ach, Grete ist irgendwie komisch geworden. Ich habe einmal etwas über ihren geliebten Neffen Kasimir gesagt, und da ist sie furchtbar eingeschnappt. Aber wenn wir uns auf dem Markt treffen, bleibt sie doch kurz stehen."

„Na, wegen Grete bin ich auch hier. Kann ich dir ein paar Fragen stellen?"

„Wenn es kein Verhör wird. Und ich bin müde. Es war ein langes Wochenende. Mach's also kurz, bitte."

Alfredo brachte die Pommes. Mit Mayonnaise drauf.

„Die gehen aufs Haus. Das Bier aber nicht."

„Danke. Also, was ich dich fragen wollte, ist dies: Hast du Gretes Mann noch gekannt?"

„Ja, natürlich. sogar sehr gut. Wieso?"

„Hat er dir gegenüber je einmal einen Bekannten aus Berlin namens Otto Forzeny erwähnt?"

„Hmm. Nein, nie."

„Oder einen Koffer in Berlin?"

„Auch nicht."

„Habe ich mir fast schon gedacht."

„Und was hast du sonst so auf dem Herzen?"

„Bitte schnapp jetzt nicht ein! Wir kennen uns doch schon seit der Tanzschule. – Hatte dein erster Mann vielleicht einen Freund, der Otto Forzeny oder so ähnlich hieß? Er war Soldat in Russland."

Ich zog das Foto heraus.

„Erinnere mich bloß nicht an diese Typen! Ja, mit dem Kerl auf dem Foto hatte mein Verflossener beruflich zu tun. Günter fuhr Güter für alle möglichen Leute. Frag mich bloß nicht, wo der wohnt oder sonst was. Das war eine miese Zeit, und ich wollte den Typ nie wieder sehen."

„Nur eine Frage noch: beruflich was zu tun?"

„Na, Günter hat ein, zweimal was für ihn gefahren. Das ist alles lange her, Friede seiner Asche!"

Wir schweigen eine Minute.

„Warum hat deine Frau dich eigentlich verlassen?", fragte Julia abrupt.

„Unser Sohn ist damals ertrunken. Und Lore hat mir die Schuld daran gegeben."

Wir schweigen wieder eine Minute.

„Hast du dich mal mit Yoga oder Indianern beschäftigt?"

„Nein, wieso?"

„Nun, es kommen immer mehr komische Gruppen hier in die Gegend, die sich an Wochenenden treffen, um gemeinsam zu meditieren oder in Schwitzhütten zu sitzen oder Ähnliches."

„Das ist doch nicht illegal oder?"

„Nein, aber Pia macht mir Sorgen. Sie hat letzter Zeit so seltsamen Umgang. Ihr neuer Freund macht mir Sorgen. Könntest du da was tun?"

Ich trank den Rest des Bieres aus.

„Bitte!"

„Wer war noch mal Pia?"

Sie schaute mich erschreckt an. „Das hast du vergessen?"

„Hör mal, wie lange haben wir uns nicht mehr gesehen?"

„Na gut. Pia ist meine Adoptivtochter. Mir macht sie große Sorgen."

„Wieso?"

„Ihr Vater war Italiener. Arbeitete in Wolfsburg. Ist mit Pias Mutter im Auto verunglückt. Beide tot. Pia war damals fünf Jahre alt, als ich sie adoptiert habe. Das war 1989."

„Und warum macht sie dir jetzt Sorgen?"

„Pia hat's nicht leicht gehabt. Eine schwierige Kindheit. Ich bin froh, dass sie die Krankenpflege-Lehre macht. Sie arbeitet im LKH. Wir haben sie adoptiert, weil wir selbst keine Kinder haben konnten. Und jetzt bin ich allein erziehend."

„Wann ist dein zweiter Mann eigentlich gestorben?"

„Ernst? 1996. Er war keine große Hilfe mit Pia und dem Restaurant."

„Also gut. Was kann ich für Pia tun?"

„Finde raus, wer dieser junge Mann ist. Und was er in diesen Schwitzhütten macht. Morgen Abend ist wieder so ein Treffen am Kanal."

Ich zögerte. „Wie heißt er?"

„Siehst du, man kann den Wolf noch so gut füttern, er schaut doch immer nach dem Wild."

Sie seufzte.

„Jarl."

„Also ich bin zu alt für solche Sachen, Julia. Und in eine Schwitzhütte kriegt mich eh keiner rein."

Sie zog einen Zettel aus der Tasche. „Das legen die oft bei uns in der Gaststätte aus."

Ich überflog den Zettel. Hierophanie, Einführung ins Schamanentum, Sun Bear: Mitakuye Oyassiu. Der Abend wurde von einem gewissen Marco Specht organisiert. Eine Telefonnummer in Osnabrück war angegeben.

„Warum rufst du nicht einfach an?"

„Hab ich ja. Der tut sehr geheimnisvoll, und über Leute, die zu dem Treffen kommen, dazu kann er eh nichts sagen. Das Einzige, was ich noch zu Jarl weiß, dass er früher mal bei einem Schrotthändler gearbeitet hat. Ich weiß nicht, wie sein ehemaliger Chef heißt, aber der geht oft zu diesen Sängerabenden an der Hollager Schleuse bei Tante Anna. Bitte, hilf mir! So, jetzt habe ich aber alles erzählt. Ich muss ins Bett. Das nächste Mal kommst du etwas früher. Dann mach ich dir was Ordentliches zu essen."

Es wurde noch dunkler unter den Bäumen. Sie stand auf.

„Mal sehen. Sag mal, spielt ihr immer noch Bridge?"

„Ja, aber in den letzten Wochen ist Moira nicht mehr gekommen. sie sagt, sie hätte zu viel zu tun."

„Wer ist Moira?"

„Na, die neue, die für Isis Stein eingesprungen ist."

„Was, Isis Stein hat mit euch Bridge gespielt?"

„Ja, die war schon ewig mit dabei. Die Ärmste, dass sie so enden musste."

„Wieso, was weißt du darüber?"

„Na ja, sie war eben schon sehr alt und gebrechlich, als all diese Sachen mit ihrem Mieter passierten."

„Hör mal, was für Sachen?"

„Du weißt doch, dass dieser Italiener, den sie Luziano nannten, bei ihr wohnte?"

„Ja."

„Mit dem hatte sie Ärger und hat sich bei uns oft Rat geholt."

„Was war denn das Problem?"

„Er hat ihren Kachelofen ruiniert, weil er andauernd daran rumgebastelt hat."

„Was heißt gebastelt?"

„Na, er hat versucht, Kacheln auszubauen oder zu ersetzen, und danach musste er den Ofen sogar umbauen. Erst wollte Isis den Ofen ganz abreißen lassen."

„Warum hat Lucky sich denn am Ofen zu schaffen gemacht?"

„Ach, was weiß ich, Italiener sind komisch. Die frieren immer. – Jetzt muss ich aber wirklich gehen."

Ich bedankte mich für die Pommes und bestellte noch ein Bier. Es war erst elf. Der Abend war mild, und die wenigen Gäste zögerten zu gehen wie ich auch.

Plötzlich kam Julia noch einmal an den Tisch.

„Kann ich dich kurz um Rat fragen?"

„Na klar, setz dich!"

„Es geht um noch mal um Pia, meine Tochter. Besser gesagt um diesen Freund. Sie himmelt ihn an."

„Jugend hast keine Tugend. Das legt sich. Pia wird das schon durchschauen."

„Er gefällt mir nicht. Er nutzt sie aus. Letzter Zeit kommt er gar nicht mehr her. Pia fährt zu ihm mit dem Fahrrad. Und sie bleibt immer länger weg. Ich habe Angst um sie."

„Hat sie denn irgendetwas von ihm erzählt, dass du dir solche Sorgen machst? Die Schwitzhütte kann das wohl doch kaum sein?"

„Nein. Pia ist ein gutes Mädchen. Sie kocht Marmelade für ihre Patienten. Sie erzählt mir sonst alles. Aber letzter Zeit lässt sie mich nicht mehr in ihr Zimmer. Ich weiß, sie hat dort irgendwelche Kisten stehen. Die hat sie mit dem Typen dort raufgeschleppt. Sie will mir absolut nicht sagen, was in den Kisten ist."

„Was soll schon drin sein? Bomben? Waffen?"

„Könnte doch sein."

„Ich will mal sehen, ob ich etwas über ihn rausfinde. Wie heißt er denn mit Nachnamen?"

„Jarl Grimme. Er kommt aus Icker. Von einem Hof, sagt Pia."

„Du machst dir sicher zu viel Sorgen. Aber ich schau mal was ich für dich tun kann. Versprochen."

„Danke. Magst du noch einen Kaffee, bevor du zurückfährst? Bist du mit dem Rad da?"

„Ja und ja. Mit Milch, bitte."

„Der geht auch aufs Haus. Melde dich mal wieder!"

Sie stand auf und ging ins Haus.

Es war dunkel geworden über den Bäumen. Die letzten Gäste gingen, als ein junges Mädchen mit einer Tasse Kaffee und einer Kerze an meinen Tisch kam. Sie sah mich prüfend an.

„Sie müssen Pia sein? Ich bin Peter Kapp."

„Ja, Mutter hat mir schon von Ihnen erzählt. Sie haben mit ihr getanzt."

„Gehen Sie noch in die Schule?"

„Ich mach eine Lehre als Pflegerin. Es fehlt noch ein Jahr."

„Was hat Ihre Mutter sonst noch über mich erzählt?"

„Na, dass Sie bei der Polizei rausgeflogen sind."

„Wissen Sie auch warum?"

„Nein."

„Ein Polizeianwärter, für den ich verantwortlich war, hat

einen Ausländer erschossen. Haben Sie das nicht in der Zeitung gelesen?"

„Ich lese nie Zeitung. Politik interessiert mich nicht."

„Was interessiert Sie denn?"

Sie zögerte.

„Musik, Tanzen, Radfahren. Und so."

„In welche Disko gehen Sie denn?"

„Verschiedene. Und ich gehe nicht oft. Ich bin lieber in der Natur."

Sie trat etwas vom Tisch zurück.

Ich dankte ihr und verabschiedete mich. Sie ging stumm zurück ins Haus.

Zwei Minuten später war sie wieder da. Sie hielt eine alte Kladde in der Hand und legte sie auf den Tisch.

„Meine Mutter schickt Ihnen das."

„Was ist es denn?"

„Das müssen Sie meine Mutter schon selber fragen. Sie macht gerade Kasse."

Also ging ich mit Pia in die Schankstube. Ich setzte mich an die Theke und wartete geduldig, bis Julia die letzte Münze gezählt hatte. Pia machte sich an den Gläsern zu schaffen.

„Was steht in der Kladde?"

„Na, mach sie doch auf! Das ist ein Fahrtenbuch von Günter. Du hast doch gefragt, was er mit diesem Typen beruflich zu tun hatte. Vor drei Monaten bekam ich die Kladde per Post zugeschickt. Von einem Mann aus Stolzenau. Bei Nienburg. Der Mann schrieb, er habe dieses Fahrtenbuch in der Hinterlassenschaft seines Onkels gefunden. Der Brief liegt drinnen."

Ich überflog den Brief. Die Handschrift war groß und ungelenk. Der Onkel hieß Otto Forzeny. Unterschrieben warf einfach mit „Udo."

Ich blätterte das Fahrtenbuch durch. Es war aus den fünfziger Jahren. Die Spedition gab es längst nicht mehr. Günter hatte Fahrten, Frachten, Spesen, Benzinkosten etc. aufgelistet. Einiges war abgekürzt. Jemand hatte einzelne Seiten rausgerissen. Vor dem 30. Oktober 1958 fehlte z.B. eine Seite.

Ich erstarrte. Die September-Seite begann mit einer Zeile von Zahlen mit Abkürzungen wie *Bln Ldg* oder *Gbs/H*. Am Ende der Zeile stand deutlich und durch einen Punkt abgetrennt: *TDC*.

„Ist was?", fragte Julia besorgt.

„Kann ich das mal mitnehmen? Ich glaube, das hat vielleicht was mit Otto zu tun."

„Von mir aus kannst du es behalten. Liegt hier eh nur rum und erinnert mich an den Mistkerl. Ich meine Günter."

Pia sah überrascht zu Julia rüber. Sie hatte jedes Wort aufmerksam verfolgt.

„So, und jetzt aber raus mit dir! Ich schließe ab."

In der Nacht hatte er wieder diesen Traum. Er stieg im Kreiskrankenhaus in den Keller hinab, wo die Labore und die Kühlraume waren. Plötzlich öffnete sich eine der Labortüren, hinter denen noch Licht war. Im Türrahmen erhellt stand Tula und winkte ihn herein. Die Wand war voller Bildschirme und Computerkonsolen. Sie ging auf einen besonders großen Bildschirm zu und öffnete ihn wie eine Tür. Dahinter lag ein dunkler Gang. K. zögerte, Tula hinein zu folgen, aber plötzlich brach hinter ihm ein ohrenbetäubender Lärm aus, eine Gruppe von Ärzten und Laborpersonal stürzte an ihm vorbei in den Gang und trieb Tula vor sich her. Sie wurden getrennt.

Peter erwachte schweißüberströmt.

20.

Wieder ein langer Tag, den Kapp mit Schreiben verbrachte. Es fiel ihm immer schwerer, in seinen Aufzeichnungen eine gewisse Distanz zu sich selbst und den Ereignissen zu halten. Recht zweifelhaft und oft beschämend kam ihm dabei seine eigene Rolle vor. Sie wirkte viel zu naiv. Manchmal half nur die dritte Person im Erzählen. Immerhin hatte er es bis zu seinem Geburtstag am Piesberg geschafft. Einiges, was er früher geschrieben hatte, las sich jetzt in ganz anderem Licht. Es war besser, bestimmte Sätze nicht zu ändern.

Vor einer Woche war er auf dem Heger Friedhof gewesen und hatte nach russischen Gräbern gesucht. Der Gärtner hatte ihm geholfen, sie zu finden. Die Kriegsgefangenen lagen unter einem Rasen am Hang, die Steine flach im Boden, und überall hatten Maulwürfe zwischen den Steinen ihre Hügel aufgeworfen. Die Steine reihten sich lückenhaft zu Zeilen auf dem Rasen. Besucher konnten zwischen den Zeilen umhergehen.

„Dieser Teil steht unter Denkmalschutz", sagte der Gärtner, der ihn von seinem Kleingefährt, mit dem er die asphaltierten Wege befuhr, herunter beobachtete. Das schloss wohl die Maulwürfe mit ein. Er schien etwas verlegen und fuhr weiter.

Über viele Steine war eine moosartige Flechte gewachsen, die sich auch zwischen die Buchstaben und Zahlen auf den Steinen drängte. Einige Steine ließen sich nicht entziffern. Es dauerte zwanzig Minuten, bis Peter das Grab von Sergey gefunden hatte. Den Gärtner hörte man, wie von sehr ferne, unten am Hang arbeiten. Mit seinem Taschenmesser reinigte Kapp die Fugen zwischen den Lettern und dem Todesdatum. Sergey war 1944 in Neuengamme umgekommen. Es blieb nass und neblig, doch die Vespa sprang diesmal ohne Problem an.

Er war ein paar Mal mit Franz im Kino und in der X-Bar gewesen, hatte seine Frau angerufen und ihr einen längeren Brief von Tula aus Havanna vorgelesen. Tula ging es gut. Sie war für ein neues Praktikum aufs Land gefahren und hatte dort viel besseren Kontakt zu den Leuten. Sie lernte Salsa in einer Kneipe. Es gab sogar ein Lied mit ihrem Namen im Titel.

Er schrieb weiter. Der Aussprache mit Freudenberg widmete er ein ganzes Kapitel. Er hatte seitdem im Nietzsche gelesen und einen langen Abend mit Hartmut verbracht, um einzelne markierte Sätze aus dem Buch zu diskutieren. Freudenberg neigte zu Spott und Sprachspiel. Peter hatte eher ein institutionelles Verhältnis zu Macht und Wissen; für ihn übersetzten sie sich einfach in BKA und NADIS. (Sogar Reinhold war mit einem Eintrag im NADIS vertreten!)

Hartmut hatte ihm anschließend zum Scherz ein Protokoll der Jäger-Jahreshauptversammlung im April geschickt. Einiges trug wieder seine Anstreichungen. Da war von einer Mehrheit gegen die „Rote Liste" bedrohter Tiere die Rede. Stattdessen sprach die Versammlung sich für eine längerfristige Bejagung von Niederwild aus, um die Ausbreitung der Beutegreifer zu verhindern. Es herrsche ein regelrechter Beutegreiferdruck.

Und darunter legten Vertreter der insgesamt zehn Hegeringe um Osnabrück ihre jährlichen Streckenberichte vor. Schließlich verliehen sie Verdienstplaketten und Ehrenmitgliedschaften an Richter und andere Personen. Kapp kannte einige Namen auf der Liste. Der Anwalt von Freudenberg, ein Freund des Bürgermeisters, war Mitglied. Oben über das Protokoll hatte Hartmut in großen Buchstaben geschrieben: „NASSER JÄGER!"

Kapp faltete das Protokoll wieder zusammen und steckte es in seine Jackentasche. Dort steckte auch ein Brief von Frau Sieber, den er noch nicht geöffnet hatte.

Es war kurz vor sieben. Kapp lag im Birkenwäldchen hinter der Brückenstraße und beobachtete das Schwitzhüttenlager. Seit dem frühen Nachmittag waren die Teilnehmer an der Zeremonie eingetroffen, ausschließlich Männer. Sie halfen bei Feuermachen und Erhitzen der Steine. Marco Specht gab die Anweisungen. Er trug ein rumänisches Trachtenhemd und hatte ein geflochtenes Zöpfchen mit Holzperlen hinter dem rechten Ohr. Sie bauten zwei Zelte auf, eines zum Schwitzen, in dem anderen brachten sie ihre Schlafsäcke und Kleiderstücke unter. Mit Specht waren es zwölf Männer.

Kapp hatte unter den Teilnehmern den jungen Mann erkannt, der im August mittags auf der Wache nach Hermann gefragt hatte. Der junge Mann, der nach Hermann gefragt hatte, hütete das Feuer. Gegen sieben Uhr verschwanden alle in der Schwitzhütte.

Kapp wickelte ein Butterbrot aus und nahm tiefe Züge aus einer Mineralwasserflasche. Offensichtlich hatte er sich auf eine lange Nacht vorbereitet. Er öffnete ein Buch über Hacker aus dem Rucksack und fing an zu lesen.

Etwa drei Stunden später kam ein junges Mädchen am dunkelnden Kanalufer entlang, zögernd, fast furchtsam, und setzte sich in einiger Entfernung vom rauchenden Zelt an das Wasser. Es war Pia.

Sie sah bleich aus, zupfte an Grashalmen und schien wie Kapp auf etwas zu warten. Sie trug Jeans und einen weißen Pullover.

Gegen zehn krabbelte Jarl halbnackt aus der Schwitzhütte und ging ins Nachbarzelt. Angekleidet kam er zehn Minuten später aus dem Zelt und ging auf den Kanal zu, ungefähr zu der Stelle, an der Pia wartete. Pia stand auf, als er sich näherte, setzte sich wieder, als er vier Schritte von ihr entfernt war.

Er beugte sich zu ihr hinunter und küsste sie auf die Stirn.

„Na du. Wartest du schon lange?"

„Jarl, wir hatten gesagt um zehn. Ich sitze hier schon seit zwanzig Minuten. Nun bist du ja da."

Jarl setzt sich neben sie.

„Es ist gar nicht so leicht, da raus zu kommen. Es ist ziemlich eng."

„Ihr habt ja noch die ganze Nacht vor euch. Wie hast du nun entschieden?"

Sie schaute auf den Kanal.

„Ich habe schon gekündigt. Es steht fest, ich gehe mit Hermann nach Sachsen."

Sie wendete sich ihm zu.

„Und ich? Was wird aus mir?"

„Du gehst ja noch zur Schule. Und in Sachsen kann ich dich eh nicht brauchen."

„Aber für wie lange gehst du denn weg?"

„Zwei, drei Jahre bestimmt. Die Kameraden dort brauchen uns."

„Und deine gute Stelle im Ratskeller? Ist das denn gar nichts?"

„Die feinen Herren können auch ganz gut ohne mich speisen. Vielleicht komme ich ja wieder zurück. Das würde dich doch freuen, nicht?"

„Das ist nicht recht, dass du so mit mir spielst. Das ist nicht anständig."

„Anständig? Nach allem, was wir zusammen gemacht haben! Na, hör mal!"

Sie schwieg.

„Die Kameraden in Dresden wollen mir eine ganz tolle Stelle besorgen. Im Hotel. Und dann gehen wir nach Thüringen im Jonastal auf Schatzsuche."

„Das sind doch nur Versprechungen."

„Nein, die haben wirklich Beziehungen zu einigen alten Herren, die haben viel Einfluss in Dresden. Kies haben sie auch. Einer von ihnen hat ein Hotel. Da kann ich als Kellner anfangen. Muss mir allerdings einen neuen Anzug beschaffen."

„Und wenn du die Stelle nicht kriegst?"

„Dann find ich schon was anderes. Auf die Kameraden ist Verlass, hat Hermann gesagt. Wir hatten doch diese Treffen mit ihnen im Thüringer Wald bei Vollmond. Das schweißt zusammen."

Er zog ein Abzeichen aus der Tasche und zeigte es ihr.

„Aber Dresden ist doch kein Spiel. Und Schätze liegen da auch nicht."

„In gewisser Weise schon. Wir haben was ganz Großes vor. Aber ich darf nicht drüber reden."

Auf dem Schienenstrang fuhr ein Güterzug nach Westen. Die leeren Wagen ratterten laut.

„Und was wird aus mir?"

„Du machst erstmal die Schule zu Ende. Und dann sehen wir weiter. Ich kann dich ja mal besuchen kommen?"

„Das ist gemein, dass du so was sagst. Hast du mich denn gar nicht mehr lieb?"

„Klar doch, aber es geht doch um wichtigere Sachen in Dresden."

„Was ist schon wichtiger als die Liebe?"

„Na, Deutschland eben. Hermann geht doch auch. Und noch ein paar mehr. Es ist ein ganz großes Ding mit Stollen, Raketen, Atomsachen und so."

„Sind auch Mädchen dabei?"

„Was glaubst du wohl, Kleines? Das ist eine reine Männersache. Und es geht um Ehre. Hat nichts mit Sex zu tun."

Pia schwieg eine Minute.

„Und was soll ich mit den ganzen Zeitschriften anfangen, die du bei mir gelagert hast?"

„Die kommen wir abholen. Das heißt, ein Kamerad aus Lingen holt sie nächste Woche mit dem Wagen ab. Er kommt als Kunde an die Theke und fragt dann nach dir."

„Das sind doch alles alte Hefte."

„Zurzeit gibt es eine Absatzkrise. Wir verteilen die Nummern gratis an Bekannte. Damit den Leuten auch hier klar wird, dass wir in einer sehr wichtigen Gegend Deutschlands leben."

„Osnabrück? Wieso denn wichtig?"

„Na, hast du schon mal von den Karlsteinen gehört?"

„Ist das nicht so ein Hünengrab an der Autobahn?"

„Nein, es ist im Wald. Es ist über viertausend Jahre alt, und die alten Germanen haben dort ihre Feiern abgehalten mit Fackeln im Wald."

Pia sah ihn ungläubig an.

„Doch, ganz bestimmt. Auch Hermann und seine Cherusker haben sich dort die Kraft geholt, die ausländischen Römer zurückzuschlagen. Es war kein Grab, sondern eine Opferstätte."

„Trefft ihr euch deshalb immer bei den Steinen?"

„Nicht immer. Nur wenn was Wichtiges anliegt. Morgen vielleicht."

„Wenn Osnabrück so wichtig ist, warum ziehst du dann weg?"

„Na, vielleicht komm ich ja wieder."

„Und was soll mit den CDs geschehen? Holt die auch der Mann aus Lingen ab?"

„Oh, das habe ich ja fast ganz vergessen. Ich hab ein Geschenk für dich."

Jarl stand auf und ging zum Zelt mit dem Gepäck zurück. Pia schaute ihm nach. Plötzlich traten ihr die Tränen in die Augen. Sie schluchzte kurz auf und zog ein Taschentuch heraus.

Kapp lag reglos im hohen Gras.

Als Jarl vom Zelt zurückkam, hatte sie sich wieder unter Kontrolle.

Er reichte ihr ein Päckchen im weißen Umschlag.

„Da, mach auf!"

Sie öffnete das Geschenk. Es war eine CD. Sie las laut vor:

„*Tod im Wald* von Absurd? Ist die auch aus der Kiste?"

„Nein, wo denkst du hin? Die steht auf dem Index. Ganz selten. Die darfst du nicht so offen rum liegen lassen. Da geht es um unheimlich starke Sachen, die nachts im Wald passieren können. Magie und so."

„Wie gruselig! Ist in der Kiste auch so was?"

„Nein. Das sind alles politische Lieder. Gegen die vielen Ausländer im Land. Und die Schwulen. Die Asis, Mukus, Kinderficker und genotypisch Behinderte. Für Deutschland. Dagegen kann doch keiner was haben."

„Wie du redest! Mir sind gruselige Sachen lieber. Weißt du noch wie wir uns im Hyde Park kennen gelernt haben? Du warst ganz in Schwarz gekleidet. Mit diesem langen Mantel. Das sah toll aus."

„Schwarz, eh? Da stehst du drauf. Klar, wo du bei der Arbeit doch immer nur weiß siehst."

„Nur die Pfleger tragen weiß."

„Ich muss langsam zurück."

„Was macht ihr da eigentlich in dem Zelt?"
„Wir schwitzen."
„So eine Art Sauna? Ist das gesund?"
„Darum geht es doch gar nicht. Es ist eine alte indianische Zeremonie für Visionen. Jeder hat eine besondere Rolle als Türhüter oder Wassergießer. Ich bin Feuerwächter. Wir feuern mit Gewürzen und Räuchersachen. Wir rauchen auch aus einer heiligen Pfeife, die der Leiter mitgebracht hat. Sie stammt von Sun Bear, einem Medizinmann der Chippewas."
„Indianer? Sind das nicht auch Ausländer?"
„Schon, aber die sind mit Ariern verwandt. Die letzten Arier haben sich nämlich früher mal nach Tibet zurückgezogen. Shambala. Und aus Tibet sind die Indianer nach Nordamerika gekommen. Daher der Mut und die Todesverachtung, die die Indianer haben."
„Ich habe Angst vor dem Tode."
„Vielleicht bist du gar keine Arierin."
Er legte den Arm um sie.
„In der Schwitzhütte hat einer eine tolle Geschichte vom Ende des Krieges erzählt. Da haben die in Schwaben im März 1945 noch an Raketen gebaut. Raketen gegen den Feind. Aber auch zur Raumfahrt. Und mit Todesverachtung ist ein Pilot in die kleine Rakete gestiegen, um diese zwei, drei Minuten Hochgefühl zu erleben, bevor die Rakete wieder runterkam. Lothar Sieber, das waren noch Helden. Vom Sieber ist nur ein Bein, bis zum Knie, gefunden worden. Etwas Ähnliches ist in der Lüneburger Heide passiert, das ist aber eine lange Geschichte. – So, jetzt muss ich aber wirklich gehen. Das Feuer ruft."
Jarl stand auf. Pia zögerte, stand dann aber ebenfalls auf. Sie umarmten sich länger.
„Ich muss zurück ins Zelt. Die Kameraden warten schon."
„Wann fahrt ihr denn los?"
„Nächste Woche schon."
„Ich hab ja gar keine Adresse von dir in Dresden."
„Ich bin vielleicht gar nicht in Dresden. Ich schicke dir meine

Adresse, und dann können wir uns schreiben. Ich wohne erstmal bei Hermanns Onkel auf einem Hof. Ich weiß auch nicht, wo der liegt. Irgendwo in der Sächsischen Schweiz. Dann sehen wir mal weiter. Ich schreib dir bestimmt."

Sie umarmte ihn noch einmal.

„Das ist nicht recht. Das ist nicht recht, dass du so gehst. Nach allem, was wir zusammen gehabt haben."

Er streichelt ihr die Schulter und löste sich von ihr.

„Das kommt schon wieder, du wirst sehen."

Sie sah ihm nach, wie er auf das Schlafzelt zuging, und wartete, bis er nackt wieder herauskam, die Plane zur Schwitzhütte hob und hineinkroch. Für einen Augenblick trat gedämpftes Licht in dichten Dampfwolken heraus. Dann schloss sich der Eingang.

Kapp beobachtete Pia, die in den dunklen Kanal starrte. Sie stand lange so. Einen Moment schien es so, als ob er sich erheben wollte, doch dann wendete sich Pia ab und ging langsam zur Brückenstraße.

Kapp blieb noch etwa zwanzig Minuten unter den Birken liegen. Aus dem Zelt drang kein Laut. Dann erhob er sich auch, packte seine Sachen und ging zurück zum Rad.

Er fuhr bei Lebers vorbei und hinterließ eine Karte für eine Verabredung mit Kasimir für Mittwoch.

Zuhause öffnete er endlich den Brief von Sonja. Er kam aus Wiesbaden. Sie dankte für die *Dunkelmänner Briefe*.

In dieser Nacht hatte Peter wieder einen Traum:

Es war Nacht. Der Mond, hinter den dunklen Wolken versteckt, warf ein wässriges Licht auf etwas, das wie eine Lavaglocke aussah. Vor ihm lag ein Pfad, der auf einen leeren rechteckigen Platz führte. Nach allen Seiten öffneten sich Stollen, in denen es tickte. Er verlor sich in einem Labyrinth mit Gängen, Galerien, seltsamen Bildern, die von den Wänden auf ihn nieder blickten.

Alles schien irgendwie bedeutsam, ergab aber keinen Sinn. Über einer Lampe stand ein tibetanisches Wort.

Plötzlich befand er sich wieder im Freien vor einem Palast, der nur einen einzigen großen Innenraum hatte. Pfeiler und Galerien vervielfältigten sich wie in einem Spiegelkabinett. In der Mitte stand ein Polizist in grüner Uniform mit einem goldenen Helm. Er hielt eine Dose in der Hand. Der Polizist winkte mit einem Stab, schlug mit den Flügeln, die ihm plötzlich gewachsen waren, und erhob sich wie ein Schmetterling zur Decke. Dort öffnete sich die Kuppel wie eine Blume, durch die der Mann nach außen gewirbelt wurde.

Kapp erwachte und schaltete das Licht ein. Es war vier Uhr morgens. Es kam ihm so vor, als hätte er diesen Palast schon einmal gesehen.

Am nächsten Tage aktualisierte Kapp sein Archiv mit dem Internet. Die Leiterin für Staatsschutz in Osnabrück schätzte den Kreis der Rechtsextremen dort auf sechzig bis achtzig Aktive. Sie hatten immer noch ihre Kneipe in Belm und trafen sich regelmäßig zwischen den Aufmärschen. Verbindungen bestanden zu ähnlichen Gruppen in Lingen. Bremen und Uelzen. Die meisten nannten sich Kameradschaften, z.B. Kameradschaft „Teutoburger Wald." Sie trafen sich wieder am 3. Oktober.

Die indizierte CD handelte von einem nächtlichen Ritualmord im Wald in Satanistenkreisen. Der Sänger nannte sich Jarl. Er war flüchtig und hielt sich bei Gesinnungsgenossen in den USA auf. Ein Sektenfachmann brachte die Satanisten mit gnostischen und neuheidnischen Geheimgesellschaften in Verbindung. Specht hatte irgendwo eine Magisterarbeit über Indianerschamane geschrieben und arbeitete in der Volkshochschule.

Bei Stichwörtern wie Raketen, Stollen, Jonastal taten sich verwirrende Seiten voll Nazikram und Esoterik auf.

Kapp traf sich mit Leber in der Bäckerei auf der Hasestraße. Case arbeitete noch an einem Schlüssel für Günters Fahrtenbuch. Kapp ging es eher um eine Recherche über Sachsen. Er erzählte ihm alles über Jarl und Hermann. Case kannte ein paar gute Seiten gegen Rechts. Vielleicht hieß der Onkel ja auch Schell.

Dann rief K. Frau Menge an und verabredete sich mit ihr für den Abend. Es gebe Wichtiges zu den Kisten und zu Pia zu besprechen.

Case fuhr ihn raus an die Mühle. Er blieb im SAAB auf dem Parkplatz.

Julia wartete schon. Pia war noch nicht von der Arbeit zurück. Kapp erzählte ihr von Pias Kummer, von Jarls rechtslastigen Neigungen und riet Frau Menge, beim Abholen der Kisten das Kennzeichen des Autos aus Lingen zu notieren. Im Notfall solle sie ihn dazu rufen.

Er wollte schon gehen, da schob ihm Julia etwas über die Theke. Sie hatte es in ein Geschirrtuch eingewickelt. Es war eine Mauser von 1945. Gut gefettet.

„Die hab ich in einer von Pias Kisten gefunden. Unter Zeitschriften. Ich will so was nicht im Hause haben. Bitte nimm sie mit!"

Kapp bat sie, niemandem etwas über die Waffe zu sagen.

Anschließend fuhren er und Case raus zu den Karlsteinen und legten sich auf die Lauer, ca. hundert Meter von der Grabstätte entfernt. Sie wechselten kein Wort. Gegen ein Uhr nachts, es war empfindlich kalt geworden, gaben sie die Sache auf.

„Wir sind angeführt worden, lass uns heimgehen."

21.

Es wurde langsam kühler am Hafen.

In der Wüste von Oman übte die vierte Osnabrücker Brigade mit 5000 Männern und Frauen für den nächsten Krieg. Die Staubentwicklung war so stark, dass es oft zu Auffahrunfällen kam bei Landrovers und Challenger II- Kampfpanzern. Blair kündigte an, die Soldaten würden gegen Terroristen eingesetzt. Das Sultanat Oman unterhält traditionell gute Beziehungen zu Großbritannien. Auf dem Schinkelberg hatte die Polizei auf Beschluss des Amtsgerichts ein Rotlicht-Etablissement durchsucht. 12 Frauen zwischen 21 und 35 Jahren, die dort illegal als Prostituierte arbeiteten, wurden festgenommen. Sie stammten aus Osteuropa, hatten weder Aufenthalts- noch Arbeitserlaubnis. Sie gaben an, von einem Russen, der in einschlägigen Kreisen bekannt war, eingeschleust worden zu sein. Die Staatsanwaltschaft hatte Ermittlungen aufgenommen.

Beide Artikel fanden den Weg in Kapps Archiv. Er hatte „gute Beziehungen" unterstrichen und „ARESH" an den Rand geschrieben. Im zweiten war „in einschlägigen Kreisen" unterstrichen und mit dem Kommentar „Pagenstecher" versehen.

Kapp hatte sich in der Woche mehrmals mit Leber getroffen. Lukas diente ihnen als Bote. Das Oxmox lag als fester Treffpunkt günstig für beide. Am Nachmittag waren sie da fast ungestört und konnten ihre Papiere auf dem runden Tisch ausbreiten. Einige der Abkürzungen in Günters Fahrtenbuch deuteten wahrscheinlich auf Waffen. Andere standen wohl eher für Orte. Leber hatte „Waffenschmuggel" und „Rüstungsindustrie" in seinem Computer recherchiert und war noch in derselben Nacht zu Kapp gefahren. Case hatte aus den Seiten ein Namensregister zusammengestellt und eine Liste der fünfundzwanzig wichtigsten Rüstungsbetriebe ausgedruckt. Zusammen gaben sie die deutschen Namen aus dem Fahrtenbuch in PIOS und ZPI ein,

Kapp notierte sich einige Namen aus Lüneburg und Dresden, aber Schells war nicht dabei. Wie zu erwarten, spielte auch Günter auf einige deftige Schwänke aus der Folklore der Fahrer an.

Leber nahm ihn mit nach Hause. Grete Leber hatte ihren Bridge-Abend. Leber führte ihn rauf in sein Arbeitszimmer. Zwei PCs standen auf einer großen Platte, verkabelt mit einer Unzahl kleinerer Geräte, unter denen Kapp nur ein Telefon und eine Kamera erkannte. Überall stapelten sich Disketten und CDs. Auch auf dem Bett lagen sie.

Leber zog einen zweiten Stuhl heran und zeigte ihm einen neuen Trick. Mit einer speziellen Diskette, die er in seinen Computer einschob, hackte er sich vor Kapps Augen in die Datenbank von Dunkelmann ein.

„Ein Kinderspiel. Das Tourenverwaltungssystem ist etwas sicherer."

Drei weitere Befehle und schon war er auch da drin. Der Fahrer Bühler war an dem fraglichen Mittwoch tatsächlich nach Amsterdam gefahren. Er war ursprünglich für Hannover eingeteilt gewesen. Am Mittwoch drauf hatte er auf der Rückfahrt in Hannover-Linden, im Hafen übernachtet, zwei Stunden vor Osnabrück. Und er machte das jeden Monat, jeweils am zweiten Mittwoch des Monats.

Beide versuchten erneut, den Onkel von Schell bei Dresden ausfindig zu machen, aber vergeblich. Es stand viel zu viel Unsinn im Netz. sie fanden sogar Hitlers geheime Telefonnummer in den Stollen des Jonastals. Zusammen mit einer Zeichnung der verworrenen Stollenanlage unter dem Truppenübungsplatz. Sie sah etwa so aus:

C II D

Kapp hatte von Esch erfahren, dass Schell in Osnabrück bei einem ehemaligen Schrotthändler in Hollage lebte, der in der Tat häufig an der zweiten Schleuse Gast war. Der Schrotthändler sang gerne.

Die Rad-Fahrt zur Schleuse verlief kalt, aber schön. An der Dornierstraße standen vier Lastwagen voller Schrott. Die Felder lagen kahl da. Nicht ein einziger Weg führte übers Feld. Auf den Giebel von „Tante Anna" fielen noch letzte Sonnenstrahlen. Niemand saß mehr draußen.

Kapp kam an die Theke, grüßte den Schankwirt, der ihn über seinem grauen Bart listig anblinzelte.

„Na, Peter, lange nicht mehr gesehen. Willst du auch etwas vorsingen? Oder angelst du schon wieder nach Neuigkeiten? Man hört ja so Einiges aus dem Hafen."

„Später. Ich muss zu den Sängern."

Karl zeigte auf die Tür rechts und zapfte weiter.

Kapp sammelte sich kurz und bog links zum Kaminzimmer ab. Die Doppeltür war geschlossen. Hinter ihr hörte man viele Stimmen. Er öffnete sie vorsichtig und fand das Zimmer voll belegt. An zwei Tischreihen saßen mehr als fünfzig Personen. Auf jeder Reihe stand eine kleine Fahne, die jeweils den Gesangsverein von GM Hütte bzw. von Hollage symbolisierte.

Am Tisch von Hollage, direkt neben der Tür, war noch ein Platz frei, und Kapp setzte sich, ohne aufgefordert zu sein.

Vor ihm lag ein Programm. Die beiden Chöre würden im freundschaftlichen Wettstreit miteinander Gesänge und Sololieder bieten. Die Sänger aus GM Hütte leiteten sich aus dem ehemaligen Glockner Werkschor her. Auf beiden Seiten des Faltblattes waren die Titel der Gesänge und Lieder aufgelistet: „Haltet ein, Wogen der Leidenschaft", „Nein Doktor, nein komm nicht zu mir", „Jugendzeit du schöne", „Komm auf die Wiese, komm zu mir" usw.

Kapp hatte die Hälfte verpasst. Ein Nachbar zeigte stumm auf das nächste Lied in der Liste, und schon hob der Sänger aus Hollage am Kopf des Tisches an:

Sei mir gegrüßt, im Sonnenglanz
Du ferner Alpenschnee.
Der Wald steht grün, die Jagd geht gut,

Schwer ist das Korn geraten.
Wer kennt im deutschen Grenzbezirke
Des Waidmanns Lust ...

Kapp schaute auf die Wand gegenüber und las den gerahmten Spruch:

Wer Fische fängt
mit Leidenschaft
und Wissenschaft
und hält dabei sich
gewissenhaft
und tugendhaft ...

Dann musterte er die Sänger am Tisch gegenüber, eine reine Männerriege, die meisten über fünfzig. Unter ihnen, ziemlich am Kopf des Tisches saß Willie, der Arbeiter von Nostrom. Sie grüßten sich stumm mit den Augen.

Es standen noch vier Lieder auf der Liste, aber die Chöre machten eine kurze Pause, um mehr Getränke zu bestellen.

Unter dem Tisch lungerte ein müder Hund herum. Karl brachte das Bier, einen neuen Gast und holte den Hund raus. Ein Sänger aus GM Hütte war ausgefallen, und der Chorleiter kündigte den Gast an, den Türkenjoschka, der das Lied „Untergehen wie die Sonne" außerhalb des Wettbewerbs zu singen bereit war. Die Hollager stimmten nach kurzer Beratung zu.

Joschka sang Deutsch mit Akzent und unterlegte den getragenen Tönen ungewohnt lange Kurven von Auf und Ab. Das Türkische und das Deutsche passten irgendwie nicht zusammen und irgendwie doch. Es klang wie ein Wirbel unter Wasser. Joschka öffnete die Augen erst wieder, als der letzte Ton verhallt war.

Es gab höflichen Applaus. Kapp klatschte etwas länger als die anderen.

Dann kam „Wir gehen nicht mehr in den Wald, der Lorbeer ist geschnitten."

Kapp saß stumm und rührte sich nicht, als die Hollager wild applaudierten. Er schien tief in Gedanken versunken. Dann schreckte er auf und überflog erneut den Programmzettel vor ihm.

Kapp bestellte eine Apfelschorle und fragte nach dem Schrotthändler. Der saß ihm schräg gegenüber, aber zu weit, um mit ihm in ein Gespräch einzutreten. Er hatte bereits gesungen („Ich weiß eine friedliche Quelle im schweigenden Ozean"), und Kapp musste noch die letzten vier Lieder hören, bevor die beiden Chöre aus vollem Halse gemeinsam „Im schwarzen Walfisch zu Askalon" anstimmten.

Dann zog die Jury sich zurück, um die Gewinner zu bestimmen.

Kapp setzte sich um, direkt neben den Schrotthändler, und stellte sich vor.

„Der Kollege von Hermann Schell?", fragte der schmunzelnd.

„Ja."

„Mein Namen ist Zorn. Lothar Zorn. Von Zorn und Söhne."

Sie gaben sich die Hand.

„Bei Ihnen wohnt doch auch ein Freund von Hermann. Jarl Grimme?"

„Wohnte. Der zieht gerade aus. Macht in den Osten. Da gibt es noch Arbeit."

„Kennen Sie ihn gut?"

„Nö. Der wohnt nur bei uns. Guter Junge."

Zorn wendete sich seinem Nachbarn zur Linken mit einer Frage zur Jury zu.

Kapp las den gerahmten Spruch an der gegenüberliegenden Wand:

Dies ist der Tisch
wo die Jäger und Angler sitzen.
Es gibt noch eine dritte Sorte
aber die können nicht so spinnen
wie die anderen.

Dann kam die Jury zurück, verkündete die Gewinner, einen aus GM Hütte, zwei aus Hollage. Ein Sonderpreis ging an den Türkenjoschka. - Alle standen auf und klatschten. Der Schrotthändler äußerte sich nach beiden Seiten hoch erfreut über die Hollager Preise.

Kapp versuchte, ihn nach dem Applaus zu seinem Thema mit Jarl zurückzuführen. Zorn aber wollte den Gewinnern persönlich gratulieren und ging fort.

Während Kapp seine Apfelschorle leerte, sah er, wie Willie sich in Richtung Ausgang bewegte. Er entschuldigte sich für einen Augenblick und folgte Willie an die Theke.

„Wie geht es? Lange Zeit nicht mehr gesehen. Immer noch bei Nostrom?"

„Ja. Immer noch bei der Polizei?"

„Nein, nicht wirklich. Die haben mich suspendiert wegen der Sache an der Turnerstraße."

„Böse Sache, das."

„Was macht Johann? Singt der nicht mit?"

„Johann ist tot."

„Was? Wie das?"

„Lungenkrebs. Er starb bald nachdem wir uns trafen. Wusste das schon lange, hat aber, bis es nicht mehr ging, gearbeitet. Wollte nicht alleine sein."

„Wo ist er denn gestorben?"

„Im Emmakrankenhaus."

„Viel zu jung. Hatte er viel Staub bei der Arbeit abbekommen?"

„Nicht mehr als andere. Er hat erzählt, er hätte früher mal bei einer anderen Firma, die es nicht mehr gibt, alte Asbestdächer mit einer Stahlbürste abschrubben müssen. Für drei Mark die Stunde. Das mit Lucky hat ihm den Rest gegeben. Der kann doch nicht einfach so verschwunden sein."

„Finde ich auch. Immer noch absolute Nachrichtensperre. Hat vielleicht was mit Waffenschmuggel zu tun."

„Waffen? In einer Papierfabrik? Dann doch eher eine Ente."

„Vielleicht. Vielleicht steckt etwas ganz Anderes dahinter."

„Lucky meinte, der Kapitän von dem Kahn sei vom italienischen Geheimdienst. Und zur Firma sagte er immer 'Nostromo'. - Auch auf die Polizei war er nicht gut zu sprechen."
„Und du?"
„Na ja, ich habe ihn nicht so gut gekannt. Lucky sang manchmal in Schinkel mit, genau wie Türkenjoschka. —
Den kannst du ja mal fragen."
„Über Musik?"
„Und dann haben wir ja noch immer den alten Pförtner. Leo. Vielleicht weiß der etwas über Waffen. Die Kripo hat ihn mindestens viermal ausgefragt über Lucky. Aber wenn Leo keine Lust hat, dann sagt er auch nichts. Außerdem war er zwei Monate krank geschrieben."

Willie verabschiedete sich abrupt und ging zur Tür hinaus ins Dunkel. Ein paar Schritte vor ihm ging Zorn zum Parkplatz.

Kapp folgte beiden, doch Willie drehte sich nicht um, stieg in seinen Wagen und fuhr los. Zorn tat das Gleiche. Ihre Scheinwerfer waren noch ein Stück weit durch den Wald zu sehen. Kapp ging zur Brücke und schaute in den dunklen Himmel. Aus dem Gasthaus klangen noch immer einzelne betrunkene Stimmen. Soli, die sich mischten.

Langsam wurde es ruhiger. Kapp ging wieder rein.

Joschka Üzmül saß allein am Tisch vor dem Anglerspruch.

Kapp setzte sich zu ihm.

„Das war ein schönes Lied. Kommt das aus der Ukraine?"
„Das weiß ich nicht. Mein Vater hat das immer gesungen."
„Meiner auch. Singen Sie oft bei Wettbewerben?"
„Kann man so nicht sagen. – Eher bei Festen."
„Auch in Schrebergärten?"
Üzmül sah ihn überrascht an.
„Ich habe selber einen Garten. Und manchmal singen wir dort auch. Und feiern."
„Kommen da auch andere Musiker? Mit Akkordeons?"
„Manchmal schon. Das ist aber schon länger her."
„Der beste Akkordeon-Spieler ist im Mai verstorben."

Joschka schlug die Augen nieder.

„Ich weiß."

„Haben Sie ihn gut gekannt?"

„Nein, aber er kannte fast alle in den Gärten."

„Hat er auch in Ihrem Garten gespielt?"

„Nein. Nie. Er spielte immer nur bei den Deutschen."

Kapp schwieg.

Üzmül stand auf und ging, ohne sich zu verabschieden. Der Hund folgte ihm müde.

Kapp stellte sich an die Theke. Ein Betrunkener sagte gerade: „Blah – blah. Sülz – sülz."

Die letzten Gäste neben ihm zahlten.

Schließlich stand Kapp mit Karl alleine da. Der räumte die vollen Aschenbecher fort.

„Trinkst du noch einen?"

„Mit dir."

„Ne, danke ich habe heute schon genug mitgetrunken. Na, hast du etwas rausgefunden?"

„Du meinst bei den Liedern?"

„Hat da nicht jemand gesagt: das Singen und Sagen hört notwendig mit dem Pressbengel auf?"

Kapp schlug die Augen nieder.

„Ich komm einfach nicht weiter, Karl. In vier Wochen fängt vielleicht mein Verfahren an, mein Computer ist verseucht, in meinem Haus passieren seltsame Dinge, und ich darf über den Hafenmord nicht recherchieren."

„Kein Scheiß?"

Karl stellte ihm das Bier hin.

„Sag mal, wie gut kennst du eigentlich den alten Zorn?"

„Lothar? Den nennen die hier den wilden Junker. Ohne ihn würde es diese Wettsingerei gar nicht geben. Und wenn er richtig gut drauf ist, wirft er auch mal eine Lokalrunde. Kies hat er ja. Beliefert die Stahlwerke."

„Er scheint viele Leute zu kennen, kommt wohl viel rum."

„Woher kennst du denn den Willie?", fragte Karl.

„Vom Hafen. Als wir den Arm fanden, habe ich mich mit ihm und seinem Kumpel über den italienischen Koch bei Nostrom ausgetauscht."

„Lucky? Hab ich von gehört. Der wohnte doch bei Willies Tante."

„Isis Stein war Willies Tante?"

„Na klar doch, Willie hat ihm das Zimmer bei ihr besorgt. Und das nennst du recherchieren?"

Kapp kratzte sich am rötlichen Bart und kippte sein Bier herunter.

Dann ging auch er hinaus in die Nacht. Er suchte den Polarstern. Fern am Kanal klangen die letzten Stimmen über das Wasser.

Erst gegen Sonnenaufgang schloss Kapp seine Eingaben in den PC ab.

Noch um Mitternacht hatte er einen Anruf erhalten. Von Kurt B. aus Hannover. Der hatte mehrfach versucht, ihn zu erreichen und vertraute ihm an, Leber sei ein V-Mann des BKA.

Kapp schenkte dem offensichtlich keinen Glauben. Nach dem Tagesbericht hatte er sich noch einmal seine Aufzeichnungen vorgenommen. Das, was er vor diesem Tage geschrieben hatte, erschien jetzt in einem ganz anderen Licht.

Er schloss seine Aufzeichnungen für diesen Tag mit dem Satz:

„Hartmut sagte einmal, der Unterschied zwischen einer Erzählung und dem Leben ist der, dass der Erzähler beim Erzählen weiß, wie es ausgeht, im Leben aber nicht."

22.

Es war noch neblig, als Kapp bei Frau Leber schellte. Der Winter machte erste Vorzeichen. Dampf stand über der Bäckerei und den Schornsteinen.

Die grüne Tür öffnete sich und er trat ein.

„Ich habe Sie schon erwartet. Ich glaube, ich bin Ihnen eine Erklärung schuldig. Bitte setzen Sie sich doch. Möchten Sie einen Tee?"

„Nein danke. Kommen wir doch lieber gleich zur Sache."

„Sie meinen das mit dem Koffer?"

„Ja. Case hat es mir gesagt."

„Die Geschichte mit dem Koffer und der Dose habe ich einfach erfunden."

„Und warum?"

„Sie taten mir so leid, und ich dachte, durch die Suche könnte ich Ihnen etwas Ablenkung von ihren Problemen bieten. Berlin täte Ihnen vielleicht gut. Zum anderen war ich sehr an Hinweisen auf Otto interessiert. Den habe ich echt nicht erfunden, und der hatte mir wirklich Angst gemacht. Bitte seien Sie mir nicht böse. Ich bezahle Sie auch für alles."

Sie sah ihn flehend an.

„Böse nicht, denn Sie haben auf eine neue Spur geführt. Es ist ein Mord im Hafen geschehen. Der Vorgang wird ins Dunkel gehüllt, und ich versuche, etwas Licht in die Sache zu bringen. Sie haben mich auf Otto Forzeny gebracht. Er ist tot. Was wollte er wirklich von Elisabeth? Warum hat er sie im Altersheim besucht?"

Er erzählte ihr kurz, was er über Otto herausgefunden hatte. Grete schien erleichtert. Auch über Julia.

„Werner besaß einen kleinen Lkw. Und als sein eigener Chef führte er ein Fahrtenbuch. Nur zum Spaß schrieb er da alles Mögliche rein. Auch über Dinge, die unterwegs passierten. Sie verstehen schon. Werner fuhr oft Strecken nach Celle, Berlin oder Sachsen, und da traf er sich mit anderen Fahrern auf den Raststätten. Auch in der DDR."

„Was für Raststätten?"

„Das weiß ich nicht mehr. Aber da gab es oft diese sagenhaften Grilltreffen bei Hannover."

„Hannover-Garbsen? Hannover-Linden?"

„Ich kann mich nicht erinnern. Aber da gab es einen legendären Schrottfahrer aus Uelzen, der soll in einer Nacht mit einer ganzen Busladung junger Mädchen geschlafen haben. Hat er wenigstens den anderen Fahrern erzählt. Sowas schrieb Werner gerne auf."

„Tauchen ganze Namen darin auf?"

„Einige, andere sind abgekürzt. Ich erinnere mich nicht."

„Und was hat das mit Otto zu tun?"

„Im Mai dieses Jahres erhielt ich einige seltsame Anrufe. Eine heisere Stimme, die sich als Otto ausgab, als einen alten Freund von Werner. Er wollte unbedingt dieses Fahrtenbuch von 1958 haben. War ganz verrückt danach. Nach drei oder vier Anrufen hat er es wohl aufgegeben."

„Er ist im Juli gestorben. Stand sein Name in dem Buch?"

„Ich weiß es nicht, aber das ist die einzige Erklärung, die ich dafür habe, dass er so hinter Werners Fahrtenbuch her war."

„Und wenn es nicht mehr in Berlin ist, wo könnte es denn heute sein, Gretel?"

Er sah sie forschend an. Sie zögerte.

„Ich habe es Isis Stein zum Verstecken gegeben. Das ist die Wahrheit, Peter."

Sie sah ihn beschwörend an.

„Da wir schon bei der Wahrheit sind, was hat Ihnen Werner über Schrottfahrten, Forzeny oder den Mann aus Uelzen erzählt?"

„Das waren alles alte Kameraden, die hatten im Krieg gedient. Mehr weiß ich nicht. – Doch, warten Sie mal. Da war irgendein Geheimnis. Der Mann aus Uelzen hat es ihm erzählt. Es hing zusammen mit etwas, das unmittelbar nach dem Krieg in Celle passiert ist. Irgendetwas Schreckliches, Werner nannte es die

„Hasenjagd". Er hat es mir nie genau erzählt. – Werner hatte Angst vor Otto. Das ist die volle Wahrheit."

„Hm."

„Glauben Sie mir nicht?"

„Ich muss nachdenken."

„Ich mach Ihnen noch schnell was Heißes. Das hilft meist."

„Also gut. Vielleicht nehme ich doch einen Tee, wenn Ihr Angebot noch gilt."

Sie rief aus der Küche:

„Übrigens, ich habe Kasimir diese Geschichten über seinen Onkel nicht erzählt."

„Sie tun das besser sofort."

Nach dem Tee zog Kapp ein Papier heraus und zeichnete mit seinem Kugelschreiber eine eher kindlich anmutende Lilie auf das Blatt.

„Haben Sie so eine Blume schon mal gesehen?"

„Was heißt hier Blume? Das ist keine Blume. Das ist ein römisches Schwert!"

„Das ist aber etwas kurz geraten. Woher wissen Sie, dass das ein Schwert sein soll?"

„Werner hatte eine solche Zeichnung in seinem Fahrtenbuch, gleich vorne auf der Innenseite, und als ich ihn fragte, sagte er mir, das sei ein römisches Kurzschwert. Hatte ihm ein Fahrer rein gemalt. Er wusste sogar das lateinische Wort dafür. Es heißt *gladio*."

Kapp erstarrte.

„Das ist Italienisch, nicht Lateinisch."

Er stand abrupt auf und entschuldigte sich.

„Wenn das, was Sie mir erzählen stimmt, haben Sie mir sehr geholfen. Vielleicht liegt das Fahrtenbuch ja noch bei der Nachbarin von Isis."

Er packte das Papier wieder ein.

„Ich melde mich wieder, Gretel, wenn ich mehr weiß. Ein schönen Gruß an Kasimir."

„Kasimir ist mit Lukas unterwegs. Er ist ganz verändert, seit er Sie kennen gelernt hat. Schade, dass Sie nicht noch ein wenig bleiben können. — Übrigens, hier ist das Handy, das er für Sie besorgt hat. Er sagt, Sie wissen Bescheid."

Zuhause fand Kapp Post. Darunter einen Brief von Pia. Sie erklärte darin ungeschickt, sie habe private Probleme und müsste eine Zeitlang verschwinden, um wieder ins Reine zu kommen. Möglicherweise sei sie schwanger. Sie bat Kapp, ihrer „Stiefmutter" beizustehen, vor allem, wenn sie die Kisten in ihrem Zimmer öffnete. Sie habe sie dort für einen Freund versteckt, der ihr erklärt habe, es ginge um verbotene Rockgruppen, die aber sehr gute Musik machten und deren CDs zu schade wären zum Wegwerfen. Eigentlich wollte sie jemand abholen, aber dieser Mann sei nicht gekommen, und jetzt sitze sie auf diesen CDs fest. Sie wolle aber nicht, dass ihre Stiefmutter damit Schwierigkeiten bekäme, wenn die Polizei davon erführe. Würde er Julia beistehen? Sie solle sich um sie, Pia, keine Sorgen machen. Sie käme schon zurecht und würde sich bald wieder melden. Vielleicht käme ja doch noch jemand die beiden Kisten abholen.

Kapp rief bei Frau Menge an. Pia war weggelaufen, Julia hatte inzwischen auch die andere Kiste geöffnet. Sie stecke voll mit CDs von rechtsradikalen Rockgruppen mit schrecklichen Bildern drauf. Die andere Kiste enthalte vier Bündel einer Zeitschrift mit dem esoterischen Titel *Irminsul*. Sie handle von Germanen und alten Sagen. Alle Nummern seien von diesem Jahr. Julia wollte bereits die Polizei anrufen, fürchtete sich aber vor deren Fragen zu Pia. Kapp riet ihr, noch zwei, drei Tage zu warten, keinem von dem Inhalt der Kisten zu erzählen und erst dann die Polizei anzurufen, wenn jemand vorbeikäme, um die Kisten abzuholen. Er gab ihr die Nummer von Werner Esch und riet ihr noch mal, sich das Kfz-Kennzeichen und den Namen des Abholers aufzuschreiben.

„Sei vorsichtig, das sind Neo-Nazis. Aber mach dir keine Sorgen um Pia, sie kommt schon zurecht. Vielleicht finde ich etwas über sie heraus. Ich melde mich dann in den nächsten beiden Tagen bei dir."

Er legte auf und rief bei Änne an. Es ging ihr gut, und ja, sie hatte noch einen Schlüssel zur ehemaligen Wohnung von Isis Stein.

Er fuhr zu ihr, und wie im Juli ging sie mit ihm in die Wohnung. Diese war völlig ausgeräumt und frisch gestrichen. Das ganze Haus stand zum Verkauf.

Kapp ging zielsicher auf den Kachelofen im Wohnzimmer zu. Über der Feuerstelle war eine Durchreiche und oben war der Ofen mit schweren braungelben Fliesen zugedeckt.

Kapp betrachtete genau die Verfugung aller vertikalen Fliesen und konzentrierte sich dann auf die schweren Platten der Abdeckung. Sie waren unverfugt.

Er stieg auf einen Stuhl.

„Da brauchen Sie nicht zu suchen. Das Versteck hat die Kriminalpolizei im Mai gründlich ausgeleert. Die haben sogar im Akkordeon was gefunden."

„Und? Was hat sie gefunden?"

„Da oben, unter den dicken Kacheln haben sie ein Adressbuch und eine Landkarte entdeckt. Das mit dem Akkordeon ist eigentlich streng geheim. Sie haben es mitgenommen. Ich darf nicht darüber reden."

„Sollen Sie auch gar nicht. Aber Grete hat mir etwas von einem Fahrtenbuch ihres Mannes erzählt, das sie Isis Stein zum Aufheben gegeben hatte."

„Das Fahrtenbuch war von Werner Leber?"

Kapp stieg von der Leiter.

„Wo ist es? Grete Leber hat mir erzählt, es sei hier versteckt."

„Das hat die Polizei ebenfalls mitgenommen. Es stand kein Name drin."

„Und Luckys Landkarte, war die vom Osnabrücker Hafen?"

„Nein, von der Lüneburger Heide. – Das hätte ich Ihnen

eigentlich auch nicht sagen dürfen. Und nun müssen Sie aber gehen."
Von der Straße rief er Frau Leber an.

Grete machte ihm einen starken Kaffee, und mit Kasimir zusammen durchsuchten sie gemeinsam das Fahrtenbuch von Günter, diesmal auf Kurzschwerter, Abkürzungen und Schrottfahrten. W. tauchte häufig auf und stand wahrscheinlich für Werner. AR stand wohl für Autobahnraststätte. Ein O. gab es nicht. Sie suchten weiter.

Ein halb ausgeschriebener Name fand sich nur auf einem Zettel, der gegen Ende des Fahrtenbuchs als Lesezeichen eingelegt war. Auf der Seite stand lediglich: Schrottfahrten – Kontakt: Schinkel-H., Deutsche Scholle. Kapp notierte sich den Namen.

Kein Kurzschwert zierte die eng beschriebenen Fahrteneintragungen (incl. Ladungen, Gewicht, Tankstellen-Abrechnungen, Kilometerstand). Doch die Abkürzung *TDC* tauchte mehrmals auf, zweimal in Zusammenhang mit Celle und öfters noch mit Dörfern in der Lüneburger Heide. Es schien tatsächlich keinen Hinweis auf Otto zu geben. Der Ausdruck „Fliegender Bleistift" war zweimal dick mit Rotstift unterstrichen. Es würde Tage dauern, die eng beschriebenen Seiten mit den langen Fahrtenlisten durchzugehen, um herauszufinden, ob „Schrott" nicht ein Tarnwort für ganz andere Ladungen sein könnte. Case kopierte ihm vier Seiten mit Abkürzungen, versprach ihm, den Ortsnamen und GLADIO nachzugehen.

Kapp musste diesen Leo finden. Er konnte ihn zu Ottos Ladungen führen oder einer neuen Spur. *Gladio* hing mit dem Arm zusammen. Was hatte Lucky mit *Gladio* zu tun? Case würde sich um die italienische Seite kümmern. War ihm der Arm tatsächlich mit einem Schwert abgetrennt worden?

Kurz nach Mittag, die Sonne kam gerade durch den Frühnebel, radelte K. zum Hafen an der Dornierstraße. Nahe der Brücke am Kanal saßen zwei Angler.

Kapp setzte sich zu ihnen. Er begrüßte sie mit Fritz und Hans. Zwischen ihnen stand eine Flasche.

Hans trug keinen Lederhut. Und Fritz drehte sich nicht um, sondern redete einfach weiter:

„Jahrelang! – Mit so ner Platte lebst du ja immer in der Sonne!"

„Wenn mein Zäpfchen auf Durchzug steht."

„Dein Nippel!" Fritz reichte die Flasche rüber.

„Und deiner!" Hans reichte die Flasche zurück.

Eine Radlerin hielt hinter ihnen. Sie arbeitete bei der Umweltstiftung.

„Nicht gerade ein Quell' von Himbeerwasser", scherzte sie. Sie zog ein belegtes Brötchen aus der Tasche.

Die „Quelle" war ein Abflussrohr der Kläranlage unter der Uferböschung. Sie fischten oberhalb der Quelle.

„Sie beißen schlecht an", sagte Hans und steckte einen neuen Wurm auf. Die Frau fuhr weiter.

Fritz kannte Leo Hinkler. Ein Original. Er kannte auch seinen Schrebergarten. Leo hieß mit Spitznamen Pinkler. Hatte es mit der Blase. Nachts arbeitete er zeitweise als Pförtner bei Nostrom. Mitglied im Hundezüchter-Verein in Schinkel. Hielt sich zwei Wachhunde im Schrebergarten. Wohnte mehr dort als zuhause. Besonders im Sommer. Meistens schlief er tagsüber und ging dann zum Dienst. So um drei wurde er wach. Sie zeichneten ihm die Lage des Gartens auf, und K. radelte los.

Er hielt an der Steigung in Schinkel, ging ins Cafe Bleibtreu und bestellte eine Pizza. Viele Taxifahrer aßen hier wegen des großen Parkplatzes vor dem Haus. Franz hatte ihm von der Pizza hier erzählt.

Dann radelte er bergab durch die Unterführung zu den Gärten.

Er hatte noch eine Stunde Zeit und sah sich die Anlage etwas genauer an. Türken, Italiener, Spanier, Lateinamerikaner lebten hier friedlich und laut Zaun an Zaun. Hohe Buschhecken verdeckten die Sicht vom Weg aus. Blumen, Komposthaufen und Obstbäume überall. Einige Tore in den Hecken standen offen, und er konnte die Familien in den Gärten bei der Arbeit oder beim Essen sehen. Ein Mann mit prächtigen Rosen und der chilenischen Flagge am Tor zeigte ihm Leos Parzelle.

Hinkler war schon wach und stand am Gartentor, schien auf jemanden zu warten. Er schaute Kapp misstrauisch an, als der ihn ansprach.

Leo war unrasiert, hatte gelbliche Augen und übergroße Ohren. Auf seiner Glatze spiegelte sich die Sonne.

Er schaute zunächst gelangweilt auf das Foto von Otto und Werner, während ihm K. die Geschichte von einem Koffer und der Blechdose voller Münzen im Hafen auftischte. Leos Neugierde schien geweckt, und er bat K. in den Garten.

Die beiden Hunde, groß und schwarz, knurrten drohend, hielten aber auf Leos Geheiß still und legten sich wieder. Hinter dem Hundezwinger stand ein gemauertes Häuschen mit Terrasse, auf der zwei Sessel standen. Die Tür stand halboffen, und im Dunkel konnte P. ein ungemachtes Bett sehen. Neben dem Bett stapelten sich weitere Gartensessel aus weißem Kunststoff. Die Terrasse war zur Hälfte mit den gelben Steinen aus dem Piesberg ausgelegt.

Kapp fragte nach den Hunden, und erwartungsgemäß erwies sich Leo Hinkler als ein Kenner von Rassehunden und ihren Vorzügen und Nachteilen. Er taute auf. Leo selbst hatte jahrelang in Celle als Kellner gearbeitet, kannte sich auch mit Menschen aus. Jetzt war er zu alt für all das und machte Nachtdienst als Pförtner. Da sah er niemanden.

Was Kapp denn eigentlich von ihm wolle?

Der zeigte sich erneut an alten Münzen und Waffen interessiert.

„Mit Münzen kenne ich mich aus, aber mit Waffen habe ich nichts zu tun. Kommen Sie von der Polizei?"

„Wieso fragen Sie das?"

„Herr Kapp, lassen wir das Versteckspiel! Ich weiß, wer Sie sind, und dass Sie an Luckys Geschichte interessiert sind, pfeifen ja die Spatzen im Hafen von den Dächern."

„OK, spielen wir mit offenen Karten. Dann wissen Sie sicher auch, dass ich suspendiert bin und dass ich offiziell nichts mit dem

Fall zu tun habe. Ich bin ein einfacher Streifenpolizist."

„Und warum sind Sie an Lucky interessiert?"

„Ich habe den Arm gefunden an jenem Morgen. Und ich werde das Bild seitdem nicht mehr los."

„Davon wird er auch nicht mehr lebendig."

„Aber vielleicht finden wir die Täter."

„Was meinen Sie denn, wer das getan hat?"

„Ich glaube, es waren Waffenschmuggler."

„Ich bin wegen Waffen schon zweimal verhört worden. Aber ich weiß doch nichts."

„Wieso sucht die Polizei denn bei Ihnen nach Waffen?"

„Irgendein Knallkopp hat ihnen erzählt, hier in den Gärten wären Waffen vergraben. Waffen von 1945. So ein Unsinn! Dann müsste unser Grundwasser ja rostig sein, habe ich denen gesagt. Aber wir haben hier das beste Grundwasser in ganz Osnabrück."

Er erhob sich und ging zu seiner Gartenpumpe. Er betätigte den Schwengel und rief mich rüber.

Aus einer Blechtasse, die an der Pumpe hing, bot er mir Wasser an.

„Schmecken Sie selbst!"

Das Wasser schien klar, und ich trank den Becher ganz aus.

„Na, schmeckt das nach alten Waffen?"

„Sicher nicht."

Kapp dankte und kam wieder auf den Hafen zurück.

„Sie hatten doch damals Wache an der Pforte?"

Er schaute auf die Uhr.

„Ja, aber was jenseits der Hafenmauer vor sich gegangen ist, davon weiß ich nichts. An der Pforte war auf jeden Fall alles ruhig. Das habe ich aber Ihren Kollegen schon mehrfach zu Protokoll gegeben. Ich weiß wirklich nicht mehr."

Ich stand auf.

„Ich möchte nicht unhöflich sein und Ihre Zeit stehlen. Kann ich noch einen Schluck Wasser haben?"

Hinkler nickte und erhob sich ebenfalls.

„Habe noch zu tun, erwarte ein paar Leute. Hat mich gefreut,

Herr Kapp. Vielleicht kommen wir ja mal ins Geschäft. Mit den Münzen, meine ich."

„Ja, wo Sie doch hier an der Quelle sitzen. Unter so vielen Laubenpiepern."

Leo blinzelte ihn lächelnd an. Dann öffnete er die Gartenpforte.

„Und wegen der rostigen Waffen fragen Sie doch mal bei Carlos Martinez nach, einige Gärten weiter ... „

„Martinez?"

„Fährt für Dunkelmann. Der weiß immer alles besser als ich."

„Na toll!"

Beide lachten, und Kapp ging in die gezeigte Richtung. Er fand Carlos Martinez, der gerade im Begriff war zu gehen.

„Sind Sie ein Bekannter von Leo?", fragte er.

„Sah ihn heute zum ersten Mal. Wollte was von ihm über Kisten wissen, die hier aufbewahrt wurden. Er hat mich an Sie verwiesen."

„Leo wird alt. Das ist schon lange her, im April glaube ich, zweimal, soweit ich weiß. Früher häufiger. Über so was weiß Leo weit mehr als ich. Aber Sie müssen sich ranhalten."

„Warum?"

„Leo hat's an der Prostata. Der macht's nicht mehr lange."

Martinez schloss seine Pforte ab und verabschiedete sich.

Kapp ging den Pfad runter bis zur Straße. Als er gerade sein Rad aufschloss, fuhr ein silberner Mercedes vor und hielt zwei Gärten weiter.

Peter täuschte Probleme mit dem Schloss vor, bückte sich tiefer und merkte sich das Kölner Kennzeichen. Der Fahrer blieb im Auto sitzen, bis er fortgeradelt war.

Am Sonntag lud ich Franz nach dem Angeln ein zum Essen im Spanischen Elternverein. Der Tisch erlaubte einen doppelten Blick: einerseits auf den laufenden Fernseher, andererseits durch das Fenster auf den Parkplatz und die Wache. Während die Calamares und Pommes in der Küche brutzelten, nippten wir am Bier und ließen den Blick zwischen Fenster und Fernseher hin und her schweifen. Eine spanische Ratesendung, die offensichtlich dasselbe amerikanische Modell nachmachte wie unsere deutsche. Die Sprecherin ähnelte Sonja. Aber sie hatte die Haare rot gefärbt. Ich verstand kaum ein Wort. Draußen wiegten sich die blattlosen Bäume am Parkplatz im Wind. Es war kalt geworden. Im fünften Stock an der Wachsbleiche war noch Licht. Pepe brachte mir ein neues Bier und schaltete das Programm um auf Canalsur aus Andalusien. Es gab Nachrichten.

Die Calamares schmeckten gut. Im Fernsehen begann eine neue Sendung mit einer grell geschminkten Frau namens Victoria Romero. Was hatten die Nachrichten zu bedeuten? Drohten die USA mit Krieg?

Wir fragten Pepe, aber der glaubte nicht an Krieg in Afghanistan. Und er wies auf das Hufeisen an der Wand. Sie hatten eben Pech, sagte er, *mala suerte*.

Franz lachte und suchte in seiner Jackentasche herum. Er zog eine gefaltete Seite eines Lokalblattes heraus. Einen Satz hatte er angestrichen:

Was macht eigentlich Hansi K. der große Inspektor? Der Schrecken der Pagenstecher Straße wurde lange nicht mehr gesehen STOP Wir sind überzeugt einige von Euch vermissen seine Knöllchen, nicht wahr STOP

„Spaß, ne?", sagte Franz.
Die Nummer war vom September.
„Schrottpresse! Da kann ich drauf verzichten."
Ich zerknitterte die Seite und schob sie in meine Tasche, als der Klippfisch kam.

Am Abend brachte Kapp seine Aufzeichnungen mit zwei Skizzen zu Pia auf den neuesten Stand. Er schrieb sie relativ achtlos und schnell. Sie würden vielleicht ganz unbrauchbar sein. Auch den Titel würde er ändern müssen. Leo war die Quelle.

23.

Kapp besorgte sich freitags gleich vier Stadtpläne im Touristenbüro. Anita hatte eine neue Frisur und war mit einem jungen Engländer beschäftigt, der umständlich viele ganz überflüssige Fragen an sie stellte. Sie schob Kapp die gefalteten Karten über den Tisch und lächelte ihm kurz zu.

Im Stadtcafé nebenan umkreiste Kapp Nostrom mit einem schwarzen Stift und zog dann in verschiedenen Farben die möglichen Fahrtstrecken Richtung Osten und Westen nach. Man konnte mit einem Pkw von der Brückenstraße am Kanal entlang bis zur Mordstelle vorfahren. Fast alle Kombinationen führten auf die beiden Autobahnzubringer im Westen der Stadt. Aber über die Vehrter Landstraße führte auch eine Verbindung nach Schinkel. Er zeichnete drei Möglichkeiten zu den Gärten, strich zwei wieder durch. Vor drei Wochen hatten sie einen gestohlenen Mercedes aus dem Hafen gefischt. Er markierte den Ort ebenfalls.

Dann kam Leber dazu. Er hatte *Gladio* recherchiert und war fündig geworden.

„Da war was."

Seit 1984 hatte die Justiz die sich häufenden Bombenattacke in Italien untersucht. 1990 enthüllte Andreotti, dass ultrarechte Gruppen Teile der Polizei, des Militärs und der Geheimdienste unterwandert hatten mit dem Ziel, durch gezielten Terror einen Staatsstreich zu provozieren. Diese Gruppen waren ursprünglich nach 1945 von den Amerikanern aufgebaut worden, um im Falle eines Einmarsches der Russen Partisanentruppen hinter deren Linie zu bilden. Die meisten der ursprünglichen Mitglieder waren antikommunistisch und faschistisch. Der US-Geheimdienst hatte sie mit vergrabenen Waffendepots ausgerüstet, und ein Teil des Terrors in Italien wurde aus diesen Depots gespeist. Die Geheimorganisation, eine Art Geheimarmee in der Republik, trug den Codenamen Gladiator-Schwert, also „*Gladio*".

In Deutschland hieß die von den USA gegründete Gruppe „Technischer Dienst" und operierte verdeckt hinter dem „Bund deutscher Jugend". Beide Organisationen steckten voller Nazis, meist rekrutiert durch Klaus Barbie, der für die Amerikaner den Aufbau besorgte, und der TD verfügte über die geheimen Waffendepots, aus denen sie später auch die Neonazis bedienten.

Niedersachsen spielte dabei eine besondere Rolle, um Uelzen herum wurden 1981 über dreißig solcher Depots ausgehoben. 1995 kamen weitere Arsenale hinzu. Eine weitere Gruppe existierte in Celle und ein geheimes Dokument des TD benannte einen Treffpunkt in der Lüneburger Heide für den Tag X des bewaffneten Widerstandes. Es gab auch eine Namensliste von sofort zu beseitigenden Politikern.

Plötzlich schien alles zu passen. Lucky kam aus Italien und hatte ein *Gladio*-Tattoo. Er hatte eine Karte zur Lüneburger Heide versteckt zusammen mit einem Adressbuch, für das sich das BKA interessierte. Die Plutoniumspur und Italien brachten den BND mit ins Spiel.

Doch das passte Kapp auch wieder nicht. Lucky als italienischer Terrorist, der sich im Osnabrücker Hafen Plutonium verschaffte, klang eher unwahrscheinlich. Eher als Doppelagent des italienischen Geheimdienstes, der einen Plutoniumschmuggel in Deutschland aufdecken wollte. Mit Brennstäben des AKW Lingen? Ein Schmuggel, der vom BND eingefädelt worden war? Wozu?

Kapp erstarrte und schob die Karten beiseite. Er blickte Case an. Der nickte. K. zahlte für beide und sie gingen zur Tiefgarage unter dem Stadthaus, wo Lebers Wagen stand. Das Oxmox hatte geschlossen. Sie fuhren in die Danziger Straße und parkten kurz hinter der Grundschule. Es war ruhig in der Straße.

Dort setzten sie ihre Überlegungen fort.

Wenn Lucky dem verdeckten Umschlag von illegalen Gütern im Osnabrücker Hafen nachspürte, hatte die Gruppe, die diesen Schmuggel organisierte, ihn vielleicht umgebracht. Zur Abschreckung. Das wäre auch eine mögliche Erklärung für die Ermordung von Reinhold auf dem Rastplatz an der Autobahn. Vielleicht hing sogar der Schmuggel mit Kinderpornografie mit dieser Organisation zusammen.

„Jetzt spinnst du aber", sagte Kapp. „Das mit den Pornos haben mir die Belgier untergejubelt, weil ich die Bestechungsanzeige nicht zurückgezogen habe."

„Der Hafen ist ein idealer Umschlagplatz zwischen Schiffen, Autos und letzlich auch Zügen. Güter können alles Mögliche sein. Man kann die Orte flexibel ändern, je nach Fracht und Beteiligten. Die Auftraggeber brauchen gar nicht in Erscheinung zu treten und sitzen vielleicht ganz woanders."

„Es gibt fast keine Beweise für das, was du sagst; die erklären mich für verrückt, wenn ich das zu meiner Entlastung verwende. Außerdem ist das auch gefährlich, falls der BND oder der italienische Geheimdienst darin verwickelt sind."

„Immerhin haben wir das Fahrtenbuch von Günter und die Fahrten nach Celle. – Gibt es den Technischen Dienst eigentlich noch?"

„Nicht das ich wüsste."

„Oh mein Gott! Technischer Dienst Celle. *TDC!*"

Beide schweigen und blicken sich an. Der Pausenhof hinter ihnen füllte sich mit Kindern.

„Ich muss das testen. Sonst werde ich wirklich noch verrückt. – Hör zu! Wenn ich bei der Kripo etwas von *Gladio* andeute, müsste das doch eine Reaktion vom LKA provozieren? Wenn sie es tun, steckt das BKA mit drin ... „

„Das ... ist gefährlich!"

„Aber die Sache wert. Es kann ja noch viel schlimmer kommen."

„Vielleicht decken die Geheimdienste sogar den TD und den Plutoniumschmuggel! Das ist doch Teil ihrer eigenen Geschichte."

„Pass auf dich auf, Case! Sonst kriegst du selbst noch ne

Paranoia. Dann kann ich ja keinem mehr trauen."

Beide lächelten.

Die Pausenglocke klingelte. Die Kinder stellten sich auf. Leber lächelte immer noch. Kapp hatte ihm vom LKA-Anruf erzählt.

„Die andere Spur ist Leo. Wenn der auspackt, dann hätten wir Beweise. Willie steckt zu tief mit drin. Der redet nicht."

„Übrigens, die beiden Kabel, die ich zu deinem Computer gelegt habe. Oben hinter der Arbeitsplatte. – Kapp sie!"

Sie lachten.

„Mach keinen Putsch! Schick mir Lukas vorbei, sobald du was Neues hast!"

Um 14:30 Uhr rief er Karl-Heinz an. Der arbeitete in seinem Dienstzimmer, und die Brücke stellte ihn durch.

„Na, Peter, wie geht es? Lange nichts mehr von dir gehört."

„Das Verfahren beginnt im Januar. Ich arbeite an meiner Entlastung. – Hast du was von Schell gehört?"

„Wieso, habt ihr keine Verbindung mehr?"

„Ich habe ihn seit dem Tag nicht mehr gesehen oder gehört."

„Soweit ich weiß, läuft ein gesondertes Ermittlungsverfahren gegen ihn. – Wegen Kontakten zur rechtsextremen Szene."

„Donnerwetter. Weißt du Näheres?"

„Nein, Morbus in Hannover arbeitet dran. Der ist Spezialist auf diesem Gebiet."

„Wirklich! Eigentlich rufe ich wegen etwas ganz anderem an. Oder vielleicht auch nicht. Hast du mal von Waffenlagern in der Lüneburger Heide gehört? Da war doch was in den achtziger Jahren. Hatte das nicht auch mit rechtsextremen Gruppen zu tun?"

„Da war was. Kann mich aber nicht genau erinnern. Willst du, dass ich mal nachsehe? Oder kannst du noch in die Abfragen rein?"

„Nein. Deshalb bitte ich dich ja."

„Okay. Ist gerade Funkstille. Ich schau mal nach. Wenn ich etwas finde, ruf ich dich in ein paar Minuten zurück."

Zehn Minuten später rief Karl-Heinz zurück.

„Wieso interessiert dich das? Gibt es etwas Neues zu dem Fall?"

„Ich bin nicht ganz sicher. Hast du mal ein *Gladio* gesehen?"

„Ich glaube nicht. Wie sieht so was aus?"

„Na, wie die Tätowierung auf dem Arm, den wir im Hafen gefunden haben."

„ – Warte mal, da geht gerade ein Alarm ein. Ich muss aufhängen. Wir reden später noch mal darüber."

„Und wo du gleich dabei bist, schau doch mal, ob es in Celle noch einen Technischen Dienst gibt!"

Karl-Heinz rief nicht mehr an.

Aber Leo Hinkler rief an. Er hatte mir etwas zu sagen, etwas Wichtiges. Am Sonntag.

Am Wochenende meldete ich meine Vespa ab. Ich hatte vier Nachmittage daran gearbeitet. Der Verteiler war endgültig hin, und ich fand keine Ersatzteile im Netz. Es gäbe welche, sagte Bob. Man müsse nur suchen. Er versprach, mal rumzuhören.

Nachts ergänzte ich meine Aufzeichnungen und kam bis zu Hinklers Garten. Der kommende Abend würde zeigen, ob sich doch mehr Licht in das Dunkel um Lucky bringen ließ.

K. stellte sein Rad ab und ging an den Abfalleimern entlang zur Pforte. Hinkler wartete schon auf ihn. Er war allein. Sein Kollege hatte angerufen und gesagt, er komme eine Stunde später.

Die beiden setzten sich an den Tisch. Leo sah müde aus. Die Nachtschicht hatte zwei Stunden zuvor angefangen, es blieb ruhig an der Pforte. Hinter ihnen summte das Kraftwerk von Nostrom. Der Schornstein gegenüber war rot erleuchtet.

Leo schob ihm eine Karte mit den Gebäuden der Firma über den Tisch.

K. war weniger an der Frischwasseraufbereitung oder den Fließbettseparatoren interessiert als an der Kantine und dem

Lager. Er bat trotzdem, einige Aufzeichnungen machen zu können, und zog ein paar Bögen weißes Papier heraus, als Leo zustimmte.

„Papier in der Papierfabrik?", fragte er scherzhaft und blinzelte. Dann fuhr er ernsthafter fort.

Die Kantine lag links an der zweiten Straße gegenüber der dritten Papiermaschine und dem Materiallager. Die Straße endete am Papierlager, hinter dem ein Pfad zu einer Pforte im Zaun führte. Es war die dritte Pforte zwischen Fabrik und Hafen. Die erste Pforte hieß Tür 47 und war fast immer geschlossen. Die zweite Pforte führte vom Lagerplatz unter dem Kran zur Anlegestelle. Durch diese Pforte waren Willie und Johann gekommen, als sie sich zum ersten Mal mit K. am Hafen trafen. Die dritte Pforte am Ende des Grundstücks führte über einen kurzen Damm durch zwei Sumpfteiche zum Hafen. Die beiden Tümpel waren im Mai besonders gründlich untersucht worden.

Im vorderen Teil der zweiten Straße befand sich die Schredderanlage mit dem Zellstofflager im Kranbereich. Die Papiermaschine und die Kantine lagen also zwischen dem Rohstoff und dem Endprodukt, und alle vier lagen auf der Hafenseite. Die Abwasseranlage führte in den Zusammenfluss von Hase und Nette.

Die Schiffe lieferten jeweils achtzig bis neunzig Tonnen Zellstoff, an die hundert Binnenschiffe brachten die Fracht. K. begann, gezielt Fragen zu Luckys Arbeitsplatz zu stellen. Zwischen den Schichtessen in der Kantine blieb immer etwas Zeit, zur Pforte zu kommen, sich im Papierlager umzusehen oder am Zaun zum Kanal eine Zigarette zu rauchen.

Nach Hinklers Informationen hatte sich Lucky mit zwei, drei Arbeitern zusammengetan, die einen Nachschlüssel zur Pforte besaßen und so leicht während der Nacht Kontakt mit Leuten auf den draußen liegenden Kähnen aufnehmen konnten. Die Pforte war weit weg; nachts blieb das Papierlager leer; und trotz greller Ausleuchtung der hohen Papierrollen im Innern ließen sich im Schatten hinter dem Gebäude ungesehen Geschäfte abwickeln.

Zu diesen Geschäften wusste Leo wenig zu sagen. Seit einigen Jahren verdienten sich einige Arbeiter ein Zubrot, indem sie Schmugglern auf den Schiffen ein kurzes Zwischenlager boten. Einmal hatte ein Frachtstück drei Tage unbemerkt in einer Ecke des Papierlagers gestanden, bis es von einer Gruppe vor der Pforte abgeholt wurde. Einige Pförtner waren so in die Geschäfte eingeweiht, bekamen wohl auch etwas ab, aber Lucky war noch zu jung im Geschäft, um über alles informiert zu sein. Leo selbst hatte bei einigen früheren Verschiebungen mitgemacht.

„Bin doch kein Unmensch." Er blinzelte.

Und dann kam Hinkler zum Wesentlichen. In letzter Zeit sei es gelegentlich zu Verschiebungen von Kisten mit Waffen gekommen. Vor allem Handfeuerwaffen aus Belgien. Aus Brüssel. Auf den Kisten hätten seltsame Abkürzungen gestanden wie *TBM* oder *TDC*. Irgendwas Militärisches. Die Leute riefen vorher vom Schiff von speziellen Telefonen, die angeblich abhörsicher waren, bei einem Schrotthändler an, und der holte die Kisten entweder direkt vom Schiff ab oder die Leute lagerten die Kisten hinter dem Lager in einem verfallenen Schuppen. Einmal hatten sie zwei Kisten auch bei Martinez im Schrebergarten zwischengelagert. Das waren aber keine Waffen. Der Codename für das Versteck war „die Quelle". Ein weiteres Versteck gab es beim Förster Kniebusch am Rubbenbruchsee.

Eine der Kisten enthielt allerdings Kinderpornografie. Da habe er aber nicht mehr mitgemacht. Er habe das Zeug einfach vernichtet. Ja, auch die Festplatte. Die habe er in einen Teich geworfen. So was führt immer zu Erpressung und Mord. Damals sei er ganz ausgestiegen.

Was mit den Kisten anschließend geschah, wusste er nicht. Einmal sei ein Kleinbus aus Uelzen gekommen. Da wisse der Schrotthändler Zorn mehr. Aber im Mai, als das mit Lucky geschah, hatten sie eine bleischwere Kiste ausgeladen. Die drei Leute an der Mauer – ein Belgier und zwei Leute aus Duisburg – hätten um Verstärkung gebeten, und die Arbeiter seien durch die zweite Pforte gegangen. Darunter Lucky, der in der Kantine eigentlich abwaschen musste und sich selbst anbot.

Im Hafen sei es dann wohl zu einer Schlägerei gekommen, bei der Lucky umgebracht wurde. Die anderen beiden seien mit dem Schrecken davon gekommen. Einer sei später verstorben. Die anderen könne er nicht nennen. Sie litten bis heute unter Todesangst.

„Was genau am Hafen vorgefallen ist, wissen nur die beiden", schloss Hinkler seinen Bericht. „Es war grauenhaft."

Seiner Meinung nach waren die Arbeiter da in was reingeschliddert, was weit über ihren Horizont reichte. Wer immer hinter dem Mord stecke, sie hätten nicht die Schuld daran. Vor allem, wenn Plutonium mit im Spiel sei, wie es ja ausgesehen habe, steckten da sicher die Geheimdienste und vielleicht sogar die NATO mit drin.

Er lehnte sich zurück und zog seine zu weite Hose hoch. „Plutonium ist ein Teufelszeug."

Leo riet mir dringend, die Finger von dem Mordfall zu lassen. Osnabrück und sein Hafen hätten damit nicht zu tun.

„Und was ist mit Luckys Leiche passiert?"

„Die wurde brikettiert."

Kapp schaute verständnislos.

„In der Brickettieranlage. Auf dem Schrottplatz."

Kapp musste schlucken, dann bekam er einen Würgereiz.

Hinkler sah Kapp fast väterlich besorgt an.

„So was kommt vor. Vielleicht auch umgeladen auf Autobahn-Parkplätzen. Dafür braucht man keinen Hafen. So vieles, was hier in Niedersachsen geklaut wird, landet direkt auf der Autobahn. Das ist wesentlich schneller und ungefährlicher."

„Und was ist mit Celle?"

„Peter, halten Sie sich da raus! Das ist doch längst verjährt und interessiert heute keinen mehr. Mit Celle läuft schon lange nichts mehr."

„Wirklich?"

„Peter, ich würd's dir sagen, wenn was wäre. Ich hab eh nicht mehr lange zu leben. Nur so viel noch, die Killer, das waren Jugos aus Duisburg."

Er sah mich durchbohrend an.

Sein verspäteter Kollege traf ein, Ulrich Bleichröder.

Hinkler steckte den Lageplan wieder weg und bot sich an, K. die Kantine und das Papierlager zu zeigen, während Ulrich die Pforte und den Computer im Auge behielt. Leo streifte sich einen grünen Gummimantel über und holte sich eine große Stablampe aus dem Schrank. Draußen war es kalt geworden. Sie bogen an der Ausbildungswerkstatt um die Ecke und gingen zuerst in die Kantine. K. wollte zu einem Kaffee einladen, doch Leo lehnte ab. Er war im Dienst.

Er zeigte K. stattdessen kurz die Küche, die ohne Personal war. Hier hatte Lucky gearbeitet. Eine Tür führte direkt von der Küche zur Ladestraße. Gegenüber rauschte die Papiermaschine. Sie gingen die Straße hinunter zum Papierlager neben der Versandabteilung. Die Halle stand offen und die hohen baumdicken Rollen waren fertig zum Abtransport in Reihen aufgestellt. Sie ragten bis zu zehn Meter hoch. Man hatte die Rollenstapler am Ende der Halle geparkt. Es war gespenstisch weiß im Lager. Sie verließen die Halle durch die hintere Ausfahrt und bogen rechts ab zum Zaun am Hafenufer.

Die Nacht war still und klar. Zwischen Zaun und Lagerhalle verlief ein altes Gleis. Dort war die dritte Pforte aus starkem Maschendraht wie der Rest des Zaunes und fast unsichtbar. Hinkler schaltete seine Stablampe ein und leuchtete das Gras hinter dem Gleis ab. Da gab es Schleifspuren. Und die Pforte stand offen.

Aus dem Dunkel des Hafens traten plötzlich zwei Männer durch die Pforte und richteten ihre langen Pistolenläufe auf Leo. Beide schossen gleichzeitig und, als Leo umfiel, auch auf K. Dieser warf sich ins Gras und robbte hinter das rostige Gleis zurück ins Dunkel, Richtung Kantine. Es fiel kein weiterer Schuss. Die beiden Schüsse waren fast lautlos gewesen, und Hinklers Lampe leuchtete noch immer grün durch das hohe Gras am Zaun. K. blieb an der Mauer liegen und hielt den Atem an. Er konnte Leo nicht sehen. Nur die Papiermaschine rauschte aus der

Ferne herüber. Wie in seinem Traum.

Der Hafen lag weiter ruhig und kalt.

Dann sprang hinter dem Wäldchen ein Auto an. Durch die Bäume drang ein schwacher Lichtkegel, doch das Motorengeräusch klang schnell ab.

K. wartete zehn Minuten, bevor er sich vorsichtig aufrichtete und am Zaun entlang zum Licht der Taschenlampe zurückging. Er blieb mehrfach stehen und horchte in die sternenlose Nacht. Die Lichter vom gegenüberliegenden Hafenufer drangen nicht bis zum Zaun durch. Doch durch die Bäume sah er drüben teilweise gelb erleuchtete Kieshalden. K. zog seinen Mantel aus und warf ihn über die Stablampe, bevor er sich wieder ins Gras fallen ließ. Nichts rührte sich, die Dunkelheit war wieder vollkommen wie zuvor.

Zehn Minuten später kam ein Lastwagen über die Brücke, und er konnte die Umrisse seiner Umgebung für einen kurzen Moment erkennen. K. kehrte zu seinem Mantel zurück und hob die Stablampe auf. Leo lag nicht mehr an dem Platz, an dem er gefallen war. Eine neue Schleifspur führte zur Pforte.

K. ging im Dunkeln zurück zur Kantine, diesmal auf der anderen Seite des Lagers. Die Kantine war leer. K. setzte sich an einen Tisch nahe der Küche und sah auf die Uhr. Zehn vor zwölf. Um Mitternacht würde die Nachschicht ihre Pause haben. Draußen stand schon ein Arbeiter und rauchte. Er wartete auf jemanden. K. musste sich schnell entscheiden. Den Mord von Bleichröder aus melden und sich als Zeugen stellen oder Hinkler suchen jenseits der offenen Pforte. Während er noch überlegte, drang das Geräusch zweier Streifenwagen vom Römeresch herüber. Jemand hatte bereits angerufen. Es war zu spät.

Die Kollegen von der Kripo hielten ihn die ganze Nacht fest und verhörten ihn mehrfach. Gegen vier Uhr morgens kam noch ein Kollege aus Hannover dazu. Es war Morbus. K. berichtete fast lückenlos und wahrheitsgetreu alles, was er wusste. Aber er ließ Julia, Pia und Case weg.

Als ihm die Kollegen sagten, der anonyme Anrufer habe ihn als Mittäter belastet, rückte K. dann auch mit seinen Vermutungen heraus.

Er zog ein gelbes Papier aus der Jacke und entfaltete es. Es war die Rückseite einer Einladung zu einem indianischen Abend in der Schwitzhütte. K. begann zu zeichnen.

Er malte mit einem dicken Filzstift drei Buchstaben auf die Mitte der Seite und kreiste sie ein. Dann verband er nacheinander die Wörter *Gladio*, Brüssel, Neo-Nazis, Waffenschmuggel und Plutonium mit diesem Kreis. Dann fügte er mit roter Farbe die Namen Vannini, Schell, Grimme und Reinhold Kannegießer hinzu. Während er die Zusammenhänge erläuterte, begann er, Namen und Wörter mit roten Linien zu verbinden.

Als er langsam zum Schluss kam, umgab ein dichtes Netz von roten Verbindungen den Kreis mit *TDC*.

Er gebe vielleicht noch immer einen Technischen Dienst in Celle.

Morbus lächelte mitleidig.

„Herr Kapp, wir wissen mehr über dies, als Sie denken. Auch was Sie so in Hannover treiben ist uns nicht unbekannt. Auskünfte über Kollegen einholen, Ihre Kontakte im LKA usw. Frau Karatejew z. B. arbeitete für uns, bevor sie diese bedauerliche Krankheit bekam. Sogar Herr Leber ist uns kein Unbekannter. Übrigens, warum interessiert Sie der Lkw-Diebstahl in Haar? — Nun gut, Sie müssen nicht darauf antworten."

Er sah mich durchdringend an.

„Herr Kapp, entschuldigen Sie, aber Sie sind naiv. Herr Hinkler hat Sie vielleicht in eine tödliche Falle locken wollen. Sie können von Glück sagen, dass Sie noch leben."

Er machte eine Pause. Dann räusperte er sich.

„Die Aussagen zu Herrn Zorn sind interessant, und wir werden ihnen nachgehen. Auch dem Hinweis auf Duisburg. Auf keinen Fall recherchieren Sie aber auf eigene Faust weiter. – Wir haben ja viel Verständnis dafür, dass Sie sich für Ihr bevorstehendes Verfahren eine Entlastung suchen, aber wir haben Sie nachdrücklich aufgefordert, sich aus dieser Plutoniumsache herauszuhalten. Die ist eindeutig ein paar Nummern zu groß für Sie. Und simple Verschwörungstheorien, wie Sie sie da von Celle und Zellen produzieren, reichen nicht entfernt an das heran, was hier wirklich läuft. – TDC! Dass ich nicht lache! – Noch mal, vielleicht das letzte Mal in kollegialer Form: Halten Sie sich aus allen Nachforschungen über den Hafenmord heraus! Die Sache hat längst internationale Dimensionen angenommen. – Es tut mir leid, aber wir müssen wahrscheinlich morgen eine Hausdurchsuchung bei Ihnen machen. Dr. Seifert hat einen Durchsuchungsbefehl bereits unterschrieben. – Gute Nacht. Was davon übrig bleibt."

Alle waren hundemüde. Zwei Beamte brachten ihn nach Hause.

Die Fahndung nach den beiden Mördern lief auf vollen Touren, noch ohne Erfolg.

Sie hatten Leo einfach kopfüber in den ersten Tümpel geworfen.

24.

Abends trafen sich K. und Leber in der X-Bar beim Hafen. Leber widersprach ganz unerwartet K.s Vermutungen zu Celle. Er war bei den Recherchen über *Gladio* auf weitere europäische Zusammenhänge gestoßen, und die deuteten seiner Meinung nach auf Brüssel. Die CIA hatte ihre Geheimarmeen der NATO unterstellt und diese wurden aus Brüssel gelenkt. Die belgische Polizei war von zwei Netzen durchsetzt, die italienische von mindestens zwei, die alle von den drei Geheimdiensten Englands, Belgiens und der USA gelenkt wurden. Die Leitungsgruppe hieß dementsprechend *Tripartite Directing Committee*. Und wie sich das abkürzen lasse wisse er, Kapp, ja selber.

Ob das mit Celle zusammenhinge, möge ja interessant sein, aber dies wäre schließlich nur eine lokale Variante eines weiteren Netzes von Verbrechern. Organisation Peters. Wie in Italien hätten die Belgier in den 80er Jahren eine Reihe von Terrorangriffen gestartet, um den Staat zur offenen Diktatur zu zwingen. Das sei ja auch die Strategie der deutschen Terrorgruppen dieser Zeit gewesen.

„He! Warte mal!", warf K. ein. Doch Leber ließ sich nicht abbringen.

In beiden Ländern sei die Polizei und die Geheimdienste von diesen faschistischen Gruppen unterwandert worden, und die Herkunft des BND aus der Organisation Gehlen sei ihm ja mehr als bekannt.

„Jetzt wird mir das aber zu bunt!", warf K. erneut ein. „Fehlt nur noch, dass Baader ein Agent der CIA war."

Leber winkte ab. „Nein. Aber die Korruption der Polizei kann sehr wohl etwas mit der Vertuschung des Kinderschänder-Skandals in Belgien zu tun haben. Letzte Woche ist der internationale Ring angeblich aufgeflogen. Großeinsatz in achtzehn Ländern und Hunderten von Wohnungen. Eine

Durchsuchung fand sogar im Nettetal statt!"

„Kommen wir mal wieder auf den Teppich! Wer hat Leo Hinkler ermordet?"

„Die gleichen Leute, die auch Lucky auf dem Gewissen haben."

„Und das Motiv?"

„Leo redete zu viel. Die haben rausgekriegt, dass er auch mit dir reden wollte."

„Wie?"

In diesem Augenblick kam eine Gruppe von jungen Linguisten in die X-Bar. Sie hielten jede Woche ihren Stammtisch hier. Bis auf einen Gast an der Theke war das Restaurant leer gewesen.

Leber und K. zahlten getrennt und gingen.

Leber nahm den Fürstenauer Weg bis zum Hyde Park. Dort im Dunkeln parkten sie und führten ihre Gespräche weiter. Es dauerte über zwei Stunden, doch sie wurden sich nicht einig. Dann fuhr Leber K. zum Wippchenmoor zurück.

„Pass auf dich auf!", sagte Leber vor der Haustür.

Die Leute, die Lucky und Leo umgebracht hatten, würden nicht davor zurückschrecken, auch Kapp zu ermorden. Die beiden Schüsse im Dunkel waren vielleicht nur als Warnung gedacht.

Sie trafen sich noch drei Mal in dieser Woche. Die Fahndung nach Hinklers Mördern lief weiter erfolglos. Alles deutete auf professionelle Killer, die von auswärts, wohl über die Autobahn angereist waren.

K. fand eine Morddrohung aus zusammengestoppelten Zeitungsbuchstaben in der Post. Er brachte sie persönlich zur Kriminalabteilung. Dort lieferte er auch die Mauser aus der Kiste ab und übergab Frau Menges Anzeige gegen Jarl Grimme wegen unerlaubten Waffenbesitzes. Die Anzeige trug zwei Unterschriften.

Neue Grafitti tauchten in der Nachbarschaft auf.

Die Buchstaben *Fl*ck!* waren in zunehmend sicheren Schriftzügen zu lesen. Die Farbe war immer karminrot. Das Polizeikommissariat 1 verdoppelte seine nächtlichen Streifeneinsätze.

K. verabredete sich mit seinen Freunden in verschiedenen Lokalen der Innenstadt. Meist machte er sich dabei ausführliche Notizen.

Ein langes Gespräch mit Werner Esch am Mittwoch hatte einen beruhigenden Einfluss auf K. Das Verfahren würde wahrscheinlich gar nicht eröffnet. § 34 StGB – Rechtfertigender Notstand. Schell könne allerdings nicht damit rechnen, verbeamtet zu werden. Andererseits tauchten zwei Beamte vom BSI aus Berlin und befragten K. ausgiebig zu den Vorgängen, die mit dem Plutonium zusammenhingen. Sie gaben sich nicht zufrieden.

Am Mittwochabend brachte Leber einen Autoatlas mit, den sie in der Bar eingehend studierten. Er klärte K. über das neue Fahndungssystem mit IMSI-Catchern auf. Und die AST-Technik zum Abhören. K. notierte sich „TMM 1991-AST". Dazu kam noch das GPS für bewegliche Objekte. Bald würde es elektronische Mautanlagen auf allen Autobahnen geben.

Das letzte Mal trafen sie sich am Freitag. Wieder fühlten sie sich durch die vielen Gäste in der Bar gestört und fuhren zum Parkplatz vor dem Heger Friedhof. Erst um Mitternacht trennten sie sich.

Bei K. brannte noch lange Licht.

--

K. rollte zwei Tapeten ein und steckte sie in den Köcher. Er holte eine verschlissene Reisetasche unter dem PC Tisch hervor, packte ein paar Disketten und eine Kladde dazu. Dann startete er den PC und lud ein Programm, das in zwei Stunden alle Dateien spurlos von seiner Festplatte löschen würde. Das Programm ratterte los.

Es klafften mehrere große Lücken in seinen Regalen, und K. tastete durch sie die Wand dahinter ab. Er roch an seinen Fingern. Dann schaltete den Monitor aus und deckte ihn mit einer Tapetenrolle zu.

Seit der Hausdurchsuchung fehlte ein Teil der Tapeten. Eine Kopie der gesamten Festplatte von K.s PC lag in Hannover. Die externe Festplatte mit weiteren Daten wurde nicht gefunden.

Vielleicht hatte Leber sie vorher mitgenommen. Einige seiner Dateien waren nicht auf der Festplatte gewesen. Seit der Auswechslung des Schlosses im September hatte Leber einen Hausschlüssel. Spuren zu Case führten nur über das Telefon und das war abhörsicher. Seine Hackerarbeiten schienen niemandem aufgefallen zu sein.

K. schaute durch alle Zimmer im Erdgeschoss, dann in die Zimmer oben und das Bad. Dann drehte er den Gas-Haupthahn zu und stellte die Heizung auf Frostschutz ein.

--

Er legte einen braunen Umschlag im DIN A4-Format auf den Esstisch in der Küche. Man konnte den Brief durchs Fenster von der Terrasse aus sehen. Der Umschlag trug die Adresse von Werner Esch.

Er packte die Zahnbürste und den Rasierer in die Tasche, legte sein Lieblingsbuch mit den russischen Erzählungen auf ein paar Hemden und die Wäsche. Dann nahm er zwei Fotos vom Nachttisch aus dem Rahmen und legte sie zwischen die Seiten des Buches. Er ließ das Licht im Bad an. Im Arbeitszimmer und auf dem Boden stellte er die Schaltuhren für die Stehlampen ein. Er trug die Tasche runter.

Dann setzte er sich unten ins dunkle Wohnzimmer. Er wartete zwei Minuten, stand wieder auf, ging in die Küche an den Kühlschrank und öffnete einen Joghurt. Er warf einige Speisereste in eine Mülltüte, die er in den Hausflur neben die Tasche stellte.

Danach räumte er den Kühlschrank ganz leer, packte alle Reste in eine Kiste und stellte sie vor die Küchentür auf die Terrasse. Er kontrollierte das Vorhängeschloss zum Schuppen.

Er kehrte zum Sessel im Wohnzimmer zurück, stand aber fast sofort wieder auf und ging noch einmal rauf ins Schlafzimmer. Er kam mit seinem blauen Morgenmantel zurück, den er über den kleinen Fernseher warf. Dann zog er den Stecker raus.

Er wartete wieder im Dunkeln.

Nach etwa fünf Minuten klingelte das Telefon. Zweimal, dann

verstummte es wieder. K. stand auf, ging in den Flur, kam mit seiner Lederjacke bekleidet zurück ins Wohnzimmer. Er nahm im Dunkeln seinen Morgenmantel und hängte ihn über die Stehlampe.

K. wartete im halbdunklen Hausflur.

Als der Lichtkegel des einbiegenden Pkws auf die Garage fiel, öffnete er die Haustür, schaute kurz um die Ecke, ergriff die Mülltüte und zog die Haustür hinter sich zu, ohne sie abzuschließen.

Er trug die Tüte zur Mülltonne neben dem Haus, zögerte, nahm einen leeren Briefumschlag aus der Tüte und entsorgte sie dann.

Mit der Reisetasche und dem Briefumschlag in der Hand lief er über die Terrasse ums Haus und näherte sich dem wartenden Auto von hinten. Der Motor lief. Der Fahrer hatte Standlicht eingeschaltet, doch als K. die Tür hinter dem Fahrersitz öffnete, ging im Haus gegenüber ein Licht an.

Das Licht fiel auf einen jugendlichen (?) Radfahrer, der, über den Lenker gebeugt, den Vorgang aus der Nähe vom Nachbargrundstück aus beobachtete.

Der Wagen ratterte los und bog am Ende des Wippchenmoors in Richtung Brückenstraße ab. Er fuhr über die Elbstraße auf der anderen Seite des Hafens zurück und hielt an der Einfahrt zum Römeresch. K. stieg aus, ging über die Brücke und kletterte den Hang zum Wasser hinunter. Mit großen ungeübten Lettern sprühte er die grünen Buchstaben LUCKY an die Wand und ging zurück zum Wagen. Der schlug die Richtung zur Wersener Straße ein. Zehn Minuten später waren sie auf der Autobahn.

Der blaue Golf trug ein Osnabrücker Kennzeichen.

--

Auf der Gegenspur fuhr ein Streifenwagen nach Norden. Das Blaulicht war eingeschaltet, aber das hatte wohl kaum etwas mit K. zu tun. K. war ja nicht zur Fahndung ausgeschrieben. Er war nicht verpflichtet, bis zu seiner Untersuchung im Januar in Osnabrück zu bleiben. Er musste sich nirgendwo melden. Er hatte für alle Fälle sogar einen Abschiedsbrief hinterlassen.

--

Beim Tanken an der Anschlussstelle T**t*burgerwald ging er in die Telefonzelle. Fünf Minuten später klingelte das Telefon.

„Dein Handy wird überwacht, sie können deinen Weg damit verfolgen. Schalte es sofort aus und nimm den Akku raus. Ruf mich nicht an!"

K. legte auf und dachte einen Moment nach. Er schaute sich um. Es gab wenig Verkehr an der Tankstelle. Keiner schien sonderlich auf ihn zu achten. Er ging rüber zum Parkplatz der Gaststätte. Kein Wagen war ihm gefolgt. K. ging weiter zum Lastwagenparkplatz und steckte das Handy hinter eine lose Plane. Der Lastwagen hatte ein belgisches Kennzeichen, und der Fahrer schlief. K. stellte die Sprühdose auf den Picknicktisch.

Zwei Fahrer schauten auf die Uhr. Seit dem Tanken waren zwölf Minuten vergangen. Der Tankbeleg wies durch eine Kontonummer der Sparkasse den Fahrer als Franz L**k*d**r aus. K. legte einen Stapel von Fotokopien über die Hintergründe des Osnabrücker Hafenmords am Eingang der Gaststätte ab und zusätzlich neben den Tanksäulen. Er hatte die Kopien in Klarsichthüllen abgepackt. Sie trugen die Aufschrift „Bitte Weitergeben!" Danach setzte der Golf seine Fahrt nach Süden fort.

--

Das Auto hielt erneut an der Raststelle M***terland. Der Beifahrer nahm seine Tasche, grüßte kurz zurück und ging im Dunkeln zwanzig Meter vor, wo ein silbergrauer Audi mit einem Kennzeichen aus K**n auf ihn wartete. Der erste Wagen fuhr zurück nach Osnabrück.

Der Audi setzte die Reise nach Süden fort. Er war in K**n von einem gewissen Heiko N**mann angemietet worden. Ab Gelsenkirchen fuhr der Audi jeden Parkplatz an und hinterließ auf den Tischen und Toiletten Akten-Teile aus K.s Archiv. Auf vielen Seiten war ein mit dem PC hergestellter Aufkleber mit der Inschrift „Technischer Dienst Celle (TDC)" aufgeklebt. Da es sich um Ausrisse von Zeitungen und Zeitschriften handelte, wurde oft der Zusammenhang zwischen den gehefteten Einzelseiten nur durch die unterstrichenen Wörter erkennbar. Die ersten 100 Kilometer – der Audi fuhr über den gesamten Ring von Köln – behandelten die Akten weitgehend die Skandale um die Flick-Affäre sowie die schwarzen Kassen der CDU, verschnitten mit Berichten über den Verkauf der Leuna Raffinerie und den Fuchs-Panzer-Deal mit den Saudis. Sämtliche Akten enthielten eine Liste der Staatssekretäre des Verteidigungsministeriums seit der Gelsenberg Affäre von 1923.

Die Kollegen vom LKA hatten alle Hände zu tun, die Papiere wieder einzusammeln. In einer Plastikhülle lag sogar ein scharlachroter Kamm.

--

Von K**n-Süd fuhr der Audi nach Bonn bis zum Hauptbahnhof. Dort packte die Person einen Teil der Tapetenrollen und Kartons um in einen alten schwarzen Pkw mit Berliner Nummer, der direkt hinter dem Audi geparkt hatte. Der SAAB hatte drei Handys am Armaturenbrett befestigt und eine Antenne über dem Rückfenster. Beide Fahrer blieben im Wagen sitzen, und die Person verabschiedete sich per Handschlag von N**mann, der anschließend den Wagen zum Autoverleih am K**ner Hauptbahnhof zurückbrachte und von dort den Zug nach Osnabrück nahm.

Die Person hatte ihr Aussehen verändert. Sie musste sich im Wagen rasiert haben. Der Bart war ab und ihr Haarkranz fiel wesentlich kürzer aus.

Von hier an hinterließ der Flüchtige eine lange Schnitzeljagd aus Papieren, die nur zur Hälfte durchgerissen waren. Fett oben links standen handgeschriebene Schlagwörter wie: von Schlauchitz, Gutsherr, Seiler Piek, Quierschiet, Dieter Bolzer, Löhner, Gitte Schlaumeier (alles durchsichtige Decknamen), weitere Aktenteile nannten Froschaugen und Teppichhändler. Eine Seite vom Teppichhändler, welche die seltsame Aufschrift „Lachsliste" trug, enthielt viele Namen aus der Politik, dem Parlament, den Ministerien bis hin zum Bundeskanzleramt.

Diese Liste tauchte zuerst an der AB Tankstelle M**ster auf, fand sich dann aber zigfach kopiert an allen Raststätten in mehrfachen Exemplaren neben den Tanksäulen deponiert. Sie war nicht durchgerissen und trug die Aufschrift: „Bitte kopieren und weitergeben!"

--

Der bleiche Fahrer des SAAB hielt an fast jedem Rastplatz und gab dem Beifahrer die Zeit, Bündel von Akten oder Nachrichten auf den Picknicktischen und Bänken zu deponieren. Jede Ablage enthielt auch neue Aktenstücke. Die wichtigsten Fundstellen waren (in dieser Reihenfolge): „Hohe M*rk", „F*rnthal" „S***enhausen" Heiligenr*th B*d C*mberg, „M*denbach."

Der Unbekannte vermied es ab Hohe M*rk, auch die Toiletten mit solchen Akten zu füllen. Dafür begann er, bei ausgewählten LKWs, die zur Übernachtung abgestellt waren, Hefte und Kopien der *Dunkelmänner Briefe* einzuwerfen. Er hatte einzelne Stellen lila markiert.

--

Um 3:12 hielt ein Wagen – es war ein Borgward Isabella 1500 – vor dem Staatstheater in Wiesbaden. Der weiße Wagen trug ein Kennzeichen aus Beckum. Die Tür hinten rechts öffnete sich. Es entstieg ein elegant gekleideter Mann mit langem schwarzen Wintermantel und grauem Schal, der einen Blick auf eine gelbe Krawatte und ein weißes Hemd freigab. Den Kopf des Mannes bedeckte ein altmodischer grauer Hut, die Krempe leicht heruntergezogen. Mit der rechten Hand griff er nach einer Aktentasche der Marke Veto und hängte sie an einem langen Riemen über seine linke Schulter. Schnell schritt der Mann hinter das Auto. Dem Kofferraum entnahm er einen kleinen Rollkoffer – ebenfalls schwarz und grau, passend zum eleganten Mantel – und trug ihn auf dem Bürgersteig zur Fahrerseite. Durch das offene Fenster schüttelte er dem Fahrer die Hand.

Der warf schonend den Gang ein, gab Zwischengas und

nahm die Richtung Th**rstraße stadtauswärts. Es stellte sich heraus, er wollte dort noch einen Auftrag zu erfüllen.

--

Der Mann mit der gelben Krawatte fuhr ruckartig den Griff des Rollkoffers aus und überquerte mit großen Schritten die Paulinenstraße. Im Spielcasino war noch Licht. Am Eingang des Kurparks erwartete ihn eine Frau. Sie trug einen kleinen roten Hut, unter dem üppiges schwarzes Haar hervorquoll. Dazu einen dunklen Pelzmantel, der wie ein Bärenfell aussah; die hohen Schaftstiefel leuchteten in Weiß.

--

Sie umarmten sich kurz und schritten eingehakt davon in den dunklen Park. Ihre leisen Stimmen verloren sich schnell unter den dunklen Bäumen.

--

P.S.

In dem langen Brief an Esch auf dem Küchentisch stand (in Auszügen, einiges musste weggelassen werden):

Ich fühle mich missverstanden und nicht ernst genommen. Die Zusammenarbeit von Waffenhändlern mit rechtsextremen Kreisen ist an sich schon alarmierend genug. Und dass die Ermittlungen sich seit Mai hinziehen, ohne dass wichtige Spuren aufgenommen worden sind, ruft ernste Besorgnisse wach […]

Ich mache deshalb weiter. Ich werde meine Nachforschungen fortsetzen und die Ergebnisse ins Internet stellen.

Meine vorläufigen Schlussfolgerungen lauten wie folgt.

Im Mai fand im Hafen ein Schmuggelhandel statt. Es ging um Plutonium, wahrscheinlich gestohlene Brennstäbe oder Reste aus dem AKW Lingen. Sie sollten über den Rhein nach Holland und von dort nach Belgien verbracht werden. Der französische oder italienische Geheimdienst hatte einen Agenten eingeschleust, um die Beteiligten zu identifizieren. Die Schmuggler oder angeheuerte Killer, die hinzu stießen, töteten Lucilio Vannini (Lucky). Seine Identität war vorher bekannt, er kann sich kaum durch Unvorsichtigkeit verraten haben. Sie trennten seinen Arm ab, der seine Zugehörigkeit zur Gladio Organisation bewies, und versuchten, den Körper in ihrem Pkw auf der Römeresch Straße in Säure aufzulösen. Als das misslang oder zu lange dauerte, müssen sie die Leiche anders beseitigt haben. Wahrscheinlich mit der Brikettieranlage auf dem Schrottplatz von Zorn und Söhne.

Die Killer hinterließen zwei Spuren: den Arm und die Aufschrift auf dem Pkw: TdC. (Diese Aufschrift kann auch später von vorbeikommenden Jugendlichen aufgesprüht worden sein. Das gestohlene Auto war für die Schmuggler wertlos geworden.)

Der Plutoniumschmuggel lief innerhalb eines Netzes von Schiffern, Arbeitern im Hafengebiet (neben Nostrom müssen auch andere Firmen mit Nachtschichten beteiligt gewesen sein) und Fernlastfahrern. Die Umschlagorte waren je nach Anlass verschieden: von Schiff zu Schiff, von Schiff zu Pkw oder Lkw, von Lkw zu Lkw usw. Ein Teil der Schmuggelware ging nach Osten, insbesondere Polen, ein anderer nach Westen, insbesondere nach Belgien und in die Niederlande.

Es ging auch um Waffenschmuggel. Es ging um alte und neue Waffen. Die alten Waffen kamen aus den Depots des Technischen Dienstes um Uelzen und Celle. Diese Waffen gingen an Sammler von Naziwaffen im Ausland. Die neuen Waffen gehen in noch nicht gefundene Depots von Rechtsradikalen und werden wahrscheinlich für Neo-Nazigruppen bereit gehalten für den Tag X. Dieser Waffenschmuggel geht zumindest bis in die 80er Jahre zurück, wie alte Fahrtenbücher beweisen. Wahrscheinlich benutzten die Plutoniumschmuggler, vielleicht die Geheimdienste selber, die daran interessiert waren, einen Plutoniumschmuggel nachzuweisen, um ihre eigene Zuständigkeit oder Einflussnahme zu erweitern, das alte Netz von Waffenschmugglern aus den 80er-Jahren (oder noch ältere Netze).

Ein Knoten dieses Netzes ist wahrscheinlich der Schrotthändler Zorn. Der unterhält nicht nur Beziehungen zu jungen Nazis wie Jarl Grimme und Hermann Schell, sondern auch zu den alten Gruppen in Celle und Uelzen. Es kann nicht ausgeschlossen werden, dass sich weitere Verbindungen bis hin in das LKA und die Osnabrücker Szene ergeben [...]

Ein anderer älterer Knoten befindet sich in Belgien, wahrscheinlich in Huy. Die beiden Belgier im Juni waren auf dem Weg nach Bremen zu der einschlägig bekannten Firma ENRO. Die Kinderpornografie bildete wohl eher ein Nebengeschäft der beiden Angestellten. Ihr Wagen war besonders für Waffentransporte umgerüstet. Nachdem sie ihren Unfall hatten, entsorgte Herr Hinkler eine Festplatte, welche die Belgier oder andere am Hafen zwischengelagert hatten. Die Aushebung des Kinderschänderrings wird zeigen, wie weit die Überschneidung dieser Kreise mit den Schmugglern reicht. Da die Belgier den Osnabrücker Hafen bereits früher als Umschlagplatz genutzt haben, steht zu vermuten, dass ihre Organisation auch an dem Plutoniumschmuggel beteiligt war.

Weitere Knoten im Netz bilden die Autobahnraststätten, wie die von den Dammer Bergen und die von Hannover-Garbsen. Hinzu kommt der Hafen in Hannover-Linden. Dort schlagen Lkw-Fahrer, die sich so nebenbei ein paar Mark verdienen, mitgeführte Schmuggelware (Diebesgut, gefährliche Chemikalien, Drogen etc.) um. Reinhold Kannegießer muss im Auftrag von Unbekannten (LKA, konkurrierenden Banden, Geheimdienst?) die Vorgänge in den Dammer Bergen protokolliert haben. Vielleicht hat er auch nur Kennzeichen durchkommender LKWs eines bestimmten Typs festgehalten (LKWs aus Polen, z.B.). Wahrscheinlich wurde er von mehreren Lkw-Fahrern, die einem Schmugglerring angehören, umgebracht. Die Offenlegung seiner Auftraggeber würde hier weiterführen.

Ein besonderer Umschlagplatz war Hannover-Garbsen. Hier gingen die Schmuggler Verbindungen zum Rotlichtmilieu in Hannover ein. Einmal im Monat wurde die halbe Belegschaft des Pigalle, *so im September, zum Rastplatz Garbsen hinausgefahren, und einige der Fahrer, die dort rasteten, kamen in den Genuss von Liebesdiensten. Denkbar ist, dass solche Dienstleistungen als Bonus für die Fahrer gewährt wurden. Manche von ihnen hielten solche Abenteuer in ihren Mitteilungsblättern oder Fahrtenbüchern fest. Wichtig wäre, auch hier, die Auftraggeber solcher Dienstleistungen ausfindig zu machen. […]*

Einige der ältesten und brüchigsten Stellen des Netzes sind die illegalen Waffendepots in der Lüneburger Heide. Die meisten Mitglieder der ursprünglichen Zellen des Technischen Dienstes sind verstorben oder zu alt, um noch aktiv zu sein. Aber zumindest in Celle, wo auch ein Teil der Panzerausbildung in der Bundeswehr stattfindet, ist es wohl gelungen, eine Nachfolgeorganisation aufzubauen, die Anschluss an die junge Generation gefunden hat. Dass eine Mauser Pistole aus dem Jahre 1945 in die Hände eines jungen Rechtsradikalen wie Jarl Grimme fallen konnte, ist nur ein

Indiz solcher Verbindungen. die <u>Irminsuhle</u> ist ein anderer. Selbst wenn das TdC von Jugendlichen stammen sollten, die damit eine Rockgruppe verherrlichen, ist ein Zusammenhang mit dem TDC, dem Technischen Dienst Celle, der noch in den 80er Jahren existierte, nicht ausgeschlossen.

Schließlich Duisburg. Manches deutet darauf hin, dass die Killer aus Duisburg kommen. Das wäre eine weitere Verbindung in Richtung Belgien, aber auch zur Stahlverarbeitung jeder Art und was damit zusammenhängt: *Waffen, Spezialautos, Schrott- und Säurebedarf, organisiertes Verbrechen usw.* […]

Man mag mir vorhalten, zu vieles sei spekulativ. Vielleicht. Auf das LKA hoffe ich kaum aus den oben genannten Gründen, aber vielleicht lässt sich das BKA sich bewegen, einige Ergebnisse offen zu legen, um mehr Klarheit zu bekommen. Es geht hier doch um die gemeinsame Bekämpfung von Kriminalität und Korruption, notfalls auch in den eigenen Reihen.

Und wenn wir junge Leute wie Hermann Schell nicht vor solchen Netzen schützen, dann besteht auch für den Nachwuchs und damit die Zukunft der Polizei ernste Gefahr.

Ich werde mich nicht davon abhalten lassen, den Hintergründen der Morde an Vannini, Hinkler und Kannegießer nachzugehen.

Wer weiter an meinen Untersuchungen interessiert sein sollte, findet mich im Internet. Geben Sie einfach die Adresse unten in ihre Suchmaschine ein. Sie werden vielleicht einige neue Hinweise oder Enthüllungen dort finden. Bleiben wir am Ball! Folget dem Geld!

Zusammen kriegen wir es raus.

Morgen nach Einbruch der Dunkelheit fahre ich ab. Mit anderen Worten: ich fange erst an.

http://stamo-kapp.npage.de

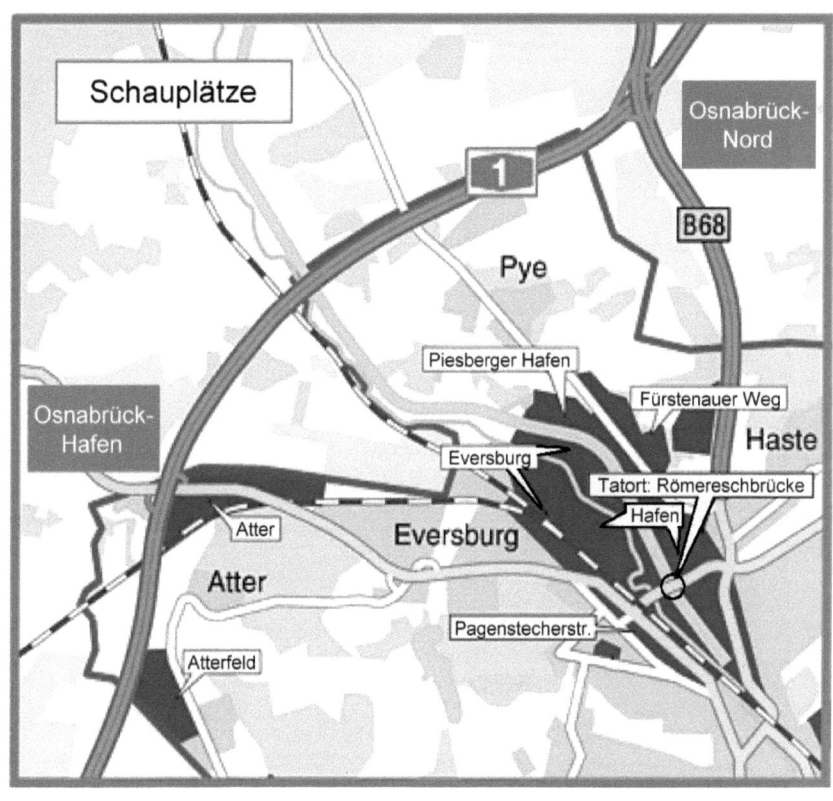

Wolfgang Karrer hat über dreißig Jahre lang an der Universität Osnabrück Literatur der USA gelehrt. Darunter einige Seminare zum Kriminalroman der dreißiger Jahre und des Kalten Krieges. Schon als Jugendlicher hatte er die Romane von Edgar  Wallace verschlungen, bis er gelernt hatte, das Spiel zwischen Täter und Aufklärer zu erkennen. Das Gut-Böse Schema in vielen Romanen wurde bald langweilig, auch da, wo das Böse nicht restlos aufgeklärt werden konnte. Zwischen Studium und Beruf entdeckte er Hitchcock. Dieser machte in seinen Filmen Täter und Aufklärer zu Opfern oder zog beeindruckende Parallelen zwischen beiden. Heute liest Karrer eher James Ellroy, Neal Stephenson und William Gibson. Sein Lieblingskrimi bleibt Vineland von Thomas Pynchon, wo Opfer und Täter sich zusammentun, um sich der polizeilichen Überwachung durch den Staat zu entziehen. Die Rollen verschwimmen. In seinen letzten beiden Kriminalromanen verbindet Pynchon dieses Thema mit dem Internet. Staatliche Überwachung durch das Internet hat unter anderem auch dieses vorliegende Buch angeregt.

Mehr zum Autor findet sich auf seiner Webseite.